Steffi Lofeldt

Nicht mehr ohne dich

Rike & Finn

Buch

‚Nicht mehr ohne dich‘ erzählt die Geschichte von Rike und Finn. Sie ist 24 und er ist 29 Jahre alt. Jeder für sich steht mit beiden Beinen fest im Leben. Als sie sich begegnen, ist plötzlich alles anders. Alles neu. Zwischen ihnen wird es aufregend und turbulent, die Stimmung ist wechselhaft. Sie sehnen sich nach Harmonie und Unbeschwertheit und das ist manchmal gar nicht so einfach. Anziehungskraft ist definitiv vorhanden, oh, ja … wären da nur nicht die lästigen Baustellen, die das Leben so schreibt.

Der blaue Gambio-Ball schmückt das Cover. Er steht für Geschichten rund um das Thema ‚Der perfekte Tausch‘
Was werden Rike und Finn wohl tauschen?

Autorin

Steffi Lofeldt wurde 1976 in Bremen geboren und lebt heute mit ihrem Mann, den drei Töchtern und dem Familienhund südlich der Hansestadt. Bereits im Teenageralter begann die gelernte Schifffahrtskauffrau Kurzgeschichten und Gedichte zu schreiben. Sie fühlt sich im Genre Liebe zu Hause, mitunter darf es auch etwas fantastisch sein. 2011 veröffentlichte sie ihren Liebes-Fantasy-Roman ‚Deine Liebe ist mein Herzschlag‘ unter einem Pseudonym.

Im März 2024 wurden in der Anthologie ‚Vinylschuppen – Ein Schallplattenladen voller Tauschgeschichten‘ neun ihrer Kurzgeschichten publiziert. Im August 2024 erschien ihr Gedichtband ‚Wohl & Schmerz Liebe‘.

Neben dem Schreiben gilt ihre Leidenschaft der Malerei.

Steffi Lofeldt

Nicht mehr ohne dich

Rike & Finn

Texte, Zeichnungen, Cover- und
Innengestaltung: Steffi Lofeldt
Lektorat: Donata Schäfer

1. Auflage Januar 2025

Verlag:
BoD · Books on Demand GmbH,
In de Tarpen 42, 22848 Norderstedt,
bod@bod.de
Druck:
Libri Plureos GmbH, Friedensallee 273,
22763 Hamburg
ISBN: 978-3-7693-0168-7

René, Lina, Marie, Emma
In Liebe – von Herzen

Bis zum Mond und wieder zurück

1

Rike

Es ist Samstagabend. Im Museum gibt es heute eine schicke Party. Das Thema ist *Der rote Teppich*.

Meine Freundin Evi und ich stiefeln in engen Kleidern mit viel zu viel Schminke im Gesicht und extrem hochhackig gut gelaunt die paar Stufen zum Museum hoch.

Zuvor waren wir essen. Am Ende standen neben der Pasta zwei Flaschen Rotwein auf der Rechnung. Luigi, der Besitzer des Restaurants versorgte uns außerdem den ganzen Abend mit seinem hausgemachten Zitronenlikör. Wir sind recht beschwipst, als wir uns ins Museum-Getümmel stürzen.

Ein Mann, der lässig an der Bar lehnt, hat sofort meine ungeteilte Aufmerksamkeit. In seinem schwarzen Anzug sieht er zum Anbeißen aus. Er lächelt zurück.

Perfekt.

Dank des Alkohols in meinem Blut bin ich außergewöhnlich mutig und frage ihn, ob er mir einen Drink spendiert.

„Aber sicher", entgegnet er mit einem Blick, der mir weiche Knie bereitet. Ich nehme neben ihm auf dem Barhocker Platz und der Abend nimmt seinen Lauf.

Wir lachen, flirten und führen Gespräche mit echtem Tiefgang – harmonisieren fantastisch. Ich frage mich das eine oder andere Mal, ob wir uns wirklich erst seit diesem Abend kennen. Von Beginn an ist er mir seltsam vertraut. In seiner Nähe spüre ich ein Wohlgefühl.

Wenn er erzählt, hänge ich an seinen Lippen, und wenn er mir aufmerksam zuhört, mir dabei tief in die Augen sieht, verliere ich oftmals den Faden. Er hat mich total verzaubert.

Der Geruch seines Parfums umschmeichelt mich. Jedes Mal, wenn wir uns beim Erzählen näherkommen, schnuppere ich genüsslich.

Kurzum: Er ist höflich, charmant, zuvorkommend und dazu noch extrem attraktiv. Ein Traummann. Seine Gesellschaft ist atemraubend und es knistert gewaltig zwischen uns.

Nach vier Cosmopolitan fangen wir wild an zu knutschen. Das ist sonst gar nicht meine Art. Jedoch, der Abend ist besonders.

Dieser Mann ist besonders.

Ich habe alles um mich herum vergessen und möchte gerne mit ihm nach Hause gehen. Er würde mich mit zu sich nehmen, das haben wir längst geklärt.

Wäre da nicht meine Freundin Evi.

Sie distanzierte sich den ganzen Abend. Traf eine Arbeitskollegin, mit der sie die Zeit verbrachte. Nun ist sie wieder an meiner Seite und aus irgendeinem Grund furchtbar aufgebracht.

Ich kassiere Todesblicke, als ich ihr amüsiert eröffne, dass der süße Kerl von der Bar in Erwägung zieht, mich mit zu sich nach Hause zu nehmen.

„Daraus wird bestimmt nichts", raunt sie mir zu. „Ciao Casanova", ruft sie laut in seine Richtung. Sein Blick ist unergründlich.

Sie nimmt meine Hand, zieht mich nahezu panisch von ihm weg. „Bist du eigentlich bescheuert?", motzt sie wütend, als wir uns ein paar Meter entfernt haben. „Schluss jetzt."

„Was ist denn dein Problem?", frage ich und muss lachen.

„Wir gehen jetzt", sagt sie streng.

„Ach ja?", hake ich nach.

„Exakt, jetzt sofort."

Schon wieder nimmt sie meine Hand. Wäre ich ein wenig nüchterner, würde ich an Ort und Stelle protestieren, aber ich ergebe mich. Folge Evi zum Ausgang.

Ich winke ihm zum Abschied. Herrje, wie schade. Ich lasse ihn ungern zurück.

Was für ein Leckerchen.

Wir verlassen das Museum, und als wir im Taxi sitzen, grinse ich von Ohr zu Ohr und schaue auf die Hülle, die aktuell mein Handy schmückt. „Die habe ich ja noch", flüstere ich.

Er und ich, wir stellten fest, dass wir das gleiche Handy besitzen. Ich löste daraufhin die Hülle von meinem Telefon, überreichte sie ihm und bat ihn, mir seine zu geben. Es war ein Spiel. Ein Scherz. Er spielte mit. Er gab mir seine und ich brachte sie an meinem Handy an.

Bei all der Hektik, die Evi anschließend verbreitete, behielt ich seine Hülle und er hat jetzt meine.

Sanft streiche ich über den schwarzen Kunststoff seiner Hülle. Drei silberne Großbuchstaben schmücken eine Ecke. Ich kenne nur seinen

Vornamen. Den stellt wohl die erste Initiale dar. Wofür stehen die anderen beiden?

Tief seufze ich, wüsste gerne mehr von ihm.

„Ich habe seine Telefonnummer gar nicht", jammere ich voller Wehmut.

„Und das ist auch gut so", erwidert meine Freundin aufgebracht und verschränkt die Arme vor der Brust.

„Du spinnst doch, Evi."

Sie schnaubt wütend.

„Du hattest es wirklich eilig zu gehen. Das war peinlich", beschwere ich mich.

„Peinlich?", wiederholt sie entsetzt. „Eure Show war peinlich ... völlig unangebracht."

„Unangebracht?", wiederhole nun ich und kichere. „Wann erzählst du mir endlich, was du für ein Problem hast?"

„Sei froh, dass ich dich da weggeholt habe", sagt sie angewidert, „der ging ja wohl gar nicht."

„Du übertreibst maßlos. Er war doch ganz süß und ..."

„Süß?", fällt sie mir ins Wort. „Der war voll der Schnösel."

Laut lache ich auf.

„Ein Schnösel? Wie kommst du darauf?"

„Hast du seine teure Uhr gesehen? Und diesen Maßanzug. Die edlen Schuhe. Alles war zu perfekt. Mit dem stimmte was nicht."

Ich lache noch mehr. „Evi, bist du etwa sauer, weil ich ihn mir gekrallt habe und nicht du?"

„Also bitte!", antwortet sie entrüstet und starrt mich aus finsteren Augen an, „den würde ich nie auch nur mit der Kneifzange anfassen." Sie schüttelt sich vor Ekel.

„Evi, du hast sie nicht mehr alle." Sie schaut aus dem Fenster und schmollt. „Vielleicht hätte ich ihn ja gerne kennengelernt", bemerke ich. „Schon mal darüber nachgedacht?"

Von ihr kommt kein einziges Wort mehr.

Erneut streiche ich über die Hülle und wünsche mir, ich wäre bei ihm.

Zwei Tage später fange ich meinen neuen Job an. Aufgeregt fahre ich am Morgen mit dem Bus in die Stadt. Ich habe ein gutes Gefühl.

Das Vorstellungsgespräch mit dem Chef lief super. Das Videotelefonat eine Woche später, in dem ich meine Zusage erhielt, war sehr witzig.

Die Assistentin der Geschäftsleitung war während des Gesprächs hereingeplatzt und über ihre eigenen Füße gestolpert. Ihr war zum Glück nichts passiert. Sie war watteweich auf dem Schoß ihres Chefs gelandet und es folgte großes Gelächter.

Kollegen kamen dazu, um sich zu erkundigen, was beim Chef los war.

Das Büro war letztlich überfüllt und ein „Willkommen in der Firma" wurde mir von irgendjemandem zugerufen.

Mittlerweile extrem nervös betrete ich das große Gebäude, werde ins Büro des Chefs geführt. Joachim Schierholz steht an seiner Tür. Er begrüßt mich freundlich. Seine Assistentin serviert Kaffee.

Es folgt eine Führung durchs komplette Büro und letztlich lerne ich die direkten Kollegen und meinen Arbeitsplatz kennen.

Dort vergesse ich kurz zu atmen und mein Herz setzt einen Schlag lang aus. Für diesen einen Moment bleibt die ganze Welt stehen.

Schockschwere Not!

Am Drucker steht mir der heiße Mann aus dem Museum gegenüber. Allerlei Schlüpfriges hatte ich ihm am Samstag an der Bar ins Ohr geflüstert. Mir wird heiß.

Ich spüre, wie mir die Röte ins Gesicht schießt.

„Und das ist unser Finn Schneider", wird er mir vorgestellt. „Sie kennen sich noch nicht. Er war während Ihres Vorstellungsgesprächs im Urlaub. Herr Schneider ist der jüngste Manager in unserem Team."

2

Finn

Weg ist sie. Wow. Was für eine tolle Frau.

Ich blicke ihr hinterher, als sie das Museum verlässt und atme tief durch. Es ist verdammt lange her, dass mich eine Frau so heiß gemacht hat. Und sie brachte mich zum Lachen. Sie ist schlau. Sie ist unglaublich.

Wäre sie doch geblieben.

Mein Telefon in der Hand haltend betrachte ich die Hülle mit all den Blumen und dem Schmetterling darauf. Schmunzele.

Meine Handyhülle passe besser zu ihrem schwarzen Kleid, sagte sie. Und ihre Hülle runde mein Outfit perfekt ab, schließlich hätte ich ja diese dezenten kleinen Blumen auf meiner Krawatte. Es seien keine Blumen, es sei ein Muster, habe ich amüsiert erwidert.

Sie blieb standhaft und hatte längst ihre Hülle vom Telefon entfernt, forderte mich grinsend auf, ihr meine zu geben. Ich hätte ihr wohl alles gegeben.

Ihre Gesellschaft fehlt mir.

An der Bar bestelle ich mir einen letzten Drink.

Unentwegt denke ich an sie und habe noch nicht einmal ihre Nummer. Es ist ein Desaster. Sie wurde mir quasi aus den Armen gerissen.

„Ciao Casanova", murmele ich verärgert in mein Glas und wiederhole somit die bitteren Worte. Empört schüttle ich den Kopf. Eva ... dass ich die noch einmal wiedersehe und dann in dieser Situation. Was erlaubt die sich nach all der Zeit?

Ich leere mein Glas und schlucke die üblen Erinnerungen erfolgreich mit hinunter.

Bin gedanklich erneut bei ihr, dieser heißen Frau. So gerne hätte ich sie mit nach Hause genommen. Sie wäre mitgekommen. Das hat sie mir ins Ohr geflüstert.

Eins steht fest. Ich möchte sie wiedersehen, aber wie soll ich sie finden? Ich kenne nur ihren Vornamen.

Am Montagmorgen stehe ich in meiner alten Abteilung. Zu gerne trinke ich aus Gewohnheit meinen ersten Büro-Kaffee hier mit den Kollegen. Bis vor ein paar Wochen war ich ihr Teamleiter. Mein Nachfolger ist Tony.

Joachim kommt dazu, um uns eine neue Kollegin vorzustellen. Sie wird zukünftig mit meinem alten Team zusammenarbeiten.

Ich drehe mich zu der neuen Kollegin um und verliere für einen Augenblick beinahe den Halt. Der Kaffeebecher fällt mir fast aus der Hand. Ich kann es nicht glauben. Ja, spinnen meine Augen vielleicht?

Die Welt ist ein Dorf.

Da steht sie tatsächlich neben dem Chef. Süß. Zum Anbeißen. Diese Frau aus dem Museum. Ungewohnt unsicher. Nahezu schüchtern.

Die Frau, die ich so begehre, von der ich träume, die mir einfach nicht mehr aus dem Kopf geht. Ihre Handyhülle trage ich seit der Nacht wie einen Schatz herum.

Sie ist unsere neue Kollegin?

Eine Frage stellt sich mir sofort: Wie soll ich mit dieser Wahnsinnsfrau zusammenarbeiten? Wie soll ich ihr professionell als ihr Vorgesetzter gegenübertreten, ohne an diese unglaubliche Nacht im Museum zurückzudenken?

Ich möchte so gerne das mit ihr tun, was sie mir zu später Stunde ins Ohr geflüstert hat.

Sie tut mir leid, als sich unsere Blicke treffen. Das Unbehagen in ihren Augen ist unübersehbar, die Wangen leuchten rot.

Augenblicklich möchte ich ihr dieses unangenehme Gefühl nehmen, würde ihr gerne sagen, dass wir diese Situation gemeinsam meistern. Vor allem möchte ich mit ihr alleine sein.

Am liebsten nähme ich sie direkt mit auf meine Geschäftsreise nach Amsterdam. In einer halben Stunde breche ich auf.

Sie wird mir vom Chef als Frau Eberlein vorgestellt. Ich weiß, sie heißt Rike und sie kennt meinen Vornamen. Es ist skurril.

Ich schmeckte sie, berührte sie. „Nehmt euch ein Zimmer", hat in der Museumsnacht jemand in unsere Richtung gerufen. Nun siezen wir uns vor der Belegschaft und reichen uns förmlich die Hände.

Meine Geschäftsreise trete ich mit einem seltsamen Gefühl an. Als ich den Firmenparkplatz in meinem Auto verlasse, sortiere ich die Gedanken. Ich wäre gerne noch in der Firma geblieben, hätte mit ihr gesprochen. Wir haben kein Wort alleine wechseln können.

Aber dann rede ich mir ein, dass es sicher für uns beide gut ist, etwas Abstand zu bekommen. Ich bin die ganze Woche weg, das wird sicherlich reichen, um jegliche Leidenschaft zwischen uns im Keim zu ersticken.

Mitnichten.

Es ist endlich Freitag und ich will keinen Abstand mehr zu ihr. Wollte ich den überhaupt auch nur für einen Tag? Nein, ich dachte während meiner Reise oft an sie.

Sie geht mir einfach nicht mehr aus dem Kopf.

Ich fahre von Amsterdam zurück über die Autobahn Richtung Heimat und weiß, es besteht die geringe Chance, sie heute Abend wiederzusehen. Dieser Gedanke lässt mich vor lauter Vorfreude schmunzeln.

Neben mir auf dem Autositz liegt mein Telefon mit ihrer Hülle.

Laut seufze ich und maßregele mich.

Professionell ist das nicht. Sollte ich das nicht sein? Habe ich mir das nicht fest vorgenommen?

Reiß dich zusammen, sage ich mir. Vielleicht hat sie ihren Job im Büro längst gekündigt. Die ganze Situation ist schwierig. Für sie und für mich.

Ein paar Mal habe ich überlegt, sie auf ihrem Firmentelefon anzurufen. Die Durchwahl hatte ich natürlich längst. Doch was hätte ich ihr sagen können? Über was hätten wir sprechen sollen? Am Telefon. Womöglich mit den Kollegen im Hintergrund?

Kollegen!
Genau das sind wir. Da liegt das Problem. Liebschaften im Büro sind tabu. Die Geschäftsleitung hat diesbezüglich ihre eigenen Gesetze. Die Sache ist glasklar. Das mit Rike und mir funktioniert nicht.

Erneut blicke ich auf ihre Handyhülle und atme tief durch.
Wenn es nur so simpel wäre.

Ich beschleunige mein Auto. Linke Spur. Vollgas.
Professionalität hin oder her. Nun möchte ich einfach nur dorthin, wo sie vielleicht gerade ist.

3

Rike

Den ersten Schock verarbeite ich noch.

Finn, den ich an jenem Abend im Museum dermaßen gewollt habe, ist also im Management. So weit, so gut. Glückwunsch.

Andererseits ... er ist es in der Firma, in der ich jetzt arbeite. Er ist mein Vorgesetzter. Geht es noch peinlicher?

Als er sich am Montagmorgen zu mir umdreht, will ich möglichst in das nächste Loch verschwinden. Leider ist keins da.

Sein Blick spricht Bände. Mit mir hat er keinesfalls gerechnet. Wie denn auch?

Klar wollte ich ihn unbedingt wiedersehen, aber doch nicht so. Nicht in einer solchen Situation.

Diese Woche wird zum Glück unkompliziert, weil er nach unserer offiziellen Begrüßung zu einer Geschäftsreise aufbricht. Daher werden wir uns erst einmal nicht erneut begegnen.

Montag auf dem Nachhauseweg spiele ich mit dem Gedanken, den Job zu schmeißen, bin so schrecklich hin und her gerissen. Ich schreibe Evi, ob sie für mich Zeit hat.

Ja, für dich immer
… antwortet sie. Zum Glück.

Die ganzen vorherigen Wochen sagte sie mir, dass sie
sich für mich freut. Endlich hätte ich einen Job, der gut
bezahlt ist und zu mir passt. Sie erinnerte mich mit
Schrecken an meinen letzten Arbeitsplatz und im
Vergleich dazu hätte ich jetzt wohl den Jackpot.

An diesem Abend brauche ich sie erneut. Ihre positive
Art. Ihr Zureden wird mir guttun. Ich hoffe, dass sie
mich bestärkt, diese tolle Chance nicht
wegzuschmeißen. Schon gar nicht wegen eines
Mannes.

Als ich ihr bei unserem Treffen von meiner
Begegnung im Büro erzähle, ihr berichte, wem ich
unterstellt bin – eben dem heißen Mann aus dem
Museum – reagiert sie anders als erwartet.
    Evi ist zunächst sprachlos, fängt sich wieder und
redet sich in Rage. Auf einmal ist der Job doch nicht
mehr so gut für mich. Ganz im Gegenteil.
    „Such dir am besten schnellstens etwas Neues", rät
sie mir übellaunig. Auf meine Frage nach dem Warum
höre ich ihr verwundert zu. Sie ist regelrecht genervt.
„Halt dich einfach von dem ollen Schnösel fern. Ich
kenne diese Sorte Männer. Die behandeln dich nicht
gut. Sie können einfach nicht anders."
    „Was hat das eine denn mit dem anderen zu tun?",
frage ich sie.
    „Na ja, ihr werdet euch gewiss bei der nächsten
Gelegenheit auffressen, so wie ihr an dem Abend
rumgemacht habt."
    „Derartiges ist in der Firma untersagt", erkläre ich.
    „Und du meinst, ein Schnösel wie der nimmt
darauf Rücksicht?"

Ich mustere sie einige Momente. „Man könnte fast meinen, du kennst ihn persönlich", bemerke ich mit einem Grinsen.

„Nein, ich kenne NUR diese Sorte Mann. Die sind geboren, um Herzen zu brechen."

„Evi, echt jetzt? Du bist mir heute eine Spur zu dramatisch."

Immer noch überzeugt davon, dass sie sauer ist, weil ich Finn entdeckte und nicht sie, nehme ich ihre Worte nicht für voll.

Ich kenne sie schon länger und sie ist stets diejenige, die die schicksten und coolsten Männer an ihrer Seite hat. Dieses Mal war ich schneller.

Nun erst recht, sage ich mir, als ich an diesem Montag nach dem Treffen mit Evi nach Hause gehe.

Ich bleibe in meinem Job und alles andere wird sich irgendwie finden. Kündigen kann ich schließlich jederzeit.

Meine neue Kollegin Maya arbeitet mich seit Montag ein. Sie lenkt mich gut von Finn ab, ich lerne viel von ihr. Dazu noch ist sie supernett und lustig. Ich mag sie.

Was ich die ganzen Tage nicht abstellen kann, ist das Zusammenzucken jedes Mal, wenn das Telefon auf meinem Schreibtisch klingelt. Ich entwickelte zu Beginn der Woche den aberwitzigen Gedanken, er könne mich anrufen. Aber was hätten wir zu besprechen?

Er ist jetzt mein Boss und ich unterschrieb meinen Arbeitsvertrag, in dem es schwarz auf weiß steht: Die Geschäftsleitung duldet keine Art von Liebesbeziehungen oder etwaige intime Verhältnisse unter Kollegen.

Eine Fortsetzung unserer Nacht im Museum würde definitiv in diesen Bereich fallen.

Heute ist Freitag und nach Feierabend findet die jährliche Sommer-Firmen-Fahrradtour mit anschließendem Grillfest an einem See statt. Maya hat mich gleich am Montag angemeldet. Es sei perfekt, um alle kennenzulernen, sagte sie.

Finn kommt höchstwahrscheinlich nicht dorthin. Er ist noch immer auf Geschäftsreise. Ich bin enttäuscht und erleichtert gleichermaßen.

Nach der Arbeit radeln wir zusammen los. Es ist eine tolle Stimmung unter den Kollegen. Aus meinem Büro kenne ich Maya, den Teamleiter Tony und Julian.

Bis auf Tony, der etwa zehn Jahre älter ist, sind wir drei ungefähr im gleichen Alter. Wir sind eine lustige Gruppe in unserem Raum.

Es ist schön, bei dieser Radtour auch mit den anderen Kollegen in Kontakt zu kommen. Das war die Woche noch nicht wirklich möglich.

Ich fühle mich pudelwohl inmitten der Belegschaft und bin froh, in dieser Firma gelandet zu sein. Gut, dass ich bezüglich des Jobs nicht auf Evi gehört habe. Dass ich geblieben bin.

Wir erreichen unser Ziel und stellen die Räder ab. Ich schlendere mit Maya Richtung See. Dort ist ein Buffet für uns vorbereitet. Verschiedene Pavillons sind aufgebaut. Biertischgarnituren und viele übergroße Sitzsäcke laden zum Verweilen ein. Feuerkörbe warten darauf, entzündet zu werden. Ich bin begeistert. Eine tolle Atmosphäre. Entfernt klingt Musik.

„Wow, ist das schön hier."

„So sind unsere Feiern immer", erklärt Maya. „Da wird groß aufgefahren. Der Chef hat dabei gerne die Spendierhosen an."

Im nächsten Augenblick falle ich fast hintenüber, als ich Finn unter einem der Pavillons stehen sehe.

Er ist also doch bereits zurück.

Ich erkenne ihn sofort hinter seiner Sonnenbrille, mit einer Schürze um und einer Grillzange in der Hand. Schwerbeschäftigt ist er, läuft hin und her.

Jetzt schaut er auf. Späht in unsere Richtung, nimmt seine Brille ab, strahlt mich an. Sein Blick trifft mich mitten ins Herz.

Wie nur soll die Zusammenarbeit mit ihm funktionieren?

Das wird schier unmöglich.

4

Finn

Zurück in der Heimat freue ich mich auf das heutige Firmenevent. Nach meiner Ankunft am See ernennt mich Joachim nach einem kurzen Amsterdam-Update zum Grillmeister des Abends.

Unter meinem Pavillon stehend bereite ich alles vor. Die Kollegen sollen in ein paar Minuten ankommen.

Ich werde nervös, stelle ich fest. Nur eine Kollegin ist mir wichtig. Rike bringt mich völlig durcheinander.

Vom Chef habe ich erfahren, dass sie noch da ist. Zum Glück hat sie nicht gekündigt. Sie habe sich im Büro bisher gut eingebracht und sei wohl an diesem Abend am See ebenfalls mit von der Partie.

Es ärgert mich nun, dass ich sie nicht doch angerufen habe. Am Telefon hätte man die Tage schon das eine oder andere klären können. Dann muss ich über diesen Gedanken lachen.

Selbst wenn ich mir ganz fest vornehme, ihr höchst professionell gegenüberzutreten, ist das auch nur die blanke Theorie.

Sie hat mir in diesen paar Stunden, die wir im Museum verbrachten, dermaßen den Kopf verdreht. So was habe ich zuvor noch nicht erlebt.

Die ersten Kollegen kommen am See an. Wenn ich eben bereits nervös war, verdoppelt sich das in diesem Augenblick noch einmal.

Mensch, Finn, beruhige dich, sage ich mir und atme tief durch.

Das bringt gar nichts.

Neugierig blicke ich den bekannten Gesichtern entgegen – leider ist Rike nicht dabei.

Von links kommt der Chef mit großen Schritten und freudiger Miene angestiefelt. Gleich wird er eine seiner ergreifenden Reden halten.

Ich konzentriere mich wieder auf meine Aufgabe. Die alberne Schürze trage ich schon. Ein, zwei Sachen muss ich mir noch zurechtlegen. Suchend krame ich herum und finde die Grillzange, mein heutiges Arbeitswerkzeug. Dabei lausche ich dem chilligen Beat meiner Playlist, die über die Boxen rechts und links vom Pavillon ertönt.

„Du hast doch meistens diese gemütliche Musik in deinem Büro an, bei der man mitwippen muss. Mach die bitte gleich an, so zum Anfang", bat Joachim mich.

Ob SIE bereits da ist?

Eine neue Gruppe Kollegen ist soeben eingetroffen, sie kommt näher.

Tatsächlich erspähe ich Rike und setze augenblicklich meine Sonnenbrille ab. Nicht, dass sie mich gar nicht erkennt.

Ich betrachte sie – sie blickt zu mir. Verrückt bin ich nach ihr, möchte zu ihr gehen. Möchte sie schnappen ... entführen. Will sie für mich haben. Ganz allein mit ihr sein. Ich habe sie vermisst in den Tagen.

Was ist bloß mit mir passiert, frage ich mich und lache über mich selber.

Ich bin wie von Sinnen.

„Die neue Kleene ist genau mein Beuteschema", vernehme ich rechts neben mir. Kollege Julian steht mit verschränkten Armen da.

Ich bin entsetzt. Er starrt Rike an. Sofort spüre ich Abneigung wegen des Kommentars und seines gierigen Blicks.

„Moin Finn, wie war Amsterdam?", fragt er und boxt mir leicht auf den Oberarm.

„Moin. Lief gut. Danke. Und selbst?"

„Alles vom Feinsten. Wir beide sind heute die coolen Griller vom Dienst."

„Du auch?"

Er nickt.

Na wunderbar, denke ich voller Ironie.

„Ist das deine Mucke?", möchte er wissen.

„Ja."

„Geht gut", sagt er und bewegt sich kurz zum Takt. „Hast du noch so eine schicke Schürze für mich?"

„Liegt da vorne auf dem Stuhl."

„Super." Er tanzt zum Stuhl und bindet sie sich um. „Sie ist ein echtes Sahnestück."

„Was meinst du?"

Er sieht zu Rike. Ich ahne die Antwort.

„Na, die Kleene halt."

„Aha", entgegne ich mürrisch.

„Ach ... ich vergaß es fast. Du bist ja wieder aufgestiegen und darfst nun gar nicht mehr ran." Er lacht laut. Ich schüttle den Kopf. No comment. Julian ist halt so, wie er ist. Unverbesserlich. „Ich hol noch mehr Brot", teilt er mir mit. „Das, was hier liegt, reicht nie. Bis gleich."

„Aber beeil dich." Ich deute auf den Chef.

„Ja, habe ich gesehen. Gleich schnackt er los. Ich mach schnell."

Julian ist weg und ich schaue erneut nach Rike.

Sie ist in der Menge von Kollegen verschwunden. Alle sind um den Chef versammelt, der jede Minute anfangen wird zu reden.

5

Rike

Julian steht auf einmal neben mir. „Schön, dass du heute mitgekommen bist", raunt er mir zu.

Ich sehe zu ihm, lächle freundlich und schaue schnell wieder zum Chef, der gerade darüber spricht, wie stolz er auf uns alle ist.

Maya warnte mich, dass Julian mich bei der erstbesten Gelegenheit vollquatschen werde. Das habe ich längst hinter mir.

Am Dienstag fragte ich ihn, wie man einen Papierstau im Kopierer behebt, nachdem ich fast daran verzweifelt war. Er fand sich in der Rolle als mein Retter in der Not wunderbar und erzählte mir nebenbei seine Lebensgeschichte.

Sport. Sport. Sport.

Er berichtete außerdem mit einem Lächeln, dass er gerne mal wieder eine feste Freundin hätte. Es fehle ihm leider schlicht die Zeit für Romantik, weil er eben ständig im Sportstudio sei.

Anschließend hörte er mir aufmerksam zu, als ich ihm brav all seine Fragen über mich beantwortete. Nach einer Weile wurde es mir zu viel und ich beendete meine Erzählung, flüchtete an meinen Arbeitsplatz.

Maya riet mir – leider erst danach – ich solle mit Julian nie ein Gespräch anfangen. Er werde nicht mehr aufhören zu reden. Durch die Papierstau-Geschichte habe ich meine erste Lektion gelernt.

Seit unserer Unterhaltung am Dienstag ist er anhänglich. Ich werde das Gefühl nicht los, er folgt mir überall hin, sobald ich meinen Platz verlasse.

Im Büro sitzt er mir schräg gegenüber. Ich spüre ständig seine Blicke, fühle mich beobachtet. Oder bin ich nur paranoid?

„Wollen wir später auf deinen neuen Job anstoßen", fragt er, „mit einem Sekt vielleicht? Oder was auch immer du gerne trinkst. Wir haben alles vorrätig."

„Sollten wir da nicht zuhören?", frage ich leise zurück, zeige auf den Chef und wende mich etwas von ihm ab. Ich fühle mich unwohl, als ich im Augenwinkel sehe, wie er mir eindeutig in meinen Ausschnitt schaut. Geht es noch?

„Ach, der. Der erzählt doch jedes Mal das Gleiche." Ich höre ihn leise lachen.

Einen Moment überlege ich, ihn daran zu erinnern, dass es meine erste Firmenveranstaltung ist, verkneife mir das aber und ignoriere ihn.

Plötzlich spüre ich auf meiner anderen Körperseite eine angenehme Wärme. Jemand ist neben mich getreten. Ich drehe den Kopf zur Seite, blicke in ein mir vertrautes Gesicht. Sofort rast mein Herz. Er steht nah bei mir und lächelt.

„Hallo Frau Eberlein. Wie waren Ihre ersten Tage bei uns in der Firma?", fragt er leise.

„Die waren gut. Wie war Amsterdam … Herr Schneider?"

„Fast perfekt."

„Wieso nur fast perfekt? Gab es Probleme?"

Eine Kollegin, die vor uns steht, dreht sich zu uns um. Sie mustert uns eindringlich und sieht wieder nach vorne, nachdem Finn sie freundlich anlächelte.

„Nein, es gab keine Probleme", spricht Finn, jetzt noch leiser. Ich rücke ein Stück näher an ihn heran, damit ich ihn besser verstehe. Schaue auf seinen Mund. Seine Lippen, die ich küsste. Betrachte sein Gesicht. Seine Haut, die ich streichelte. Ich schnuppere sein Parfüm. Verführerisch.

Unsere Blicke treffen sich. Ich versinke in seinen Augen. Unsere Arme berühren sich leicht. Elektrisch. Momente verstreichen. Es kribbelt überall in mir. Wie im Museum.

Seinen Atem spüre ich an meinem Hals, als er weiterspricht: „Es war ein wenig einsam in Amsterdam."

Ich habe eine Gänsehaut.

„Ah. Verstehe", erwidere ich. „Das ist schade."

„Ja, schade trifft den Nagel genau auf den Kopf." Er grinst. Ich kichere leise. Unsere Arme berühren sich erneut.

„Fühlen Sie sich wohl ... hier?", möchte er wissen. Ich nicke.

„Sehr sogar. Die Schürze steht Ihnen übrigens ausgezeichnet."

„Danke. Besser als der schwarze Anzug?"

„Hm ... ich bin mir nicht sicher."

Wir tauschen erneut einen langen Blick.

„Wir sollten uns duzen. Ich bin Finn."

„Rike."

„Ich weiß", flüstert er mit einem Augenzwinkern.

„Könnt ihr mal leise sein?", mault Julian und schaut zu uns. „Ich will dem Chef zuhören." Er straft Finn mit einem finsteren Blick.

Sofort vergrößert Finn den Abstand zu mir, schmunzelt, verschränkt seine Arme vor der Brust und sieht entschlossen zum Chef.

Ich hole tief Luft und grinse hinter vorgehaltener Hand. Maya, die weiter links steht, erwischt mich dabei. Ihr Blick ist fragend.

Leicht mit den Schultern zuckend zeige ich unauffällig auf Julian, verdrehe amüsiert die Augen. Sie grinst nun ebenfalls.

6

Finn

„Du bist also auch an Rike interessiert", raunt mir
Julian leise zu.

„Bitte?", entgegne ich flüsternd. „Sei still und reiß
dich zusammen. Sie ist unsere neue Kollegin."

Er ist sofort an meine Seite gerückt, nachdem Rike
eben vom Chef nach vorne gerufen wurde und jetzt
von ihm ausführlich vorgestellt wird.

Ich möchte gerne mehr von ihr erfahren und
lausche erwartungsvoll.

„Zusammenreißen? Ich?", entgegnet Julian amüsiert.
„Wohl eher du. Du bist hier voll der Rike-Checker."
Sein leises Lachen nervt.

„Was willst du von mir, Julian?" Ich seufze und
sehe ihn direkt an.

„Von dir nichts. Nur von Rike."

„Dann gehst du vermutlich. Auch du DARFST
nicht ran – um es mit deinen Worten von eben zu
sagen. Lies deinen Arbeitsvertrag."

„Mir egal", erwidert er belustigt. „Für dich wäre es
wesentlich tragischer. Oder, Herr Teamleiter? O
Verzeihung, jetzt ja … Herr Manager."

Nicht zu fassen! Wieso reizt er mich so? Er bringt mich dermaßen zur Weißglut. Ich atme mehrere Male tief durch und schlucke die aufsteigende Wut erfolgreich in mir herunter. Was für ein Idiot, denke ich.

„Da fällt dir nichts mehr zu ein. Was, Chef?", bohrt er weiter.

Er kann froh sein, dass ich ein geduldiger Mensch bin. Ein friedvoller Mensch. Ich kenne einige, die hätten ihn in diesem Moment stumpf umgehauen. Und wenn er gefragt hätte: „Warum?", hätte er sich gleich einen Nachschlag abgeholt.

Stattdessen schüttle ich amüsiert den Kopf. „Nee Julian, dazu fällt mir tatsächlich gar nichts mehr ein. Werd einfach erwachsen."

Für diesen Moment ist er ruhig. Wohltuend. Ich lausche Rikes Stimme vorne bei Joachim. Aber mitten im Kontext ist es schwierig, ihr zu folgen.

„Mittwoch in der Mittagspause haben wir uns gut unterhalten", erzählt Julian leise und ich spüre die Wut wieder hochkochen. „Sie ist echt nett und sie ist Single", fährt er fort. Ich atme flach, will einfach, dass er still ist. „Eigentlich wollte sie heute nicht zum See kommen. Ich konnte sie überzeugen. Was für ein tolles Mädchen."

„Julian! Ruhe jetzt!", zische ich durch geschlossene Zähne.

Endlich hält er die Klappe.
Nun himmelt er sie an.

Ich wünsche mir sehnlichst, Rike und ich, wir hätten diese Woche alle Mittagspausen gemeinsam verbracht. Und nicht nur die Pausen. Ich hätte sie mit nach Amsterdam nehmen sollen.

Bin ich tatsächlich neidisch auf Julian? Eifersüchtig? Weil er mit ihr Zeit verbrachte? Unglaublich.

Der Chef und Rike lachen. Die Kollegen stimmen mit ein. Großartig, und ich habe den Witz verpasst. Ich habe alles verpasst.

Es wird geklatscht. Ich klatsche mit. Sie strahlt in die Runde, ist etwas rot im Gesicht geworden. Wunderschön. Meine Wut ist wie weggeblasen.

Ach, Rike. Ich wünsche mir am meisten, wir hätten heute Abend Zeit für uns allein. Es besteht dringend Gesprächsbedarf.

Ob es bei einer schlichten Unterhaltung bliebe, wenn wir wirklich ungestört wären?

Mein Verstand gibt ungefragt seinen Senf dazu: Rike ist tabu, erklärt er mir wichtig. Professionalität ist angesagt. Alles andere geht nicht. No way.

Ja, mein Verstand hat recht: Meinen Job möchte ich gerne behalten.

Aber Julian wird gewiss ebenso wenig der neue Mann an Rikes Seite werden. Bei dem Gedanken wird mir ganz anders.

Dann denke ich ein paar Minuten zurück und meine Professionalität verabschiedet sich schon wieder mit einem verklärten Grinsen.

Unsere Arme berührten sich und da habe ich diese Energie zwischen uns gespürt. Wie in der Nacht im Museum.

Erneut spürte ich sie, als sie zum Chef nach vorne stürmte und wir uns ein weiteres Mal flüchtig berührten. Ihr sanfter Blick im Anschluss brachte mich beinahe ins Wanken.

Tatsache ist – unverkennbar – ich bin doch nur wegen ihr hier. Es ist zum Haareraufen.

Joachim findet abschließende Worte:
„Vielen Dank, Frau Eberlein. Schön, dass Sie bei uns sind."
Rike tritt in die Menge zurück. Es folgt ein weiterer kurzer Applaus.
„Nach dieser netten Vorstellung", spricht der Chef weiter, „schlage ich vor, dass wir alle mit einem Gläschen Sekt den Abend feierlich eröffnen. Die Damen und Herren mit den Tabletts stehen bereit, wie ich sehe.
Danach kommen wir zum kulinarischen Teil. Ich wünsche uns allen gleich einen guten Appetit und einen schönen Abend mit vielen netten Gesprächen."

Ein Handzeichen von ihm in meine Richtung fordert mich unmissverständlich auf, unverzüglich mit dem Grillen zu starten.
Eile ist geboten. Joachim ist ein Verfechter der Perfektion. Einen Fauxpas sollte man sich nicht erlauben, da ist er ungehalten. Ich habe es zum Glück in all den Jahren noch nicht am eigenen Leib erfahren, jedoch bei einigen Kollegen miterlebt. Jedes Mal war es furchteinflößend.

Meinen Co-Grillmeister suchend schaue ich mich um. Wo ist Julian? Vorne bei Rike.
Nicht zu glauben.

7

Rike

Ich stehe vor der ganzen Belegschaft und mir ist furchtbar heiß. Die warmen Worte vom Chef machen mich verlegen.

Als er mich freundlich vorstellt, suche und finde ich Finn in der Menge. Er unterhält sich angeregt mit Julian. Das verunsichert mich.

Warum sieht er nicht zu mir? Wieso hört er nicht zu, was ich zu erzählen habe? Wenn es andersherum wäre, hätte er meine ungeteilte Aufmerksamkeit. Ich sehe ihn lachen. Das verunsichert mich noch mehr.

Zum Abschluss bekomme ich Applaus und mein Blick geht zu Finn. Er klatscht ebenso, worüber ich mich freue. Der Chef spricht letzte Worte und ich lausche ihm aufmerksam. Als er uns allen einen schönen Abend wünscht, schaue ich erneut nach Finn, dieser verschwindet in der Menge. Schade.

Kleine Grüppchen bilden sich.

Ich mische mich unters Volk und weiß nicht so recht, wo ich hingehen soll. Da schubst Maya mich sanft an. „Na", raunt sie mir zu. Grinst.

Schnell steht auch Julian an meiner Seite. Er hält lächelnd zwei Gläser in den Händen.

„Ein wenig Schaumwein für dich?", fragt er und ich nehme ihm ein Glas ab. Finn sehe ich derweil mit großen Schritten in Richtung Buffet gehen.

Julian folgt meinem Blick.

„Der fesche Herr Manager ist heute unser wichtiger Grillmeister", erklärt er, „natürlich mit mir zusammen."

„Oh, danke", ruft Maya fröhlich. Sie stellt sich zwischen Julian und mich und nimmt ihm das verbliebene Glas aus der Hand. „Sehr aufmerksam von dir. Prost Rike, auf uns."

„Aber das ist mein Sekt", bemerkt Julian aufgebracht.

„Hol dir halt Nachschub", erwidert Maya frech. Sie und ich, wir stoßen an. Nippen an den Gläsern. Julian funkelt Maya aus bösen Augen an.

„Ihr zwei kennt euch schon länger, oder?", fragt er mich.

„Maya und ich?"

„Nein, Finn und du."

„Nö, ich habe ihn erst hier in der Firma kennengelernt. Eigentlich kenne ich ihn noch gar nicht, weil er ja heute erst aus Amsterdam zurück ist."

„Ihr wirktet recht vertraut, als der Chef seine Rede hielt."

„Er wollte lediglich wissen, wie meine ersten Tage in der Firma waren."

„Julian!", ruft Maya dazwischen, „braucht Finn dich nicht? Grillt ihr heute nicht zusammen? Du solltest zu ihm gehen."

„Ach, der kann ruhig auf mich warten", erwidert er mit einem bitteren Lachen.

„Willst du ihm das vielleicht genau so sagen?", fragt sie ernst.

„Jaahaa … ich gehe ja schon", entgegnet er genervt und zwinkert mir dann lächelnd zu. „Wir zwei sehen uns später auf einen Drink, oder?"

„Mal sehen", antworte ich ihm.

„Los. Husch. Husch. Ab mit dir", ruft Maya laut und Julian folgt ihr aufs Wort. Mit schnellen Schritten entfernt er sich.

„Los? … Husch. Husch", wiederhole ich ihre Worte leise und lache.

„Ja, so rede ich doch immer mit Julian und er hört auf mich."

Ich blicke ihm hinterher. Julian sieht sich in diesem Moment um und winkt mir zu.

„Da steht wohl einer auf dich", bemerkt Maya.

„Meinst du echt?"

Sie nickt.

„Ich will das aber nicht", jammere ich.

„Dann musst du ihm das wohl zeigen und darfst nicht mehr freundlich zu ihm sein."

„Bist du deshalb so zu ihm?"

„Wie?"

„Abweisend."

„Ja, was meinst du denn? Ich bin doch sonst recht umgänglich, oder?"

„Das stimmt", antworte ich mit einem Schmunzeln. „Und was ist mit ihm und Finn?"

„Was meinst du?"

„Julian scheint Finn in seiner Position nicht so ganz ernst zu nehmen. Er macht ständig solche Andeutungen."

„Die beiden haben zeitgleich in der Firma angefangen. Finn hat sich von Beginn an voll reingehängt. Julian nicht.

Nun kann er nicht damit umgehen, dass Finn mit dem Chef mittlerweile ganz dicke ist und es für ihn immer weiter nach oben geht."

„Und Julian?"

„Der interessiert sich lieber für sämtliche Frauen, die nicht bei drei auf einem Baum sind. Die Arbeit lässt er dafür gerne mal Arbeit sein."

„Aha. Und Finn und die Frauen?"

„Finn ist zu 100 % Businessmann. Ich kenne ihn viele Jahre. Für ihn zählen nur die Arbeit, das Geld, sein Auto, seine Klamotten und die nächste Beförderung. Für Frauen hat er keine Zeit. Vielleicht sucht er sich hin und wieder eine Hübsche für eine Nacht, mehr geht da nicht."

„Aha", antworte ich – Autsch, denke ich.

„Das wolltest du nicht hören, oder?", fragt sie und lacht.

„Wie meinst du das?", entgegne ich irritiert.

„Nicht wichtig."

„Sag schon", fordere ich.

„Unseren Finn", flötet sie los, „den finden alle toll. Er ist ja echt ein Schicki. Charmant. Heiß. Beruflich erfolgreich. Ein Hauptgewinn. In ihn sind irgendwie sämtliche Frauen verschossen, aber dauerhaft bei ihm landen kann keine."

„Okay." Ich schlucke hart.

„Und unser Julian", erzählt sie weiter, „ist ganz schön eifersüchtig auf Finn. Nicht nur wegen der Beförderungen, auch wegen seiner Wirkung auf Frauen."

„Verstehe", kommt es mir zögerlich über die Lippen, andere Worte fallen mir nicht mehr ein. Steht mir das Entsetzen eventuell ins Gesicht geschrieben?

„Egal jetzt", sagt Maya und hakt mich ein, zieht mich mit sich, „komm, lass uns was trinken gehen."

Ich lass mich mitziehen.

Hätte gerne mehr … nein, einfach alles zum Thema Finn erfahren. Es regt mich zum Nachdenken an und später werde ich gewiss noch mal nachbohren.

8

Finn

Julian und ich verbringen die nächste Zeit am Grill. Wir versorgen die Kollegen mit exzellentem Fleisch und lockeren Sprüchen.

„Immer schön witzig bleiben", hat Joachim uns mit einem Grinsen zugerufen und wir sollen bloß nichts anbrennen lassen.

Julian geht mir entsetzlich auf die Nerven. Ständig fängt er von Rike an und mittlerweile unterstellt er mir sogar, wir hätten was miteinander.

Schön wäre es, denke ich. Dann wäre ich zu diesem Zeitpunkt sicher nicht mit ihm in diesem viel zu heißen Pavillon, sondern würde es mir irgendwo mit ihr gemütlich machen.

„Du guckst die ganze Zeit, wo sie ist. Wie ein liebeskranker Trottel", äußert er in meine Richtung und findet sich lustig dabei.

„Es reicht", entgegne ich wütend, ziehe ihn ein Stück zur Seite – weg von den Kollegen – und mustere ihn böse.

„Hui, da habe ich wohl einen Nerv getroffen", frotzelt er.

Dass ich einen ganzen Kopf größer bin als er, imponiert ihm kein bisschen. Wir kennen uns einfach zu lange. Er weiß, dass ich für gewöhnlich nur belle, nicht beiße. Mir ist bewusst, dass ich dringend an meiner Außenwirkung arbeiten muss.

„Pass mal auf, mein Freund. Wenn du nicht augenblicklich mit dem Mist aufhörst, kannst du diese Firmenfeier verlassen. Du bist dann von mir höchstpersönlich freigestellt. Das sage ich dir als dein Chef. Klar?"

„Ach, die Chefkarte?"

„Ja, genau die spiele ich jetzt. Du bettelst förmlich darum."

„Du bist mir ein feiner Freund", stichelt er.

„Julian ... willst du gehen?"

„Nein ... Chef. Ich bleibe und bin ab sofort brav."

„Gut."

Mein strenger Blick ruht noch ein paar Momente auf ihm. Ich bin begeistert. Er nimmt mich ernst.

Wir widmen uns erneut unserer Aufgabe: Lockere Sprüche machen und exzellentes Fleisch servieren.

Ich entscheide mich, für die nächste Zeit keine Ausschau mehr nach Rike zu halten. Julians Gemüt ist genug erhitzt. Er hat sich in diese Rike-Finn-Idee verbissen und wie recht er doch damit hat.

Ich hoffe auf später und auf ein wenig gemeinsame Zeit mit ihr.

Nach dem Essen führe ich Gespräche mit Kollegen, der Geschäftsleitung und jenen, die dazu gehören möchten. Ich befinde mich quasi in einer ewigen Dauerunterhaltung und merke mit der Zeit die aufsteigende Müdigkeit in mir.

Die Woche in Amsterdam war anstrengend und ich habe mir diesen Abend entspannter vorgestellt.

Rike sehe ich zwischendurch. Sie schaut recht unglücklich drein. Gerne würde ich sie aufmuntern, ihr meine ganze Zeit schenken.

Im Museum war die Stimmung zwischen uns besonders. Vertraut, möchte ich behaupten. Ich möchte das erneut spüren.

Könnte ich diese Veranstaltung doch sofort mit ihr verlassen. Einfach so. Und dann? Keine Ahnung. Das würde ich mir überlegen, wenn es so weit wäre.

Denk an deinen Job, ruft mein Verstand mal wieder ungefragt.

Ja, das tue ich.

Es ist das reinste Wechselbad der Gefühle.

Als ich gegen Ende der Veranstaltung mit dem Aufräumen beginne, geht plötzlich meine persönliche Sonne auf und vertreibt mit einem Mal alles Negative.

Rike steht da.

„Na, du", sagt sie mit einem Lächeln.

„Na ... Wo hast du Maya gelassen?", frage ich sie.

„Keine Ahnung, wo sie ist. Sind wir tatsächlich allein?"

„Es hat den Anschein", erwidere ich, „und es ist wirklich schön, dich zu sehen. Der Abend war bis zu diesem Moment ein Albtraum."

Sie stimmt mir mit einem Nicken zu. Glücklich blicke ich sie an. Rike ist alles, was ich will.

„Ich wollte dich heute einfach nur …“, beginne ich meinen Satz.

9

Rike

Maya stellt mich sämtlichen Kollegen vor. Ich halte den ganzen Abend Smalltalk. Versuche, mir Namen zu merken und mir einzutrichtern, in welchen Büros die entsprechenden Personen sitzen.

Es ist viel Input für einen Abend und zwischendurch wünsche ich mir immer wieder, einfach nur am See zu sitzen und aufs Wasser zu schauen.

Am liebsten natürlich nicht allein, aber der, den ich gerne um mich herum hätte, ist gerade unerreichbar für mich.

Mayas Worte haben mich abgeschreckt. Finn ist also ein Vollzeit-Businessmann, dessen Augenmerk eher auf materielle Dinge ausgerichtet ist.

Und für Frauen habe er keine Zeit, sagte sie. Alle seien irgendwie in ihn verschossen, landen könne bei ihm keine.

Wenn ich am letzten Wochenende mit ihm mitgegangen wäre, dann wäre ich – wie Maya es nannte – nur eine Hübsche für eine Nacht gewesen?

Evis Worte aus dem Taxi fallen mir ein: Schnösel, edle Schuhe, teure Uhr, Maßanzug … und Maya erzählte was von Autos und Geld. Solche Dinge seien ihm wichtig.

Das, in Summe, ergibt kein schönes Bild von ihm.

Mein Herz fühlt es anders. Es lässt sich nicht beirren und ist voll auf Finn fokussiert.

Um Julian machen Maya und ich den kompletten Abend einen großen Bogen. Er ist extrem betrunken. Den Drink mit mir hat er anscheinend und zum Glück vergessen. Seine Aufmerksamkeit schenkt er den weiblichen Auszubildenden.

„Bei denen kommt er gut an", erzählt Maya.

„Er ist wirklich schlimm", stelle ich fest. „Läuft da dann auch was?"

„Keine Ahnung. Ich bleibe lieber auf Abstand. Den Chef macht so was richtig wütend, aber das ist Julian egal. Er trinkt immer viel zu viel und kennt seine Grenzen nicht. Es gab wohl bereits mehrere Gespräche mit der Geschäftsleitung."

„Ist Herr Schierholz konsequent?"

„In Bezug auf was?"

„Ist schon mal jemand gefeuert worden, weil er mit einem Kollegen etwas anfing?"

„Weiß nicht. Wieso? Willst du doch was von Julian?"

Entsetzt blicke ich sie an.

Sie lacht.

„Ich kann mir durchaus vorstellen, dass der Chef Köpfe rollen lässt", erzählt sie. „Man muss es halt geschickt anstellen und darf sich nicht erwischen lassen."

„Sprichst du aus Erfahrung?"

Sie schüttelt den Kopf.

Ich glaube ihr nicht.

„Soso, nicht erwischen lassen ist also der Masterplan", wiederhole ich ihre Aussage.

„Genau, es gibt Kollegen, da lohnt es sich, etwas zu riskieren."

„Von wem sprichst du?", möchte ich unbedingt wissen.

„Ich schweige", erwidert sie. „Und bei dir? Du hast doch auch jemanden im Auge, oder?"

„Ich? Nein. Niemals."

„Sollst du lügen, Rike?"

„Mache ich nicht."

„Wenn du das sagst."

Den ganzen Abend schaue ich immer mal wieder zu Finn. Möglichst unauffällig. Und wie ich ein Auge auf jemanden geworfen habe, aber das erzähle ich Maya bestimmt nicht.

Das Ganze ist eventuell sowieso nur eine Seifenblase. Ich werde für ihn gewiss keine Frau für eine Nacht sein.

Die erste Zeit des Abends steht er am Grill und bespaßt die Kollegschaft. Ich möchte ebenfalls über seine Witze lachen. Als ich mir etwas zu essen hole, steht er nicht am Grill. Enttäuscht blicke ich mich um, entdecke ihn ein Stück entfernt mit einem Kollegen – tief in ein Gespräch versunken.

Auch später unterhält er sich ständig.

Der Abend vergeht schnell, ohne dass wir uns über den Weg laufen. Ich werde traurig. Hat er nicht mal ein paar Minuten für mich übrig? Ignoriert er mich sogar? Er sieht nie zu mir her. Hat er mir nichts mehr zu sagen?

Es ist besser so, tröste ich mich. Vergiss es einfach.

Der Chef lasse Köpfe rollen, vermutet Maya. Finn ist mein Vorgesetzter, ist im Management. Ich bin in der Probezeit. Selbst wenn er mit mir andere Absichten hätte, als sein schlechter Ruf erahnen lässt.

Er und ich, das geht einfach nicht.

Dann schmunzele ich. So weit die Theorie.

Ich erinnere mich an die Momente, während der Chef heute seine Rede hielt. Als wir dicht beieinanderstanden und ich es spürte. Dieses Kribbeln.

Das war elektrisch zwischen uns. Wie an unserem Abend im Museum. Ich kann die Gefühle für ihn nicht abstellen.

Das Fest neigt sich dem Ende. Ich ziehe los, um mir ein letztes Getränk zu holen.

Dort steht Finn. Unter dem Pavillon, den ich direkt ansteuere.

Er räumt auf, ist beschäftigt, schließlich bemerkt er mich. Sein Blick wärmt mich.

„Na, du", sage ich.

„Na … Wo hast du Maya gelassen?", fragt er.

„Keine Ahnung, wo sie ist". Ich sehe mich um. „Sind wir tatsächlich allein?"

„Es hat den Anschein", erwidert er, „und es ist wirklich schön, dich zu sehen. Der Abend war bis zu diesem Moment ein Albtraum."

Lächelnd nicke ich. Wie recht er hat. Er wirkt schrecklich müde.

„Ich wollte dich heute einfach nur …", beginnt er seinen Satz. Weiter kommt er nicht, wird derbe unterbrochen.

„Albtraum?", ruft Julian laut. „Häh? War doch eine echt voll coole Party." Er torkelt unter den Pavillon.

Finn stöhnt auf und rollt mit den Augen.
„Du bist so betrunken. Zu voll zum Fahrrad fahren. Ich bringe dich gleich nach Hause."
„Nee, ich fahre heute mit der schönen Rike heim."
„Wohl kaum", rufe ich empört. Finn steht das Entsetzen ins Gesicht geschrieben.

„Rike, hilfst du mir mal eben?", bittet Finn mich. „Das müsste noch in den Firmentransporter." Er zeigt auf zwei Transportkisten. „Jeder trägt eine? Gehen wir zusammen?" Er zwinkert mir zu.
„Das mach ich", lallt Julian.
„Du setzt dich sofort da hin und hältst die Klappe", spricht Finn ernst und zeigt auf einen Stuhl. „Ansage von deinem Chef. Es reicht für heute."
Julian setzt sich augenblicklich.
Schweigt.
„Albtraum", murmelt Finn. Sieht mich an. Ich halte seinem Blick stand. Da ist es wieder. Es ist elektrisch. Wir brauchen uns nicht einmal zu berühren. Es funktioniert ebenso, wenn ein ganzer Meter zwischen uns ist.

„Was wolltest du mich heute einfach nur?", frage ich.
„Hm?", macht er.
„Du sagtest eben, du wolltest mich heute einfach nur ... Was?"
Er grinst von einem Ohr zum anderen.

„Ich möchte unverzüglich nach Hause", erwidert er eindringlich. Seine Augen leuchten. Genau diesen Satz sprach er im Museum zu mir, kurz bevor Evi erschien und mich von ihm wegzog.

Mayas Erzählung ist in meinen Gedanken … ‚Die eine Hübsche für eine Nacht' geistert durch meinen Kopf … Zweifel steigen in mir hoch.

Dann fühle ich mein Herz, wie es schnell schlägt. Es rast seinetwegen. Wegen Finn.

„Ich möchte jetzt auch sofort nach Hause", antworte ich verzögert und ein Kribbeln durchzieht meinen Körper. Elektrisch.

Im nächsten Moment vernehmen wir ein lautes Stöhnen, gefolgt von einem dumpfen Geräusch. Julian ist von seinem Stuhl auf den Boden ins weiche Gras gefallen. Finn kniet sich schnell neben ihn.

„Der ist im Traumland. Alles gut. Gibst du mir dein Handy? Ich lass dir meine Nummer da. Endlich."

Ich grinse, zücke und reiche es ihm.

„Schöne Hülle", sagt er mit einem Schmunzeln.

„Nicht wahr?"

Er tippt und gibt es mir zurück.

„Wehe, du rufst mich nicht an oder schreibst mir nicht."

„Wehe, du ignorierst mich, wenn ich dir schreibe oder dich anrufe."

„Ich werde dich nie wieder ignorieren."

„Hast du das etwa getan?"

„Ja, heute … gezwungenermaßen."

Maya kommt dazu.

„Was ist hier für eine Party?", ruft sie. „Und was ist mit Julian?"

„Der pennt tief und fest", antwortet Finn. „Ich fahre ihn nach Hause. Radelt ihr beide zusammen heim?"

„Ja, wir wohnen dicht beieinander, haben wir festgestellt", erklärt sie, „passt super mit Rike und mir." Sie zwinkert mir zu.

„Was ist mit den beiden Kisten?", frage ich Finn. „Sollen die noch in den Transporter gebracht werden? Soll ich dir helfen?"

„Das mache ich. Alles gut. Passt auf euch auf. Gute Heimfahrt. Bis Montag."

10

Finn

Wir räumen den Platz am See mit ein paar Kollegen auf. Zum Glück finden sich immer einige Wenige in der Belegschaft, die sich dafür nicht zu schade sind. Interessanterweise sind es stets die gleichen Personen.

Ich bin stehend k. o., als ich endlich in mein Auto steige. Mittlerweile ist es dunkel. Ob Rike schon zu Hause ist? Mein Handy checke ich regelmäßig und vermisse ihre Nachricht.

Neben mir sitzt der schlafende Julian. Er ist ein Idiot. Sein Glück ist, dass wir uns bereits eine Ewigkeit kennen, und die Tatsache, dass er zu dieser Zeit eine schlimme Phase durchmacht, stimmt mich milde.

Sein Vater ist vor ein paar Monaten gestorben und seitdem entwickelt er sich mehr und mehr zum Arschloch.

Beim Fest hat er mal wieder viel zu viel getrunken und sich ebenso viel zu viel mit den weiblichen Auszubildenden beschäftigt.

Joachim sprach mich am Abend erneut an, dass es so nicht weitergehen könne mit ihm. Julians Benehmen sei bereits eine lange Zeit nicht mehr angemessen. Der schreckliche Tod des Vaters hin oder her, es gebe Grenzen, die er gänzlich überschritten habe.

„Regele das endgültig mit ihm", bat er mich eindringlich, „ihr kennt euch privat. Vielleicht versuchen wir es noch ein letztes Mal auf diese Weise."

Ich weiß, wie dieses Gespräch mit Julian ablaufen wird. So wie bei den letzten Versuchen.

Er wird mich fragen, was ich mir einbilde. Ich solle nicht den Chef raushängen lassen. Und er wird mich darüber aufklären, dass er stets mache, wonach ihm der Sinn stehe. Mein Managerposten sei ihm so was von egal und auf meinen Rat gebe er gar nichts.

Ich werde ihm antworten, dass es nicht um mich gehe, sondern ausschließlich um ihn, ihm erklären, dass die Geschäftsleitung genug von ihm habe und dass mein gut eingelegtes Wort für ihn keine Wirkung mehr zeige.

Verbales Im-Kreis-drehen – wie jedes Mal.

Wir sind bei ihm angekommen. Ich hole ihn aus dem Wagen. Er stöhnt laut auf. Gibt seltsame Geräusche von sich.

„Fang auf den letzten Metern nicht an zu würgen, mein Freund." Für Momente beobachte ich ihn. Keine Reaktion. Er schläft tief und fest.

Zum Glück wohnt er im Erdgeschoss, denn ich muss ihn hineintragen. Wehklagende Geräusche macht er, als ich ihn ins Bett lege. Er ist völlig daneben. Einen Eimer stelle ich ihm hin. Für alle Fälle.

Etwas später fahre ich in die Tiefgarage meines Wohnhauses, parke und nehme den Fahrstuhl in mein Apartment im Obergeschoss.

Von meiner Dachterrasse schaue ich hinab auf die Stadt bei Nacht. Irgendwo da unten ist sie und meldet sich nicht.

Rike Eberlein.

In Amsterdam habe ich sie bereits im Netz gesucht. Sie ist ein Geist. Es gibt keinen Eintrag. Keine Notiz. Rein gar nichts über sie.

Ich starte einen weiteren Versuch, durchstöbere das Internet. Nein. Es bleibt erfolglos!

Die ganze Sache nervt. So will ich das nicht!

Möchte nicht, dass mir eine Frau dermaßen den Kopf verdreht. Eine solche Macht über mich und meinen Gemütszustand hat. Nichts von alledem möchte ich fühlen. Das gibt nur Probleme.

So eine Ablenkung passt nicht in mein Leben. Hier wie blöde rumsitzen und warten, dass sie mir endlich schreibt oder mich anruft. Das geht gar nicht.

Meine Karriere steht im Vordergrund, ist mir wichtig. Die letzten Jahre habe ich Gas gegeben, erreichte viel. Es soll genauso bleiben. Es ging mir doch gut ohne sie in meinem Kopf.

Alles riskiere ich! Für sie. Für eine Frau, die ich kaum kenne. Nur ein wenig. Und dieses Wenige reicht aus, um mich völlig in den Wahnsinn zu treiben.

Ich denke, noch nie in meinem ganzen Leben begehrte ich je eine Frau so sehr wie sie.

Werden sie mich feuern, wenn ich mit Rike etwas anfange und es publik wird? Ich bin mir nicht sicher.

Im Arbeitsvertrag ist alles geregelt. Ich habe unterschrieben, dass Liebesbeziehungen zwischen Kollegen zu unterlassen sind. Das war der Wortlaut, oder? Meinen Vertrag werde ich mir zeitnah noch einmal durchlesen.

Aber: Liebe? ... das ist doch Privatsache. Niemand kann sich aussuchen, für wen er oder sie etwas fühlt. Keiner sollte einem das vorschreiben können.
Den Passus unterzeichnete ich, ohne nachzudenken. Wie sollte ich auch mit so was rechnen?

Sie ist in ihrer Probezeit. Sie könnte man schnell rausschmeißen. Und mich? Degradieren? Abmahnen? Alles nicht witzig.

Plötzlich sind meine Sinne hellwach. Jemand schickte mir eine Nachricht. Mein Display leuchtet auf.
Nein. Nicht Rike.

Seufzend schmunzele ich. Es ist meine Mutter und es ist kurz nach Mitternacht.
Alles Gute wünschen wir dir. Wir sind unheimlich stolz auf dich und wir lieben dich. Deine Mama und dein Papa.

Ich rufe sie an.
„Danke, Mama. Danke an euch."
„Du bist erreichbar?"
„Ja, ich bin zu Hause."
„Warum feierst du nicht?"
„Ich bin müde von der Woche", erkläre ich.
„Aber es ist dein Geburtstag."
„Der Tag fängt doch gerade erst an."
„Wenn du das sagst ... auf jeden Fall alles Liebe von uns."

„Danke, Mama."

Sie fragt mich, wie Amsterdam war und ich erzähle ihr von meiner Woche und von diesem Abend am See. Natürlich kein Wort von Rike. Sie ist mein süßes Geheimnis.

Apropos Rike.
Wo ist ihre Nachricht? Wo ihr Anruf?
    Fand sie meinen Kontakteintrag nicht?

11

Rike

Maya und ich schlendern zu unseren Rädern, steigen auf und fahren los.

„Was ist das eigentlich mit dir und den Männern?", fragt sie und grinst.

„Was meinst du?"

„Jetzt stell dich nicht doof. Zum einen wäre da Julian und zum anderen wäre da Finn."

„Julian ist furchtbar."

„Ich weiß. Und Finn?"

„Er ist unser Boss."

„Na und?"

„Das würde Herrn Schierholz nicht gefallen."

„Das Herz macht doch, was es will, oder nicht?", säuselt sie.

„Aber wenn man dafür den Job verlieren kann?"

„Aber wenn man dafür Liebe bekommt?"

„Wie romantisch", antworte ich amüsiert, „Liebe? Von Finn? Du sagtest selbst, er hat keinen Kopf für so was."

„Es hat ganz schön geknistert im Pavillon."

„In welchem?"

„Als ich eben dazu kam. Als Julian ganz friedlich schlief."

„Und was war da deiner Meinung nach?", hinterfrage ich und versuche, jegliche Gefühlsregung vor ihr zu verbergen.

„Finn und du, ihr habt euch … angestarrt. Nein, ich möchte mich korrigieren. Ihr habt euch angeschmachtet."

Ich lache.

„Man hat quasi die Anziehungskraft gespürt, die zwischen euch war", fährt sie fort.

„Was für ein Blödsinn."

„Nix Blödsinn."

„Aber du sagtest, er …"

„Vielleicht", unterbricht sie mich, „hat er sich geändert."

„Wieso sollte er?"

„Also Rike … so wie er dich angesehen hat."

„Wie denn?"

„Als würde er bereits voll und ganz dir gehören. Als würde sein Herz nur noch für dich schlagen."

Ich lache noch mehr.

„Hör auf, Maya. Er ist unser Boss und die Sache ist ausgeschlossen."

„Fein. Wenn du das sagst."

„Und nun zu dir. Bist du vergeben?", möchte ich wissen. Ein Themenwechsel muss her. Mir ist von dem, was Maya eben sagte, ganz heiß geworden.

„Einverstanden", erwidert sie, „reden wir ganz kurz über mich. Ich warte noch auf The Perfect Match."

„Und wie soll dein perfekter Gegenpart sein?"

„Na … so ungefähr wie du", entgegnet sie und grinst.

„Oh."

„Du stehst jedoch voll auf Finn, das ist in Ordnung."

„Hör auf. Das ist gar nicht wahr."

„Nee, auf keinen Fall. Sieht man gar nicht", flötet sie voller Ironie und lacht. Mir wird noch heißer. „Ihr habt schon eine Geschichte", bemerkt sie, „das habe ich sofort geblickt. Das mit euch hat nicht erst in der Firma angefangen."

Ich kommentiere das nicht.

„Kannst du mir ja irgendwann erzählen", fügt sie hinzu. „Wenn du magst."

„Da gibt es nichts zu erzählen."

„Okay. Wie du willst!"

„Wie lange bist du allein?", frage ich sie.

„Habe ich das gesagt? Ich sagte, ich warte noch auf die Richtige, bis dahin genieße ich das Leben. Solltest du auch tun und dein Herz sprechen lassen."

„Aber …"

„Rike", unterbricht sie mich, „sortiere erst einmal deine Gefühle. Falls da was mit Finn ist, war das, was ich heute von ihm erzählte, kontraproduktiv.

Verzeih mir und vergiss das einfach. So, wie er dich vorhin angesehen hat, ist definitiv was im Busch."

Ich schweige, weiß nicht, was ich noch sagen soll.

Wir kommen vor meinem Haus an und steigen von den Rädern ab. Sie herzt mich und gibt mir einen Kuss auf die Wange.

„Schön, dass du bei uns gelandet bist, Rike."

„Ja, finde ich auch. Danke dir."

„Wofür?", fragt sie.

„Für alles."

„Gern geschehen. Bis Montag."

„Bis Montag, Maya."

Mein Handy hole ich bereits aus der Tasche, als ich ins Treppenhaus trete. Das Herz rast mir vor Aufregung.

,Ihr habt schon eine Geschichte. Das mit euch hat nicht erst in der Firma angefangen.'

Mayas Worte klingen nach. Sie hat recht, eine ganz kleine Geschichte haben wir in der Tat.
Winzig ist sie.

In meiner Wohnung setze ich mich kribbelig aufs Sofa und halte mein Telefon in der Hand. Endlich habe ich seine Handynummer. Stutzig scrolle ich durch meine Kontakte.
Kein *,Finn'*.
Kein *,Herr Schneider'*.
Hm …

… suche weiter und finde:
,Nachts im Museum'
Der Kontakt ist neu. Ich schmunzele zufrieden.

Mein Zeigefinger kreist langsam direkt über dem Display. Soll ich eine Nachricht schreiben oder ihn lieber anrufen?
Zweifel kommen in mir hoch.

Was bedeutet dieser Anruf für mich? Für ihn? Für uns beide? Ist es falsch? Ist es richtig?

Julian kommt mir in den Sinn, der mir Fragen über Finn stellte, und Maya ist anscheinend voll im Bilde. Es habe geknistert im Pavillon, sagte sie.
Möchte ich das alles wirklich? Bringt diese ganze Geschichte nicht einfach nur Probleme?

Ein Manager und ich. Er und die neue Angestellte in Probezeit. Das ist doch alles Quatsch.

Und da ist immer noch die Aussage: *,die Hübsche für eine Nacht'*, auch wenn Maya eben versuchte, das zu revidieren.

Seufzend lege ich das Telefon auf den Tisch und lasse mich zur Seite fallen, blicke auf seine schwarze Hülle.

Was hat da bloß begonnen?
Nachts im Museum.

Ich greife mir meine Kuscheldecke, vergrabe mich darunter und denke an die Nacht zurück.
Es war heiß zwischen uns.
Es war lustig zwischen uns.
Es war tiefsinnig zwischen uns.

Es ist bereits nach 1 Uhr nachts, als ich seine Nummer wähle.

Es klingelt.

12

Finn

Mitten in der Nacht erwache ich und checke mein Handy. Eine unbekannte Nummer in Abwesenheit zeigt es an.

Ich bin nach dem Gespräch mit meiner Mutter schnell eingeschlafen. Dann hat sie mich doch noch angerufen? Oder ist das gar nicht Rikes Nummer? Kann ich mich jetzt noch per Anruf zurück melden?

Es ist 3.30 Uhr. Eher nicht.

Ich schreibe der unbekannten Nummer und bekomme augenblicklich eine Antwort.

Ich:	Hallo
?:	Hey
Ich:	Wer bist du?
?:	Keine Frau für eine Nacht
Ich:	Das hoffe ich
?:	Ich hörte, das wäre dein Ding
Ich:	Was genau?
?:	Eine Frau für eine Nacht
Ich:	Wer erzählt bitte so was?
?:	Leute
Ich:	Das stimmt nicht
?:	Was ist dann dein Ding?
Ich:	Du

?:	Wer bin ich denn?
Ich:	Die Frau aus dem Museum
?:	Das klingt mysteriös
Ich:	Stimmt es?
?:	Ja. Volle Punktzahl
Ich:	Das freut mich
Sie:	Wieso bist du wach?
Ich:	Um mit dir zu texten. Und selber?
Sie:	Ich kann nicht schlafen
Ich:	Da sind wir schon zwei
Sie:	Warum kannst du nicht schlafen?
Ich:	Ich bin einsam
Sie:	Das tut mir leid
Ich:	Und warum kannst du nicht schlafen?

Ich warte.
Keine Antwort.
Kommt da nichts mehr?
Ich rufe sie an. Es klingelt.
Es wird abgenommen.
Es knackt.
Es raschelt.
Stille.

Ich eröffne das Gespräch: „Hallo, keine Frau für eine Nacht alias die Frau aus dem Museum. Bist du dran?"
„Ja … Hallo." Sie kichert. Ihre Stimme zu hören ist toll.
„Verrat mir, warum schläfst du nicht?", frage ich.
„Weil ich nicht weiß, ob das alles richtig ist."
„Was meinst du?"
„Mit uns beiden", sagt sie, „ob dieses Gespräch richtig ist."
„Fühlt es sich gut an?", möchte ich wissen.
„Ja."
„Dann ist es richtig."

„So einfach ist es nicht", erwidert sie.

„Weil du von Leuten gehört hast, mein Ding wäre ‚Eine Frau für eine Nacht'?", hake ich nach.

„Auch."

„Wer erzählt bloß so was?"

„Egal", antwortet sie. „Was wäre denn, wenn ich nach dem Museum mit zu dir gekommen wäre?"

„Wir hätten vermutlich Spaß gehabt." Der Gedanke gefällt mir.

„Du weißt, was ich meine", wirft sie ein.

„Wir hätten die gleiche Situation wie jetzt, nur dass wir eben bereits Spaß gehabt hätten", äußere ich, „noch mehr als im Museum."

„Du würdest mich ignorieren", fragt sie leicht verzögert. „So wie du es heute getan hast?"

„Heute, das war gezwungenermaßen! Wegen Julian. Der ging mir auf den Keks", entgegne ich.

„Das verstehe ich nicht."

„Er denkt, bei uns zweien läuft was", erkläre ich.

„Tut es das?"

„Irgendwie schon", sage ich mit einem Schmunzler.

Sie schweigt.

„Du sagtest auch?", hake ich nach.

„Was ... AUCH?"

„Du kannst nicht schlafen. Wegen der Sache mit der Frau für eine Nacht. Was ist der andere Grund?"

„Das Büro", bringt sie an und ich höre sie seufzen.

„Ach ja ... stimmt. Wir arbeiten zusammen."

Ich lache.

„Findest du das witzig?", fragt sie empört.

„Nein. Ich kann nur einfach nicht vergessen, was im Museum passiert ist."

„Geht mir genauso, aber du bist jetzt mein Boss."

„Das ändert nichts an meinen Erinnerungen oder an den Geschehnissen."

„Ändert das nicht alles?"

„Für mich nicht", lasse ich sie wissen. „Ich vermag nicht einfach abzustellen, was ich fühle."

Ich höre sie erneut seufzen.

„Also kündige ich meinen Job."

„Rike. So ein Quatsch."

„Nein, das ist kein Quatsch."

„Ich kann ebenso kündigen", bemerke ich.

„Genau, du pfeifst auf deinen Managerposten in der Firma."

„Können wir uns vielleicht darauf einigen, dass keiner von uns beiden kündigt?"

Sie schweigt.

„Keiner von uns kündigt. Klar? Das ist eine Anweisung deines Bosses."

Sie lacht.

„Okay ... Ja, Chef."

„Gut."

„Was ist mit Julian?"

„Der ist zu Hause", informiere ich.

„Der war ganz schön voll."

„Ja. Ich habe ihn ins Bett gebracht."

„Echt?"

„Ja."

„Auch zugedeckt?"

„Klar, ich bin doch kein Unmensch."

„Du bist nett", tut sie kund.

„Nett? Danke dir. Das hat mir noch nie jemand gesagt.

„Bitte. Gerne geschehen."

„Was ist jetzt mit uns?", frage ich interessiert. „Sehen wir uns morgen?"

Es kommt keine Reaktion von ihr.

„Rike? Bist du eingeschlafen?"

„Nein", entgegnet sie lachend.

„Und, was sagst du? Morgen?"

„Morgen?", wiederholt sie und klingt geschockt.

„Genau, also heute. Ist ja schon der neue Tag. Quasi gleich. In ein paar Stunden. Frühstücken wir zusammen und besprechen, was mit uns ist. Und sein wird."

„Meinst du?"

„Ja. Lieber morgen als am Montag im Büro."

„Das stimmt. Du bist sehr schlau", äußert sie und ich schmunzele.

„Nett und sehr schlau. Danke dir. Das Gespräch hat es in sich."

„Veräppelst du mich?", möchte sie leicht gereizt wissen

„Niemals. Ich rufe dich morgen früh an. Gegen 10 Uhr. Passt dir das?"

„Passt."

„Gut. Und jetzt schlaf endlich."

„Wenn ich aber nicht kann", nun klingt sie wehleidig.

„Du kannst das. Ich glaub an dich. Gute Nacht."

„Gute Nacht, Finn."

Ich lege auf und starre aus dem Fenster.

Es dämmert bereits.

Oh, Rike.

Verdammt!

Was machst du mit mir?

13

Rike

Heute Morgen bin ich putzmunter, trotz der kurzen Nacht. Die Erinnerung an das Telefonat mit Finn lässt mich grinsen und erzeugt mir ein wohliges Magenkribbeln.

Gleich nach dem Aufstehen kommt mir die Idee, dass Finn eventuell meine Wohnung betreten könnte. Die Möglichkeit besteht. Definitiv muss ich aufräumen.

Wie ein geölter Blitz flitze ich in meiner Zwei-Zimmer-Wohnung hin und her und habe im Nullkommanix Ordnung geschafft.

Anschließend dusche ich und überlege eine halbe Ewigkeit, was ich anziehe.

Zu unserem …? Was ist es? Ein Date? Ein Business-Meeting? Keine Ahnung.

Ich entscheide mich für meine Lieblingsjeans. Darin mag ich meinen Po am liebsten. Weil das ja enorm wichtig ist für ein Business-Meeting, denke ich mit einem Grinsen.

Und obenrum?

Ich nehme erst ein T-Shirt aus dem Schrank, auf dem *KISS ME* steht, lege es dann lachend zur Seite. Ein wenig mehr geschäftsmäßig ist angesagt. Ich probiere meine weiße Kurzarmbluse, darunter ein weißes Top. Perfekt.

Ein bisschen brav vielleicht, aber wie möchte ich wirken? Definitiv nicht wie der Vamp, der ich im Museum war.

Ich trinke einen Kaffee, schalte das Radio in der Küche an und trällere fröhlich mit.

Evi schreibt mir.

Auweia, sie fragt, wie es mir gehe und ob ich den Job schon gekündigt habe. Sei ja das Beste für mich! Dem Kerl aus dem Weg zu gehen, sei das einzig Wahre. Ich werde bestimmt schnell was Neues finden.

Gleich in einer nächsten Nachricht fragt sie, ob der Schnösel-Typ noch was zu mir gesagt habe.

Ich habe keine Ahnung, was zurzeit mit ihr los ist. Dermaßen biestig kenne ich sie nicht. Wäre sie ständig so drauf, wäre sie gewiss nicht meine Freundin.

Warum hat sie diese Abneigung gegen Finn? Ich hätte schwören können, er ist genau ihr Typ.

Meine Vermutung, sie kannte ihn bereits vorher, hat sie rigoros abgeschmettert.

Das ist es nicht.

Sie kann nicht ernsthaft pauschalisieren: Alle gutaussehenden Männer mit schicken Uhren und in Maßanzügen sind doof. Nein, so war sie früher nicht.

Ich schreibe:
Hallo Evi, ich habe den Job behalten und das ist genau richtig. Ich treffe Finn gleich, um mit ihm alles zu besprechen. Wir sind beide cool mit der ganzen Sache. Wie geht es dir? LG

Sie ruft mich an.

Nach dem Anruf bin ich genervt. Sie ist noch immer nicht im Finn-Fanclub und findet die Sache „megadoof". Ich sei nicht ganz klar im Kopf, wirft sie mir vor.

Für sie sei es unverständlich, warum ich mir das antue. Ich solle wirklich niemals mit ihm etwas anfangen. Mich zusammenreißen. Nicht schwach werden.

Sie wollte, dass ich ihr das während des Gesprächs hoch und heilig verspreche. Meine Reaktion auf ihren Wunsch war ein Lachen.

Es sei alles dem Untergang geweiht, jammerte sie weiter. Fast weinerlich war sie für einen Moment. Sie redete komplett wirres Zeug, war dann plötzlich außer sich vor Wut.

Zum Abschied sagte ich: „Danke für gar nichts, Evi", und legte auf.

Von ihr habe ich vorerst genug. Sie spinnt.

Mein Telefon klingelt erneut. Evi?
Nein. Zum Glück.

„Hi", sage ich.
„Hallo, Finn hier."
„Ich weiß, ,Nachts im Museum' steht auf dem Display."
Er lacht. „Wie geht es dir heute?", fragt er.
„Gut, danke, und selber?"
„Hervorragend. Nun bräuchte ich deine Adresse."
Ich verrate ihm meine Straße und die Hausnummer.
„Alles klar ... ich weiß, wo das ist. Jetzt habe ich noch einen Termin, danach komme ich zu dir. Wäre gegen halb elf da. Ist das okay?"

„Ja, das passt."
„Dann bis gleich."
„Bis gleich."

Aufgelegt. Er klang etwas gehetzt.
Ein Blick auf die Uhr verrät mir, in knapp einer Stunde ist er hier.

Um 10.30 Uhr klingelt es pünktlich.
„Hallo", rufe ich in den Hörer der Gegensprechanlage, da klopft es an meiner Wohnungstür.
„Bin bereits oben", sagt er durch die geschlossene Tür. Ich atme tief durch, bin nervös, streiche unnötigerweise meine Kleidung glatt und öffne einen Spalt. Er grinst mich an und ich lasse ihn herein.

„Guten Morgen."
„Guten Morgen. Ich war eben bei Julian, als ich dich angerufen habe, deshalb war ich am Telefon so seltsam knapp", erklärt er.
„Du klangst, als seist du in Eile."
„Ja, so könnte man es nennen."
„Was gibt es denn bei ihm?", möchte ich wissen.
„Ich habe nach dem Rechten geschaut."
„Schöne Aufgabe."
„Ich passe auf mein Team auf", erklärt er.
„Wäre das nicht mittlerweile Tonys Job?"
„Genau genommen ja, der war allerdings gestern Abend selber ziemlich betrunken."
„Dann bist du eingesprungen."
„Genau, ich war längere Zeit ihr Teamleiter, das ist noch so drin bei mir."
„Julian benimmt sich ziemlich daneben."
„Ich weiß", sagt er, mustert mich und grinst. „Jetzt ist Schluss mit dem ollen Bürokram", bestimmt er.
„Bekomme ich eine Umarmung zur Begrüßung?"

„Ja, ich denke, das geht in Ordnung", erwidere ich.

Er breitet seine Arme aus und ich lasse mich umarmen. Es ist herrlich. Ich drücke mich an ihn. Spüre seinen Griff. Fest, aber sanft. Die Augen schließend genieße ich seine Nähe.

So verharren wir eine Weile. Für eine schlichte Begrüßungsumarmung unter Kollegen definitiv zu lang.

„Ich wünsche mir, dich zu spüren, seitdem du letzten Samstag vor mir geflüchtet bist", flüstert er.

„Bin ich nicht."

„Du wurdest mir entrissen."

„Das passt eher."

Wir lösen die Umarmung. Er sieht mich an, legt eine Hand an meine Wange. „Darf ich dich küssen?", fragt er.

Seufzend senke ich den Kopf.

Sein Zeigefinger streicht mein Kinn und hebt mein Gesicht sanft an. Mit seinem Daumen fährt er zart über meinen Mund. Mit einer Wahnsinnsgänsehaut schaue ich wieder in seine Augen.

„Ich würde es sehr gerne. Hab deine Lippen vermisst", flüstert er verführerisch.

Er macht mich verlegen.

„Ich möchte es doch auch", entgegne ich. „Ich möchte das alles so sehr, aber ..."

Augenblicklich lässt er von mir ab. Tritt einen Schritt zurück und steckt seine Hände in die Taschen seiner dunkelblauen Chino.

„Schwamm drüber. Gehen wir frühstücken, werte Kollegin?"

„Okay. Einverstanden." Ich bin erleichtert und ebenso bedrückt, weil ich weiß, wie toll der Kuss gewesen wäre, den ich jetzt verpasse.

„Wohin geht es?"

„Lassen Sie sich überraschen, Frau Eberlein."

Schmunzelnd schnappe ich mir meine Tasche und schlüpfe in die Schuhe. Er öffnet die Wohnungstür und wir betreten den Hausflur.

Ich ziehe die Tür hinter mir zu, drehe den Schlüssel im Schloss. Finn wartet direkt neben mir.

Unsere Blicke treffen sich. Augenblicke verstreichen. Es ist, als würde er mir in diesen Momenten direkt in meine Seele schauen. Alles in mir schreit nach seiner Berührung. Es kribbelt in mir. Ich bin fix und fertig.

Als ich den Schlüssel in meine Tasche stecken will, fällt er mir zu Boden. Finn hebt ihn für mich auf, legt ihn in meine offene Hand und streicht zart über meine Haut hinweg. Unsere Finger beginnen miteinander zu spielen. Ich spüre die Funken. Sie fliegen zwischen uns.

Ich kann ihn nicht NICHT küssen.

Ihn nicht NICHT berühren.

Kann ihm nicht widerstehen.

Sein Blick macht mich schwach.

Er macht mich schwach.

Wir kommen uns näher und näher. Will ihn spüren, schmecken ... Mein Herz schlägt mir bis zum Hals, als sich unsere Lippen finden.

Nicht vorsichtig, kein bisschen zurückhaltend.

Wir sind entflammt. Es ist ein Kuss voller wild brennender Leidenschaft.

Eine Fortsetzung unserer Nacht im Museum.

14

Finn

Am Samstagnachmittag verlasse ich Rikes Wohnung und steige zögernd die Treppe hinab. Möchte zurück zu ihr. Fühle mich von ihr angezogen.

Ich seufze. Nein. Ich habe andere Pläne.
    Die haben wir beide.

Es ist noch immer mein Geburtstag und meine Eltern laden am Abend ihren einzigen Sohn zum Essen ein. Davor treffe ich mich mit einem Freund.

Nachdem ich ins Auto gestiegen bin, halte ich einige Momente inne. Denke über die letzten Stunden nach.
    Es ist richtig so. Wir haben korrekt entschieden.

Dann lächle ich. Neben Rike könnte ich bis in alle Ewigkeit liegen bleiben. Nie zuvor habe ich mich bei einer Frau mehr zu Hause gefühlt.

Ich fahre los.

Daheim nehme ich eine lange Dusche. Rike ist eine fantastische Frau. Definitiv wird die Situation am Montag im Büro spannend. Mal sehen, wie cool ich damit umgehe. Sie wirkte recht zuversichtlich.

Nach der Dusche setze ich mich mit einem Kaffee auf die Dachterrasse und lese unsere Nachrichten von letzter Nacht. Schaue mir ihr Profilbild vom Messenger an. Ich denke wieder nur an sie.

Zweifel kommen auf.

Das Treffen mit meinem Freund sage ich wenig später kurzfristig ab. Meine Laune ist mittlerweile umgeschlagen.

Ich verabscheue die Entscheidung, die Rike und ich getroffen haben. Bereue sie zutiefst. Nie werde ich am Montag locker mit der ganzen Sache umgehen können.

Was habe ich mir nur dabei gedacht? Was habe ich angerichtet, als ich es letztlich besiegelte?

Ich bin ein Idiot.

Auf dem Weg zu meinen Eltern erhalte ich eine Nachricht von Rike.

Wie geht es dir?
… fragt sie. Ich antworte nicht. Es geht mir beschissen. Das braucht sie nicht zu wissen.

Unsere heutige Entscheidung ist der größte Fehler überhaupt. Was für ein dämlicher Schwachsinn! Das weiß ich jetzt.

So, wie es nun zwischen uns ist, kann ich ihr am Montag gewiss nicht gegenübertreten. Ich muss noch einmal mit ihr reden.

Die größte Euphorie habe ich ihr vorgespielt, als ich bei ihr wegfuhr. Habe ihr vorgemacht, dass alles „kein Thema" sei.

Ich vermisse sie.

„Was ist los?", fragt meine Mama zur Begrüßung und schaut mich besorgt an. „Du bist unglücklich."

Lächelnd schließe ich sie in die Arme.

„Alles super", lüge ich schlecht, „ich bin nur ein wenig müde von der Woche."

„Nein, das ist es nicht. Dein Blick ist traurig. Hast du Liebeskummer?"

„Mama!" Ich schaue sie amüsiert an „Ich und eine Frau? Liebe? Das gibt es bei mir nicht. Für so einen Kram habe ich keine Zeit."

„Irgendwann musst du dich verlieben und die Frau fürs Leben finden. Ich möchte doch mal Oma werden."

„Ach, Mama", ich drücke sie erneut an mich und lache von Herzen. „Ich denke, das hat noch Zeit."

Mit dem Auto meiner Eltern fahren wir weiter in mein Lieblingsrestaurant und werden dort mit einem herzlichen „Buonasera" begrüßt.

Der Restaurantchef ist ein alter Freund meines Vaters und kennt mich bereits mein ganzes Leben lang.

Er und sein Team singen ‚Happy Birthday' für mich und ich darf – genau wie früher – so viel Eis essen, wie ich möchte.

Ich bin tatsächlich eine ganze Weile abgelenkt.

15

Rike

Die Tür fällt ins Schloss. Finn ist gegangen. Ich atme tief durch. Was für ein Tag.

Vom Fenster aus sehe ich, wie er mit großen Schritten zu seinem Auto geht und einsteigt.

Haben wir richtig entschieden? Ich weiß es nicht. Fakt ist, in seinen Armen zu liegen, ist das Beste, was mir seit langer Zeit passiert ist. Werde ich das je wieder? Wohl eher nicht.

Bei diesem Gedanken kommen mir die Tränen. Ich schmeiße mich mit einer Großpackung Taschentücher auf mein Sofa und lasse die letzten Stunden Revue passieren.

Wir küssten uns leidenschaftlich. Heute Morgen, draußen im Treppenhaus, nachdem ich meinen Schlüssel fallen ließ.

Wir kehrten schnell in meine Wohnung zurück. Jeder Kuss schmeckte besser als der davor und ich genoss es in vollen Zügen, ihm nah zu sein. Es fühlte sich großartig an.

Dann stoppte ich das Ganze.

So sehr wollte ich ihn und bekam plötzlich Zweifel. Mein Verstand schaltete sich ein.

Die mahnenden Worte von Evi hallten in meinem Kopf: Ich solle mich nicht auf ihn einlassen. Mayas Spruch, die ,Frau für eine Nacht' war wieder da.

Außerdem spukten Bedenken wegen unserer Jobs in meinen Gedanken herum. Wie könnte ich es verantworten, wenn alles rauskäme? Er würde womöglich eine Abmahnung erhalten und ich wäre arbeitslos. Ich bekam schlichtweg Panik.

„Es tut mir leid", sagte ich.

„Schon gut. Ist bestimmt besser so", antwortete er.

Wir löschten das Feuer, welches wir erst kurz zuvor entfacht hatten. Erstickten es im Keim.

„Kaffee?", fragte ich.

„Gerne", erwiderte er, ohne mich anzusehen.

Wir saßen in meiner Küche und ein richtiges Gespräch kam nicht zu Stande. Die Stimmung zwischen uns war seltsam. Unbehaglich drehte ich die Tasse in meinen Händen.

„Ich will mal los", sagte er nach einer Weile und erhob sich vom Stuhl. „Danke für den Kaffee."

„Gerne. Dafür nicht."

Er verließ die Küche und ich folgte ihm auf den Flur. Zögernd waren seine Schritte. Er blieb stehen, sah sich zu mir um, wollte etwas sagen. Schwieg und hielt inne. Nahm meine Hand. Sofort flogen erneut Funken zwischen uns.

Seine Augen, ich war wie paralysiert. Da war er wieder, dieser Blick, einladend wie ein erfrischender Ozean an einem viel zu heißen Sommertag. Alles, was

ich wollte, war hineinspringen, verweilen, genießen
…

Schließlich küsste ich ihn und er mich. Wir brannten schnell lichterloh und landeten in meinem Bett. Waren voller Begierde. Elektrisiert. Hemmungslos.

Er öffnete den ersten Knopf meiner Bluse, den zweiten, küsste meinen Hals.

Meine Hände wanderten unter sein Shirt, fingen an, ihn zu erforschen. Seine Haut fühlte sich grandios an. Weich. Warm.

Ich wollte mehr.

„Warte!", rief er plötzlich und ließ sich auf den Rücken fallen, „stopp, Rike." Er hielt sich den Kopf mit beiden Händen fest und fing an zu lachen.

„Du bist der Wahnsinn", sagte er. „Meine Güte, du machst mich fertig … aber wir sollten es besser sein lassen. Machen wir jetzt und hier für immer Schluss damit. Okay? Ich kann das nicht. Wie soll das am Montag werden? Wenn ich dich nicht küssen darf, wenn wir uns auf dem Flur begegnen. Nein, ich kann das nicht."

„Ja, lassen wir es einfach", pflichtete ich ihm bei und fühlte mich entsetzlich.

Jetzt und hier für immer Schluss klang endgültig und die Art, wie er es sagte, hörte sich hart an. Ich hatte einen dicken Kloß im Hals.

„Wirklich? Du bist einverstanden?", fragte er.

Ich nickte.

Hatte ich eine Wahl?

Er hatte entschieden.

„Komm mal her zu mir." Er lud mich in seine Arme ein und ich wollte nirgendwo anders sein.

Sanft hielt er mich gefangen. Ich konnte ein paar wenige Tränen nicht aufhalten, kam nicht gegen meine Gefühle an. Mein Herz war ganz und gar nicht einverstanden.

In der Hoffnung, Finn würde mein stummes Weinen nicht merken, wischte ich möglichst unauffällig die Tränen fort und hatte mich doch umsonst bemüht.

„Was ist los?", fragte er besorgt und strich unter meinem Auge lang. „Du bist traurig."

„Nein ... ich habe Heuschnupfen."

„Wirklich?" Sein Blick war äußerst skeptisch. „Ernsthaft?"

„Ja, aber nur ein wenig. Wenn ich liege, ist es besonders schlimm. Ich habe heute früh meine Tablette vergessen."

„Ah okay ... dann ist alles gut zwischen uns?"

„Ja klar, alles ist ausgezeichnet."

„Meinst du, wir bekommen das am Montag hin?", bohrte er weiter.

„Bestimmt. Das müssen wir", erwiderte ich, „sonst kann ich immer noch kündigen."

„Das ist keine Option."

Ich schwieg.

Er schwieg.

Wir lagen einfach da. Es war himmlisch in seinen Armen und ich wollte nie wieder aufstehen. Dieser Moment sollte unendlich sein.

Es war richtig, redete ich mir ein. Er ist mein Boss und wir stoppten es. Beim ersten Mal war ich es, jetzt er. Das war vernünftig.

Herz aus!

„Du", brach er unser Schweigen, „habe ich dir erzählt, dass ich Geburtstag habe?"

„Wann?"

„Heute?"

„Echt?"

„Ja."

„Nein, du hast nichts gesagt. Wann denn auch?"

„Stimmt", antwortete er lachend. „Wann denn auch."

„Wie alt bist du geworden?", fragte ich.

„Neunundzwanzig."

„Herzlichen Glückwunsch."

„Danke."

„Ich habe noch Kuchen da. Wollen wir den essen?", schlug ich vor.

„Cool. Gerne. Kuchen geht immer. Ich habe ein riesiges Loch im Bauch."

„Wir haben ja auch das Frühstück ausfallen lassen", bemerkte ich.

„Dann los", sagte er und stand im nächsten Moment bereits vor dem Bett. Ordnete seine Klamotten. „Wie alt bist du eigentlich?", fragte er.

„Das weißt du doch bestimmt aus meiner Personalakte", erwiderte ich amüsiert.

„Nein, weiß ich nicht. Sag."

„Vierundzwanzig."

„Ein Küken."

„Sehr witzig", murmelte ich.

Wir saßen erneut in der Küche. Tranken noch einen Kaffee und aßen Kuchen. Ich fand kleine Geburtstagskerzen, garnierte den Kuchen damit und er pustete die Lichter aus. Seinen Wunsch wollte er mir nicht verraten.

Dieses Mal war die Stimmung anders. Finn kam äußerst geschäftsmäßig rüber. Er klang motiviert und war fest davon überzeugt, dass wir super zusammenarbeiten werden. „Kein Thema", sagte er und: „das bekommen wir hin."

Ich passte mich an. Versicherte ihm im Gegenzug, dass ich ebenso daran glaubte.

Was hätte ich sonst sagen sollen?

Meine Traurigkeit war fehl am Platz.

Er berichtete mir, dass er in der Vergangenheit sehr viel Zeit und Herzblut in seine Karriere gesteckt hatte. Er träumte von noch mehr, vertraute er mir an.

Mir eröffnete er, dass ich gute Aufstiegsmöglichkeiten in der Firma hätte. Dass Joachim ein toller Chef und ich mit meinen Referenzen für das Büro ein echter Glücksgriff sei.

Er war zu 100 % Businessmann und ja, er war in dieser Situation eindeutig mein Boss und seine Gefühle hatte er gänzlich ausgeschaltet.

Beneidenswert.

Zum Abschied winkte er mir aus sicherer Entfernung zu. „Keine Umarmungen mehr ... fürs erste", hatte er gesagt und breit gegrinst.

„Okay. Besser ist das", stimmte ich ihm zu.

Dann war er weg.

Ich stehe nun vom Sofa auf und trete ans Fenster. Vor meiner Brust halte ich mit beiden Händen mein Handy in seiner Hülle fest, drücke es an mich. Wir vergaßen, zurückzutauschen.

Der Platz, auf dem sein Auto parkte, ist verlassen. Auf und davon ist er.

Es tut entsetzlich weh.

Wenn er seine Gefühle abstellen kann, ist das wahrlich Glück für ihn. Ich für meinen Teil bin dazu nicht in der Lage. Ich vermisse ihn, seitdem er zur Tür rausgegangen ist.

16

Finn

Ich verabschiede mich von meinen Eltern, bin den beiden unglaublich dankbar für dieses schöne Geburtstagsessen.

„Bring dein Herz in Ordnung", rät meine Mama mir.
„Das funktioniert zum Glück ganz gut."
„Du weißt, was ich meine. Ich sehe es dir an der Nasenspitze an. Es zwickt."
„Was du nicht alles sehen kannst", erwidere ich amüsiert, „sei versichert, alles ist gut."
Sie schließt meine Wagentür und ihr Blick gibt es preis, sie glaubt mir kein Wort. Durchs geschlossene Fenster werfe ich ihr einen Kuss zu und fahre davon.

Rike … Irgendetwas muss ich ihr schreiben. Bisher habe ich nicht auf ihre Frage nach meinem Wohlbefinden geantwortet.
Ich kann nicht einfach NICHTS schreiben.

Unser gemeinsamer Tag hat alles noch verschlimmert. Verrückt bin ich nach ihr. Je mehr Zeit ich mit ihr verbringe, desto mehr will ich sie in meinem Leben haben. Ganz und gar und nicht nur als Kollegin im Büro.
Was habe ich heute zu ihr gesagt?

„Machen wir jetzt und hier für immer Schluss damit." Wie mies ist dieser Satz bitte?

Rike sagte, sie habe Heuschnupfen, und ich ließ sie in dem Glauben, dass ich ihr das abnahm. Was bin ich für ein furchtbarer Mensch?

Sie hat geweint. Und ich habe meinen Stiefel durchgezogen, habe den Coolen gespielt, dem das alles nichts bedeutet.

Mein Job sei für mich das Wichtigste im Leben habe ich ihr vermittelt. Ihr gesagt, sie habe gute berufliche Möglichkeiten im Büro. Was bin ich für ein Spinner?

Unserer Geschichte habe ich quasi den Garaus gemacht. Es gibt keinen Grund für UNS. Das war meine Message.

Eine Träne läuft aus meinem Auge, wütend wische ich sie weg. Ich heule tatsächlich wegen einer Frau. Weil ich ein Arsch bin.

Weinen. Das ist lange her.

Ewigkeiten habe ich keine Gefühle zugelassen. Weil sie mir nicht guttun. Jene Duselei konnte ich konsequent von mir fernhalten.

Diese Phase ist vorbei. Ohne Rike kann ich nicht sein. Es hat mich voll erwischt. Dagegen komme ich verdammt noch mal nicht an.

Ich muss zu ihr und gebe Gas, will so schnell wie möglich bei ihr sein. Ärgere mich. Wie konnte ich zulassen, dass sie meinetwegen weint? Wie konnte ich sie so behandeln?

Als ich vor ihrem Haus halte, sehe ich hinauf zu ihrer Wohnung. Alles ist dunkel. Dennoch steige ich aus, klingele bei ihr.

Sie öffnet nicht.

Wo bist du, Rike?

Zurück in meinem Auto nehme ich mein Telefon in die Hand. An ihm steckt noch ihre Hülle. Sanft streiche ich über sie hinweg. Schön, noch etwas von ihr zu haben.

Definitiv und absolut unzureichend.

Es geht mir nicht gut.
... schreibe ich ihr schließlich. Meine Antwort ist mehr als überfällig. Es ist später Samstagabend.

Ich starre auf das Display. Warte ungeduldig. Sie ist offline. Jetzt online. Eine Weile. Dann offline. Online. Offline. Was macht sie bloß?

Sie bleibt offline, reagiert nicht auf meine Nachricht. Was habe ich erwartet? Und was soll sie mit diesen Worten anfangen? Schreibe ich noch was?

Nein.

Unfassbar. Da sitze ich in meinem Auto vor ihrem Haus. Wie ein liebeskranker Trottel benehme ich mich, hat Julian gesagt. Recht hat er.

Was soll ich tun?
Soll ich warten?
Soll ich fahren?

Ich entscheide mich, eine Weile zu bleiben, checke meine E-Mails. Vorhin beim Essen ist eine Nachricht von Joachim aufgeploppt.

Da ist sie:

Grüß dich Finn,

an dieser Stelle übermittle ich dir erst einmal herzliche Glückwünsche zum Geburtstag. Möge dein neues Lebensjahr voller Gesundheit und Freude sein. Selbstverständlich wünsche ich dir auch Erfolg im Beruf, nicht ganz uneigennützig.

Des Weiteren sprach ich vorhin mit Amsterdam. Du hast dort einen erstklassigen Eindruck hinterlassen. Noch einmal ein großes Lob zum Vertragsabschluss. Die nächste Flasche Champagner geht auf mich.
Ich freue mich, dass meine Entscheidung zu 100% richtig war, dich für den Posten einzustellen. Auf dich kann man sich wirklich verlassen. Top!

Außerdem noch einmal meinen besten Dank für deine Mithilfe bei der Firmenfeier am See. Du hast einen klasse Job gemacht! Super, dass du spontan als Grillmeister eingesprungen bist und alle so gut bei Laune gehalten hast.

Genug des Lobes, mein Lieber. Die Pflicht ruft!

Ich würde dich gerne an meiner Seite haben, wenn es nächste Woche nach Kopenhagen geht. Das Ganze ist sehr kurzfristig. Du kannst es gewiss einrichten, so wie ich dich kenne. Die Flüge sind gebucht. Du findest alles im Anhang.
Melde dich doch eben, damit ich weiß, dass alles klar geht oder wenn du noch Fragen haben solltest.

Herzliche Grüße
Joachim

Ich öffne den Anhang.

Es dauert eine Weile, bis alle Daten geladen sind. Derweil freue ich mich über seine Zeilen. Viel Lob von ihm. Ich bin sprachlos. Kopenhagen, klasse.

Wie toll ist das denn?

Die Datei öffnet sich. Montagmorgen um 5.30 Uhr geht unser Flug. Er hat recht, das ist kurzfristig. Aber so ist der Chef ja meistens. Ich schmunzle.

In diesem Moment klopft es an meiner Autoscheibe. Rike steht dort und schaut mich fragend an.

17

Rike

Ich treffe mich am Abend mit Evi.

Heute Morgen am Telefon war sie unmöglich. Sagte, dass ich nicht ganz klar im Kopf sei. Behauptete, dass alles dem Untergang geweiht und Finn ein wahres Fiasko sei. Das personifizierte Verderben. Armageddon.

Das war doch etwas too much.

Heute am späten Nachmittag hat sie sich per Nachricht und zusätzlich per Anruf für ihre verbale Entgleisung entschuldigt. Ich habe ihr verziehen und wir sitzen in unserer Lieblingsbar.

Als ich ihr erzähle, dass es mit Finn für immer und ewig aus und vorbei ist, ist sie sehr erleichtert. Ich vermisse ihr Mitgefühl, denn sie sieht, dass es mir nicht gut geht.

„Aber du bleibst trotzdem in der Firma?", fragt sie ungerührt und nippt an ihrem Cocktail.

„Ja, das hatte ich vor."

„Und dann arbeitet ihr einfach zusammen, als wäre nichts passiert?"

„So ist der Plan. Deine Empathie ist bemerkenswert."

„Wieso? Häh?"

„Du siehst doch, dass ich traurig bin."

„Ach, das war ironisch gemeint." Sie lacht. „Es tut mir natürlich leid für dich. Meine Meinung kennst du. Such dir etwas Neues."

„Du bist unglaublich, Evi."

„Ich weiß. Also wechselst du?", fragt sie nach.

„Warum sollte ich? Ich habe da eine tolle Stelle."

„Ja, aber miese Kollegen."

„Wen meinst du?"

„Das ist bestimmt eine Auffangstation für solche Schnösel wie Finn."

„Geht das jetzt schon wieder los? Was hast du bloß für ein Problem mit ihm? Er ist nicht der Untergang der Welt. Hörst du dir eigentlich selber zu?"

„Finn ist nicht das einzige Problem. Solche Männer sind es, also Schnösel WIE Finn."

Ich leere meinen Cosmopolitan ohne ein weiteres Wort und rolle genervt mit den Augen.

„Soll ich noch zwei bestellen?" Sie zeigt auf mein leeres Glas.

Ich nicke.

„Bestelle dir am besten ganz viele", schlage ich vor, „und trink ordentlich, bis du dieses eine lästige Wort nicht mehr sagen kannst."

„Welches?"

„Du weißt welches."

„Etwa … Schnörkel?"

„Ja, so ähnlich."

Wir lachen.

Als Evi später zur Toilette verschwindet, schnappe ich mir mein Handy.

Beim Betreten der Bar blitzte kurz eine Nachricht auf meinem Display auf. Eine neue E-Mail. Auf die Schnelle meinte ich, den Namen meiner Firma erkannt zu haben.

Tatsächlich.

Ich wundere mich und öffne sie mit großen Augen, lese aufgeregt die Zeilen, die mir die Assistentin der Geschäftsleitung schrieb:

Hallo Frau Eberlein,

vielen Dank für Ihren bisherigen Einsatz. Sie sind zwar erst eine Woche bei uns, aber es wird in den löblichsten Tönen von Ihnen gesprochen.

In der nächsten Woche fliegt Herr Schierholz für drei Tage nach Kopenhagen und er würde sich freuen, wenn Sie ihn auf seiner Geschäftsreise begleiten. Das Ganze ist äußerst kurzfristig. Es hat sich erst im Laufe des heutigen Tages entschieden.

Warum Sie? Sie sind neu bei uns und voller guter Ideen. Engagement und Teamfähigkeit haben Sie bereits bewiesen.
Gerne bieten wir unseren neuen motivierten Kollegen die Möglichkeit, aktiv einen Einblick in unsere aktuellen Geschäfte zu bekommen. Einmal live dabei zu sein.

Anbei finden Sie Ihr Flugticket, die Hotelinformationen und alle für Sie notwendigen Daten. Sollten Sie Fragen haben, scheuen Sie sich nicht, diese zu stellen. Ich bin das ganze Wochenende erreichbar.

Wir bitten Sie in jedem Fall um eine kurze Rückmeldung. Sind Sie mit an Bord?

Sollten Sie diese Reise aus irgendeinem Grund nicht antreten können, wird sich dieses keinesfalls negativ auswirken. Machen Sie sich keine Sorgen.

Viele Grüße

Hedwig Schröder
Assistentin der Geschäftsleitung

„Unglaublich", sage ich. Evi ist zurück.
„Was denn?"
„Ich muss mal eben eine E-Mail lesen und beantworten."
„Okay, das klingt wichtig."
„Ist es in der Tat, einen Moment. Gleich erzähle ich dir alles."

Die angehängte Datei öffnet sich.
Mein Flieger startet am Montag um 5.30 Uhr. Hui, das ist früh. Aber perfekt. So gehe ich Finn aus dem Weg. Eine Geschäftsreise. Wie cool.

„Was ist denn nun los?", fragt Evi ungeduldig. „Du grinst von einem Ohr zum anderen."
„Ich fliege am Montag mit dem Chef nach Kopenhagen."
„Mit welchem Chef?"
„Keine Sorge, nicht Finn. Dem Ober-Boss."
„Ah gut, ich dachte schon. Wow, jetzt am Montag?"
„Ja."
„Du bist gerade erst eine Woche da."
„Ja, und?"
„Will der auch was von dir?"
„Evi. Bitte."
„Ist doch wahr."

„Nein, Herr Schierholz schätzt mich einfach als Mitarbeiterin."

„Okay. Ich habe nichts gesagt."

Ich bestätige Frau Schröder die Reise nach Kopenhagen und freue mich wie verrückt.

Eine Nachricht ploppt auf, die Antwort von Finn:
Es geht mir nicht gut.

Das tut mir leid für ihn. Mir auch nicht. Das Handy verschwindet in meiner Tasche.

Nach den neuesten Entwicklungen mit der Geschäftsreise ist die Entscheidung, die wir am Nachmittag für uns getroffen haben, die einzig wahre. Gute Aufstiegsmöglichkeiten für mich, hat Finn gesagt ... Jetzt Kopenhagen. Hach, das klingt vielversprechend.

Wenig später verabschiede ich mich von Evi, schlendere meine Straße hoch und sehe erstaunt den 100.000-Euro-Schlitten von Finn. Er parkt direkt vor meinem Haus.

Evi hat mich heute Abend gefragt, was er für ein Auto fährt. Ich erinnerte mich an Montagfrüh und meinen Blick aus dem Bürofenster. Als Finn zu seiner Geschäftsreise nach Amsterdam aufbrach, sah ich ihn, wie er in seinen Wagen stieg und betrachtete außerdem die schicke Front des Autos. Sehnte mich auf den Beifahrersitz.

Die Fahrzeugmarke konnte ich Evi nennen, aber beim Modell war ich unsicher. Wir schauten im Netz, fanden zumindest ein ähnliches Exemplar.

„Was für eine Protzkarre", sagte sie abwertend. Mir gefiele er sehr gut, erwiderte ich und erntete einen angeekelten Blick von ihr.

Danach murmelte sie leise etwas in ihren Cocktail, es klang in etwa wie: „Er bleibt sich halt treu."

Ich fragte, was sie damit meine. Sie antwortete, dass solche Kerle genau diese Karren bräuchten, um sich toll zu finden.

„Aber wieso treu bleiben, Evi?"

„Er wird bestimmt schon immer protzige Sportwagen fahren, nehme ich an."

Ich fand ihre Antwort merkwürdig, ließ es dabei. Mittlerweile hatte sie den einen oder anderen Cocktail intus und aus Erfahrung weiß ich, dass sie so arg beschwipst meist nicht mehr Herr ihrer Worte ist.

Evi erhob ihr Glas und taufte seinen Wagen lachend den 100.000-Euro-Schlitten. Sie war albern und ich ließ ihr ihren Spaß.

Eben genau diesen teuren Schlitten steuere ich jetzt verwundert an und spähe ins Innere. Finn sitzt da, ist mit seinem Handy beschäftigt. Als ich an die Scheibe klopfe, schaut er auf.

Ich will ihn nicht sehen.
Es tut weh.
Was will er hier?

18

Finn

Ich fahre meine Scheibe runter und wünsche mir, nicht hier zu sein. Wäre ich doch bereits zu Hause und hätte ihr am besten gar nicht geantwortet.

Die Mail des Chefs ist der Hammer, die Geschäftsreise nach Kopenhagen ein Knaller und die Entscheidung, es mit Rike sein zu lassen, war die allerbeste.
Karriere first!

Nein, ich möchte sie nicht sehen.

Wie sie da nun an meinem Fenster steht. Hübsch. Unwiderstehlich. Ich seufze.
Karriere first – so weit die Theorie.

„Hi Rike."
„Wieso geht es dir nicht gut?", fragt sie, „und was machst du hier?"

In diesem Moment setzt ein Platzregen ein.

„Komm schnell ins Auto", rufe ich ihr zu und fahre bereits das Fenster hoch. Sekunden später sitzt sie tropfend neben mir. Lacht.

Sie schließt die Wagentür und strahlt mich an. Unglaublich schön, geht es mir durch den Kopf.

„Was ist denn plötzlich da draußen los?", ruft sie amüsiert und sieht hinaus. Der Regen prasselt wie verrückt auf mein Auto.

Ich betrachte sie glücklich. Sie ist die pure Verführung. Wie soll ich sie je nicht begehren? Wie kann das funktionieren?

„Also sag, warum geht es dir nicht gut?", wiederholt sie ihre Frage und streicht sich mit beiden Händen den Regen aus dem Gesicht.

„Wegen unserer Entscheidung."

„Das verstehe ich nicht", entgegnet sie mit gekräuselter Stirn. „Wir waren uns einig."

„Ja schon, ich dachte, dir geht es vielleicht nicht gut und dann ging es mir auch nicht mehr gut."

Sie schaut misstrauisch.

„Aha. Okay", kommt verzögert. „Verstehe. Mir geht es allerdings gut", sagt sie überzeugt. „Wirklich. Es war die richtige Entscheidung. Ich glaube, dass das, was wir beide fühlen, irgendwann vergehen wird. Ist ja noch nichts passiert. Also, ein wenig Rumgeknutsche. Aber sonst? Und wir beide behalten auf jeden Fall unsere Jobs. Ist doch super, oder?"

Glaubt sie selbst, was sie sagt?

Ich schaue direkt in ihre Augen. Sie hält meinem Blick nicht stand, sieht auf ihre Hände. Reibt sie. Knetet sie. Sie ist eindeutig nervös.

„Du hast keinen Heuschnupfen gehabt", behaupte ich und unsere Blicke treffen sich wieder.

„Wann?"

„Im Bett, als wir ... also ... ich denke, es war eine Träne."

„Ja, vom Heuschnupfen. Mir tränen ständig die Augen."

Sie ist eine verdammt schlechte Lügnerin.

„Soso", erwidere ich.

„Ich finde die Sache gut, wie sie ist", spricht sie mit einem Kopfnicken. „Kannst du mir ruhig glauben. Denk an deine Karriere. Willst du das wegen DIESEM HIER echt riskieren?"

„Wegen ... DIESEM HIER?", wiederhole ich gereizt.

„Ja, wegen dem hier. Das hier." Sie fuchtelt mit ihrer Hand herum, zeigt mit ihrem Finger mehrmals abwechselnd auf mich und auf sich. „Was auch immer das ist ... war. Du und ich. Du weißt genau, was ich meine."

Ich schaue sie an. Dieses Mal hält sie meinem Blick stand. Es scheint ihr ernst damit zu sein. „Okay, dann habe ich mich wohl geirrt", sage ich und versuche, meine Fassungslosigkeit zu verbergen.

Sie zuckt die Achseln.

„Und ... du bist sonst okay?", will sie wissen. „Wieso stehst du vor meinem Haus?"

„Weil ich mir Sorgen gemacht habe."

„Um mich?"

„Natürlich um dich."

„Warum?"

„Egal. Vergiss es, Rike. Ich habe mich geirrt, das haben wir ja soeben festgestellt. Du bist total abgeklärt, was unsere Situation angeht." Mein Tonfall ist schnippischer, als er sein soll.

„Abgeklärt?", hakt sie nach und runzelt die Stirn.

„Genau, dir macht es nichts aus."

„Also ... dir schon?" Ihre Augen funkeln.

„Nein, ich bin auch total zufrieden, dass wir alles für immer beendet haben, bevor es zu spät war." Wieder vergreife ich mich im Ton. Ich kann nicht glauben, wie cool sie mit der Sache umgeht. Das verwirrt mich. Es verletzt mich, stelle ich fest. Sie ist eiskalt.

Wie sie das mit ihren Gefühlen macht, ist erstaunlich. Sie hat sie einfach ausgeschaltet.

„Fein!", zischt sie. Jetzt ist sie wütend. Warum? „Gute Nacht, Finn."

Sie öffnet die Tür.

„Es regnet noch", bemerke ich.

„Ich bin nicht aus Zucker. Leb wohl."

Sie sagt mir: ,*Leb wohl*'?

Was ist in den letzten Minuten passiert? Ich verstehe es nicht.

Rike schlägt die Wagentür hinter sich zu, rennt durch den Regen um mein Auto herum. Verschwindet in ihrem Haus.

Soll ich ihr hinterher? Soll ich versuchen, noch einmal mit ihr zu sprechen? Ich atme schwer aus, denn ich bin nicht gut in so was. Bin sogar gänzlich ungeeignet.

Es ist Neuland. Eine Frau derart aufgebracht zu sehen, ist angsteinflößend. Ein Höllenfeuer könnte nicht gefährlicher sein.

NEIN!

Ich entscheide mich dagegen. Kein weiteres Gespräch. Für mich ist es an der Zeit, nach Hause zu fahren. Alles ist gesagt.

Vom Handy aus schreibe ich Joachim zurück. Bestätige ihm, dass ich definitiv mitfliege. Das kommt genau richtig. Abstand zu Rike, den habe ich bitternötig.

Boah, bin ich geladen. Mehrere Momente dauert es, bis ich mich halbwegs beruhige.

Das alles nimmt mich mehr mit, als ich es möchte. Ein letzter Blick hinauf zu ihrem Fenster. Dort brennt Licht.

Und jetzt. Motor an. Weg. Einfach weg. Ab nach Hause.

Daheim mache ich mir einen Drink und anschließend einen zweiten.

Erinnerungen kommen hoch. Die Vergangenheit klopft an. Nicht gut. Gar nicht gut. Es quält mich. Ich maßregele mich. Alkohol ist keine Lösung.

Später im Bett wälze ich mich hin und her. Kann nicht schlafen. Verdammt. Bin wütend. Bin traurig. Bin verzweifelt. So mies habe ich mich lange nicht mehr gefühlt.

Die Liebe ... diese Gefühle.

Das alles ist die letzte Scheiße.

19

Rike

Ich fliehe aus seinem 100.000-Euro-Schlitten und laufe ins Haus. Meine Tränen vermischen sich mit Regen.

Es tut weh. Im Treppenhaus weine ich laut.

Aus jedem Fenster auf dem Weg nach oben in meine Wohnung blicke ich zur Straße hinaus. Er ist noch immer nicht gefahren, als ich in meinem Stockwerk angekommen bin.

Warum fährt er nicht?

Finn wird doch nicht erneut mit mir sprechen wollen? Ich schwanke zwischen Hoffnung und Befürchtung.

Vor meiner Tür angekommen, fällt mir der Schlüssel aus der Hand. Die Erinnerung an unseren Kuss am Morgen ist da und verstärkt den Schmerz. Aufgebracht greife ich ihn vom Fußboden und öffne die Tür.

Auf meinem Sofa sitze ich wie ein Häufchen Elend und weine mir die Seele aus dem Leib. Ich heule, wie ich es lange nicht mehr tat.

Traurigkeit.

Wut.

Ich ärgere mich über die Gemeinheiten, die ich ihm an den Kopf warf. Aber doch nur, weil er echt fiese Kommentare abgegeben hat.

Er hat bemerkt, dass ich in seinen Armen geweint habe. Heuschnupfen. Pah. Das hat er mir nicht geglaubt. War eine blöde Ausrede von mir.

Ich sei abgeklärt, hat er gesagt. Ich bin so was von NICHT abgeklärt. Und es mache mir nichts aus. Definitiv tut es das. Todunglücklich bin ich.

Da parkt er vor meinem Wohnhaus und ich habe ernsthaft gedacht, er hätte es sich anders überlegt. Hätte unsere Entscheidung überdacht.

Finn schrieb mir, es ginge ihm nicht gut. Warum kommt er her? Nur, um dann gemein zu sein? Blödmann. Er sei total zufrieden, dass wir alles FÜR IMMER beendet haben.

Ich gehe zum Fenster. Sein Auto steht unverändert da. „Fahr endlich weg", rufe ich laut. „Lass mich in Ruhe."

Anscheinend hat er mich gehört. In diesem Moment fährt er los. Das Motorengeräusch reicht bis zu mir hier oben. Er gibt richtig Gas. Schnell ist er aus meinem Sichtfeld verschwunden.

Jegliche Hoffnung darauf, dass er vielleicht doch noch auf ein Wort zu mir hochkommt, ist zunichtegemacht.

Es ist besser so. Es ist besser so. Das muss ich mir nur lange genug einreden.

Am Montag werde ich nach Kopenhagen fliegen. Großartig. Das ist das beste Timing.

Ich brauche dringend diese Pause von Finn.

Als ich am nächsten Morgen erwache, hat Maya mir eine Nachricht geschrieben:

Hey Rike, wir treffen uns heute mit ein paar Mädels am See. Hast du Lust? Dann bring Badesachen mit. Das wird lustig und die sind alle total lieb. Geht so gegen 11 Uhr los. Würde mich riesig freuen. LG

Die Idee finde ich großartig und sage sofort zu. Daheim würde ich sowieso nur Trübsal blasen.

Um 11 Uhr komme ich am See an. Jenem See, an dem die Firmenfeier stattfand. Den Blick lasse ich schweifen. Nein! Es wird nicht geweint, befehle ich mir.

Maya begrüßt mich mit einer überschwänglichen Umarmung.

„Schön, dass du an mich gedacht hast", sage ich dankbar.

„Klar denke ich an meine neue Lieblingskollegin."

„Beste Idee ever."

Ich nehme meine Sonnenbrille ab und sie schaut mich geschockt an.

„Alles gut bei dir?"

„Ja, alles gut" antworte ich. „Ich habe eine Liebesfilmnacht gemacht. Ich heule so schnell und viel, das ist schon fast peinlich."

„Oh, wie sympathisch. Ich heule auch wie verrückt. Beim nächsten Mal sagst du Bescheid, dann flennen wir zusammen."

„Einverstanden."

Sie stellt mich den anderen Mädels vor und ich fühle mich gleich wohl. Wir haben einen tollen Tag zusammen. Positive Ablenkung pur. Maya und ihre Freundinnen sprühen nur so vor guter Laune.

Die Zeit vergeht wie im Flug und ich habe nicht ein einziges Mal an Finn gedacht.

Bis jetzt.

Am Nachmittag radele ich nach Hause, als ein schwarzer Sportwagen an mir vorbeifährt. Auf dem Kennzeichen steht - F S -.

Das ist er. Mein Herz setzt einen Schlag aus.

Er ist schnell unterwegs.

Gut, dass ich morgen nicht in die Firma muss, schießt es mir durch den Kopf. Ich würde mich krankmelden, wenn ich normal arbeiten müsste. Oder gleich kündigen? Die Tränen stehen schon wieder in den Startlöchern.

Das Auto ist hinter der nächsten Ecke verschwunden.

Finn fehlt mir. Wie rasant man jemanden vermissen kann, den man erst so kurz kennt. Er hat wahrlich Spuren bei mir hinterlassen.

Am Abend packe ich meinen Koffer für die Reise. Als ich ihn schließe, habe ich viel zu viel eingepackt und trotzdem das Gefühl, die Hälfte vergessen zu haben.

Montagmorgen um 4 Uhr holt mich das bestellte Taxi ab. Ich soll eine Stunde vor Abflug am Airport sein.

Aufgeregt sitze ich auf der Rückbank. In meiner Hand halte ich mein Handy.

Die schwarze Hülle von Finn habe ich Samstagnacht wütend vom Telefon entfernt und sie quer durchs Zimmer geworfen. Sie lag einige Zeit hinter dem Sofa.
Letztlich habe ich sie unter Tränen wieder befestigt, ohne seine Hülle ging es gar nicht. Mit ihr an meinem Telefon habe ich noch etwas von ihm bei mir. Ein bisschen Finn ist weiterhin da.
Ich streiche über den schwarzen Kunststoff und die silbernen Buchstaben. Bisher weiß ich nicht, wofür der zweite steht.
Tränen steigen in mir auf, erfolgreich atme ich sie weg. Nein, nicht weinen.
Wie lange wird es dauern, bis ich über ihn hinweg bin? Kann ich in dieser Firma weiterarbeiten? Ertrage ich das?

Seine Hülle werde ich ihm wiedergeben, wenn ich aus Kopenhagen zurück bin. Der Rest wird sich ergeben.

Das Taxi hält am Flughafen.
In der Abflughalle irre ich ein wenig planlos umher und entdecke zufällig meinen Chef an einem Tisch im Café vor seinem Laptop sitzend.
Ich trete näher und sage freundlich: „Guten Morgen, Herr Schierholz."
„Guten Morgen", antwortet er und springt auf, reicht mir die Hand. „Ach schön, dass das geklappt hat, Frau Eberlein. Ich freue mich sehr, Sie mit an Bord zu haben. Einen Kaffee?"
„Gerne", antworte ich und stutze, blicke irritiert auf den Tisch, auf dem sich bereits zwei Kaffeetassen befinden. Zwei Trolleys stehen neben dem Tisch. Ein Sakko hängt über der Lehne eines freien Stuhls.

Zwei Handys liegen auf der Tischplatte. Sie waren bis eben von einer Zeitung verdeckt, die der Chef nun an sich genommen hat.

Beide Telefone liegen mit dem Display nach oben. Mit Entsetzen entdecke ich an der Außenseite des einen Handys etwas Verräterisches. Etwas Vertrautes. Das Atmen fällt mir sofort schwer.

Eine kleine Blume.

Nein, das darf nicht sein.

Bitte nicht, flehe ich.

„Mit wie vielen Kollegen fliegen wir?", frage ich mit rasendem Herz.

„Wir fliegen zu dritt", antwortet er und ruft der vorbeilaufenden Bedienung zu: „Könnten wir bitte noch einen weiteren Kaffee haben?"

„Ja, bringe ich Ihnen gleich", erwidert diese.

„Machen Sie mir auch gleich die Rechnung fertig?"

„Zahlen Sie mit Karte?", fragt sie.

Der Chef nickt.

„Dann müssten Sie kurz mitkommen zum Tresen."

„Na gut." Herr Schierholz folgt der Bedienung.

„Wer fliegt noch mit?", frage ich leise, mehr mich selbst, denn die Antwort kenne ich längst. Bin einer Ohnmacht nah.

Finn erscheint in diesem Moment in meinem Sichtfeld. Durchquert eine Glastür und kommt in Richtung Café.

Ich schlucke nervös.

Als er mich entdeckt, bleibt er abrupt stehen. Geht zwei Schritte und stoppt erneut. Langsam sind seine weiteren Schritte. Sämtliche Gesichtszüge sind ihm entglitten.

„Was machst du hier?", fragt er leise und angespannt.
„Und du?", frage ich flüsternd zurück.

„Sieh mal Finn, unsere Reisebegleitung ist da." Herr
Schierholz ist am Tisch zurück. „Überraschung, es ist
Frau Eberlein. Nun sind wir vollzählig", ruft er
fröhlich. „Setz dich, Finn. Wir haben noch Zeit. Frau
Eberlein, Ihren Kaffee habe ich mitgebracht."

20

Finn

Ich komme von der Toilette zurück und da sitzt Rike an dem Tisch, an dem ich eben mit Joachim einen Kaffee trank.

„Ernsthaft jetzt?", murmele ich leise und hab augenblicklich schlechte Laune.

Sie ist die Dritte im Bunde? Warum hat der Chef nichts verraten? Das ist doch albern von ihm. Er sprach amüsiert von einem Überraschungskollegen. Aber sie? Nein, ich will sie nicht dabei haben. Ich brauche Abstand von ihr.

Zögernd gehe ich auf sie zu. Sie ist genauso überrascht wie ich und sie ist ebenso geschockt wie ich. Ihr Gesichtsausdruck lässt tief blicken. Begeisterung sieht definitiv anders aus.

Wie soll ich diese Tage überstehen, wenn sie ständig um mich herum ist? Wie sie da sitzt, würde ich sie am liebsten an mich reißen und ... Nein, wir haben es beendet. Unser letztes Gespräch ist keine schöne Erinnerung. Sie hat diese Fähigkeit, ihre Gefühle abzustellen und ich muss das auch schaffen.

Wir fliegen gemeinsam mit dem Chef auf eine Geschäftsreise. Das kann nur ein Scherz sein. Schlafe ich noch?

Ich wünschte, sie hätte mir Samstag erzählt, dass sie mitfliegt.

Joachim bittet mich Platz zu nehmen. In gemütlicher Runde, denke ich voller Ironie.

„Das ist ja wunderbar, dass du uns begleitest, Rike", sage ich zu ihr.

„Ich freue mich sehr und bin dankbar, dass ich mitfliegen darf."

Joachim grinst zufrieden.

Die Szene ist hollywoodreif. Ich bin ein echter Showman. Sie eine wahre Filmdiva.

Wir trinken Kaffee und haben extrem gute Laune. Der Chef ist aufgeregt und voller Zuversicht, dass wir ein super Geschäft in Kopenhagen abschließen.

Ich versinke hin und wieder in ihren Augen, als sie erzählt. Werde ein wenig schwach, als sie lacht. Jedes Mal erinnere ich mich an unser letztes Gespräch und kann sofort wieder klar denken.

Konzentration ist angesagt. Professionalität das höchste Gebot. Sie ist zwar die heiße Frau aus dem Museum, die mir immer noch den Kopf verdreht, aber das muss aufhören. Sie sagte mir ‚Leb wohl'.

Sie ist nur eine Kollegin und vorgestern hat sie mir klar und deutlich vermittelt, dass das auch so bleiben wird. Zugegeben, ich war in meiner Wortwahl ebenfalls nicht gerade gnädig und habe ihr gegenüber Ähnliches kommuniziert.

„Warum hast du mir nichts gesagt?", frage ich sie, als Joachim zur Toilette verschwindet.

„Was sollte ich dir denn genau sagen? Und du hast auch nichts erzählt."

„Stimmt."

„Und nun?", flüstert sie. „Möchtest du, dass ich gehe? Für dich ist die Reise wichtiger."

„Nein. Der Chef möchte, dass du dabei bist."

„Aber was möchtest du, Finn? Ganz ehrlich."

Ich schweige, blicke tief in ihre Augen. Sie soll mitfliegen, selbst wenn es mich quält.

„Dann sage ich ihm gleich, dass es mir nicht gut geht. Ich bin spontan erkrankt", schlägt sie vor.

„Quatsch", entgegne ich und schüttle heftig den Kopf.

„Wieso ist das Quatsch?", entgegnet sie.

Ich seufze.

„Rike, es ist doof gelaufen zwischen uns."

„Du bist ja ein Blitzmerker", bemerkt sie frech, lacht bitter und nippt an ihrem Kaffee. Sie schaut in der Gegend herum. Die Stimmung ist frostig. Ich ertrage das nicht.

„Du willst, dass ich ehrlich bin?", frage ich.

„Natürlich. Soll ich gehen?"

„Nein."

„Was dann?", zischt sie. „Was soll ich tun?"

„Rike, ich kann das nicht mehr." Ich lasse die Schultern hängen und atme schwer aus.

„Was meinst du?" Ihre Stimme klingt plötzlich deutlich weicher.

„Dir noch länger etwas vormachen."

„Ich verstehe nicht, was du meinst." Sie mustert mich neugierig.

„Mir missfällt, dass wir am Samstag aufgehört haben."

„Was genau meinst du?", fragt sie spitzfindig. „Am Nachmittag oder am Abend?"

„Gewiss nicht der Streit", antworte ich.

„Also meinst du den Nachmittag?"

„Rike, mach es mir doch nicht so schwer, bitte. Ich möchte nicht, dass es mit uns vorbei ist."

„Nein? Das klang aber ganz anders", erwidert sie und verschränkt die Arme vor der Brust. „Unser Boss kommt zurück", schiebt sie hinterher.

Ich nehme meinen Kaffee und trinke den letzten Schluck. Pfui. Bäh. Er ist eiskalt und bitter. So wie meine Stimmung. Ohne Umschweife möchte ich ihr jetzt reinen Wein einschenken. Meine Augen sind bei ihr, sie schaut Joachim mit einem Lächeln entgegen.

„Meine Frau hat gerade versucht, mich anzurufen. Ich telefoniere mal eben mit ihr. Bis gleich", ruft dieser uns im Vorbeigehen zu, entfernt sich und verschwindet aus unserem Sichtfeld.

„Als du am Samstag vor meinem Haus standst, warst du gekommen, um gemein zu mir zu sein?", fragt sie.

„Nein. Das wollte ich nie. Ich war bei dir, weil ich dir sagen wollte, dass unsere Entscheidung falsch war. Meiner Meinung nach. Du warst dann so resolut."

„Resolut? Ich?" Sie lacht. „Ich war einfach nur traurig."

„Warum?"

„Weil wir aufgehört haben am Samstag", erklärt sie und ihre Augen werden glasig. „Weil du es beendet hast. Für immer."

„Es war also definitiv kein Heuschnupfen."

„Nein, ich habe nie welchen gehabt."

„Für immer, das war mies. Tut mir leid", entgegne ich.

„Entschuldigung angenommen."

Wir lächeln uns an, sie wischt sich eine Träne fort.

„Du warst am Samstagabend aber auch sehr überzeugend", bemerke ich. „Dein ‚Leb wohl' habe ich dir abgenommen."

„Tut mir leid."

„Entschuldigung angenommen."

Ich möchte sie in die Arme schließen.

„Offenbar waren wir beide nicht ganz ehrlich zueinander", flüstert sie mit dünner Stimme.
„Der Chef kommt wieder", flüstere ich zurück.

„So, wollen wir?" Joachim steht vor uns und reibt sich die Hände. „Es wird Zeit." Er schnappt sich seinen Trolley. Wir folgen ihm.

Später sitzen wir am Gate und warten, dass wir aufgerufen werden. Ich nehme mein Handy und schreibe ihr:
Ich bin froh, dass wir ehrlich waren.

Sie antwortet:
Ja, ich auch. Wie soll es weitergehen?

Ich:
Ich weiß es nicht. Ich will nicht aufhören, es war schön mit dir.

Sie:
Ja, das war es. Es war schön mit dir.

„Die jungen Leute und ihre Handys", sagt Joachim und schüttelt amüsiert den Kopf.
Rike und ich, wir sitzen drei Plätze auseinander, starren beide wie paralysiert auf unsere Displays. Wenn der wüsste.
„Da bekomme ich schon Nackenschmerzen, wenn ich das nur mit ansehe", fügt er lachend hinzu. Rike schmunzelt in ihr Telefon. Ich packe meins in die Tasche.

Der Flieger hebt ab.

Joachim sitzt zwischen uns. Er hat viel zu erzählen. Von seiner Frau, seinen Kindern, dem Familienhund. Von seinen Gartenprojekten und seinen Reisen. Die, die er bereits unternahm, und die, die er noch plant.

Rike und ich lauschen ihm aufmerksam. Ab und an schaut sie an ihm vorbei, zu mir. Ich genieße jeden ihrer Blicke.

Sie möchte ebenso, dass es weitergeht mit uns. Das stimmt mich glücklich. Ich will sie küssen. Berühren. Es ist gefühlte Ewigkeiten her, dass ich ihr nah war. Dabei war das erst vorgestern.

„Und was planst du für einen Urlaub, Finn?", reißt mich Joachim aus meinen Gedanken.

„Es wird wohl wieder Mallorca."

„Ach schön. Und Sie, Frau Eberlein?"

„Ich habe noch nichts geplant."

„Sorgen Sie sich bitte nicht wegen der Urlaubssperre in der Probezeit. Das bekommen wir schon hin. Planen Sie ein paar Tage für sich ein."

„Okay, danke. Dann werde ich mir ein paar Gedanken machen."

Ich nehme dich einfach mit auf die Insel, denke ich mit einem Schmunzler.

21

Rike

Der Flug dauert eine Stunde. Über den Wolken ist es wunderschön. Ich sehe aus dem Fenster. Herr Schierholz ist gerade ein paar Minuten ruhig und ich lausche entspannt dem Rauschen der Triebwerke. Er hat so viel erzählt.

Finn macht also Urlaub auf Mallorca. Er könnte mich eigentlich mitnehmen, denke ich grinsend.

Er und auch Herr Schierholz haben die Augen geschlossen. Für mich ist an Schlaf nicht zu denken.

Wie verrückt ist diese Geschäftsreise und wie verrückt ist diese ganze Geschichte mit Finn? Von Anfang an bis zu diesem Moment.

Ich denke an die Nacht im Museum zurück und wie sehr ich mich sofort von ihm angezogen fühlte. Bereits an dem Abend hat er sich unwiderruflich in mein Herz geschlichen.

Dieser entsetzlich peinliche Moment des Wiedersehens im Büro folgte und ich hätte beinahe den Job geschmissen. Ich blieb zum Glück und beim Firmenfest am See spürte ich erneut diese Anziehungskraft zwischen uns.

Zuletzt dieses Auf und Ab.

Dann hat er mir eben einfach so gestanden, dass er mir etwas vorgemacht hat. Dass er genauso fühlt wie ich und … was immer es ist, fortführen möchte. Uns nicht aufgeben kann. Respekt.

Ich denke, ich hätte wohl nicht den ersten Schritt Richtung Ehrlichkeit getan. Er ist ein toller Mann.

Der Zeitpunkt unserer Versöhnung ist leider ungünstig. Sich seine Gefühle einzustehen und sich dabei nicht einmal wenigstens kurz nah zu sein, ist grausam. Gerne hätte ich ihn eben umarmt.

Wie wird Kopenhagen werden? Herrn Schierholz schätze ich als einen sehr wachsamen Mann ein. Er kann zwischen den Zeilen lesen, denke ich.

Leuchten wir beide nicht gerade vor Glück? Ich zumindest habe das Gefühl zu strahlen. Das muss ich verbergen und schließe nun doch die Augen. Dieses immerwährende Geräusch der Triebwerke wirkt einschläfernd auf mich.

Als ich erwache, setzen wir zur Landung an. Der Blick zum Fenster hinaus ist wundervoll. Kopenhagen von oben. Blauer Himmel, die Sonne scheint.

Ich bin aufgeregt, schaue am Chef, der Zeitung liest, vorbei zu Finn. Er blickt in den Gang und trägt Ohrstöpsel. Was er sich wohl anhört? Welche Musik mag er? Ich weiß noch so wenig über ihn.

Finn hat mich beim Anschauen erwischt, grinst und zwinkert mir zu.

„Na, sind Sie bereit für die Geschäftswelt?", fragt mich der Chef.

„Ja, das bin ich. Ich freue mich."

„Das wollte ich hören." Er lacht.

Wir verlassen das Flugzeug. Es ist ein langer Weg bis zur Gepäckausgabe. Herr Schierholz hat einen flotten Schritt drauf. Finn und ich fallen zurück.

„Gut geschlafen?", raunt Finn mir zu.

„Ja, danke und selber?"

„Sehr gut, danke", entgegnet er.

„Was hast du eben gehört?", frage ich.

„Das interessiert dich wohl." Er grinst.

„Ja, erzähl", fordere ich.

„Ein Hörbuch."

„Und weiter? Lass dir doch nicht alles aus der Nase ziehen", beschwere ich mich.

„Es weist mir den Weg zum Erfolg."

„Oha", erwidere ich beeindruckt, „das interessiert mich ebenfalls."

„Dann hören wir es zusammen."

„Einverstanden."

„Schön, dass wir das zwischen uns klären konnten", sagt er.

„Ja, finde ich auch."

„Ist zwischen uns wieder alles gut?", möchte er wissen.

„Ich weiß nicht. Ist es das?"

„Rike, es tut mir aufrichtig leid, dass ich dich traurig gemacht habe."

„Und mir tut es leid, dass ich Sachen gesagt habe, die verletzend waren."

„Hast du nicht", entgegnet er achselzuckend. „Ich bin nicht verletzt."

„Komm. So ein harter Hund bist du nicht", stichele ich.

„Nein?", antwortet er lachend.

„Ich glaube, du empfindest durchaus hin und wieder Schmerz."

„Früher habe ich mich öfter geprügelt", berichtet er.

„Das meine ich nicht."

„Was denn?"

„Vergiss es, dann bist du eben ein Bad Boy, der niemals weint."

Er stoppt auf der Stelle. Starrt mich an. Schaut irritiert. Schockiert. Als hätte er einen Geist gesehen.

„Finn, habe ich etwas Falsches gesagt?"

„Passt schon", sagt er geschäftsmäßig und geht mit ernster Miene weiter. Was hat er?

„Schau, da ist der Chef."

Herr Schierholz steht vor uns.

„Finn, ich habe meinen Koffer bereits. Wir sehen uns gleich beim Ausgang. Ich bestelle schon mal das Taxi."

„Okay, machen wir so. Bis gleich."

Herr Schierholz geht. Wir sehen ihm nach, bis er durch eine große Glastür verschwunden ist.

„Alles gut?", frage ich Finn.

„Sicher", antwortet er. Seine Körperhaltung deutet etwas anderes an. Er ist stocksteif, hat die Hände zu Fäusten geballt. Lächelt gequält.

„Okay ... wenn du das sagst", bemerke ich leise.

„Alles gut." Er legt einen Arm um mich. „Jetzt ist alles gut", flüstert er und drückt mich sanft an sich. Seine Angespanntheit scheint mit einem Mal verflogen zu sein. So plötzlich, wie sie gekommen war. „Lass uns gemeinsam auf unsere Koffer warten."

„Und wenn der Chef uns so nah beieinander sieht?", frage ich.

„Wird er nicht."

Ich betrachte sein Gesicht im Profil. Er wirkt immer noch etwas verändert. Verletzlich erscheint er mir gerade. Was habe ich gesagt oder getan? Oder liegt es nicht an mir?

„Was?", fragt er unsicher und sieht mich an.

„Nichts."

„Aha. Nichts also." Er zieht eine Augenbraue hoch.

„Genau!"

„Möchte die Dame eine Umarmung?"

„Sehr gerne."

Wir umarmen uns. Kein Blatt passt dazwischen. Er hebt mich ein Stück vom Boden hoch, setzt mich wieder ab. Anschließend blicken wir uns tief in die Augen. Mein Herz schlägt wild in meiner Brust.

Er und ich. Hier zusammen. Wahnsinn. Elektrisch. Zwischen uns fliegen die Funken. Es kribbelt wie verrückt.

Zärtlich reibt er seine Nase an meiner.

Wir küssen uns. Zaghaft. Vorsichtig.

Es ist wie in Wolken fallen. Watteweich und federleicht.

Wir drücken uns erneut ganz fest.

„Schön, dass wir zusammen hier sind. Wie auch immer die nächsten Tage mit Joachim werden", sagt er. Lächelnd nickend stimme ich ihm zu.

„Dort kommt mein Koffer", rufe ich.

„Welcher ist es?"

„Der mit dem roten Band."

„Der Riese?"

„Ja."

Ich greife nach ihm. Finn ist schneller. Er stellt ihn vor mir ab.

„Wie lange bleibst du hier?"

„Wieso?", frage ich.

„Ist da deine ganze Wohnung drin?"

„Unheimlich witzig."

„Backsteine? Stahlträger?", fragt er weiter.

Ich pruste los. „Ich wusste halt nicht, was ich brauche."

„Und dann hast du einfach alles eingepackt."

„Genau."

Wir lachen von Herzen, das tut gut.

„Hier kommt meiner", ruft er.

„Welcher?"

„Der kleine blaue."

„Hast du deine Anzüge da reingeknüddelt?"

„Wer sagt, dass ich einen Anzug tragen werde?"

„Der Koffer vom Chef war auch klein."

„Wir Männer brauchen halt nicht viel."

„So ein Quatsch. Wo sind eure Anzüge?"

„Hier trägt man Jogginghose und Flipflops zum Meeting. Stand in der Mail. Hast du die nicht bekommen?"

„Finn, du nimmst mich auf den Arm."

„Soll ich?" Er macht tatsächlich Anstalten, mich hochzuheben. Sanft schiebe ich ihn zur Seite.

„Hör jetzt auf. Also, wo sind eure Sachen?"

„Lass dich überraschen", bemerkt er frech und zwinkert mir zu. Ich lass es gut sein.

Was für ein Spaßvogel, denke ich und finde ihn süß.

Wir durchqueren die große Glastür und stehen mitten in der Ankunftshalle. Es ist voll. Es ist laut. Es ist hektisch.

So viele Menschen habe ich nicht erwartet. In dem Gewusel suchen wir Herrn Schierholz. Finn entdeckt ihn. Er geht vor. Schaut sich alle paar Meter nach mir um. „Geh mir nicht verloren", sagt er lieb und zwinkert mir zu.

„Ach, da sind Sie ja endlich", ruft der Chef uns entgegen. „Das Taxi wartet schon."
Wir folgen ihm nach draußen.

Der Taxifahrer verstaut unser Gepäck im Kofferraum. Der Chef nimmt vorne Platz, Finn und ich hinten.
Unsere Hände liegen auf den Sitzen keine zehn Zentimeter voneinander entfernt. Bei jedem Ruck, jeder Kurve, die das Taxi fährt, kommen sich unsere Finger näher.

22

Finn

Wir verlassen den Flughafen und ich hätte gerne den Arm um Rike gelegt.

Joachim sieht mich seltsam an. Er hat exzellente Antennen für irgendwelche Spannungen. Sowohl negativ als positiv. Es ist extreme Vorsicht geboten.
Vielleicht bilde ich es mir auch ein? Egal. Gesunde Paranoia ist nicht verkehrt in dieser Situation.

Im Taxi sitzen Rike und ich auf der Rückbank. Täusche ich mich oder kommen sich unsere Hände stetig ein Stückchen näher?

„Bist du schon in Kopenhagen gewesen, Finn?", fragt Joachim und blickt sich zu uns um. Rike und ich ziehen sofort unsere Hände zurück.
„Nein, es ist mein erstes Mal."
„Frau Eberlein war schon hier, wusstest du das?"
„Nein."
„Wann war das?", fragt er sie.
„Direkt nach dem Abitur. Ich machte einen kleinen Ausflug an die Uni und studierte zwei Semester lang. Im Rahmen des Studiums war ich in Kopenhagen."
„Was hast du studiert?"
„Umwelt- und Nachhaltigkeitsmanagement."

„Ach, cool! Warum nur zwei Semester?", möchte ich wissen.

„Das Studieren war nicht das Richtige für mich. Ich habe lieber gearbeitet."

„Erzählen Sie doch mal. Was haben Sie genau gemacht in Ihrem Praktikum?", fragt Joachim.

„In einem dänischen Architekturbüro ging es um energieeffiziente Neubauten. Wohnen, Arbeiten, Kindergärten, Grundschulen und Altersheime. Alles unter einem Dach."

„Das klingt richtig super, Rike", werfe ich ein.

„Ja, das Praktikum war interessant und hat mir sehr viel Spaß bereitet."

„Schade, dass Sie Ihr Studium nicht durchgezogen haben", kommt von vorne. Es klingt überraschend schroff.

„Wenn man merkt, dass man für etwas nicht brennt, dann sollte man es sein lassen", verteidigt sich Rike.

„Für den Umweltschutz sollte man brennen, Frau Eberlein."

„Da haben Sie vollkommen recht, Herr Schierholz. Ich schütze diesen Planeten, mit allem, was mir möglich ist. Nur das Studieren war nicht meins."

„Manchmal muss man Sachen durchziehen, die einem nicht liegen", setzt er ihr entgegen.

„Ich habe ja trotzdem meinen Weg gefunden, ganz ohne Studium", kontert sie.

Er schweigt.

Joachim geht ganz schön mit ihr ins Gericht und sie bietet ihm richtig gut Paroli. Ziemlich selbstbewusst, die junge Dame. Ich bin beeindruckt.

„Und wie lange dauerte das Praktikum?", frage ich sie.

„Drei Monate."

„Cool, dann kannst du uns bestimmt eine Stadtführung geben."

„Das ist zu lange her. Die Stadt hat sich sehr verändert."

„Dafür wird wohl leider keine Zeit sein, Finn", bemerkt Joachim, deutlich milder gestimmt. „Wir sind nicht zum Spaß hier. Sondern zum Arbeiten. Terminlich sind wir voll."

„Ach, schade", entgegne ich.

„Sie könnten privat herfliegen?", schlägt er vor. Rike und ich grinsen. „Vielleicht haben aus dem Team einige Interesse. Dann kreieren wir ein Firmenevent daraus. Wenn die Geschäfte die Tage gut laufen, werden wir in nächster Zeit öfter in Kopenhagen sein."

Am Hotel stellt der Taxifahrer unser Gepäck auf dem Fußweg ab und zwei Hotelangestellte laufen herbei, begrüßen uns und tragen die Koffer hinein. Joachim geht vor und ich folge Rike in das Gebäude.

Wir beide stecken kurzzeitig zusammen in dieser engen Drehtür. „Lass uns einfach noch ein paar Runden drehen", feixe ich. Sie lacht.

„Tauschen wir gleich die Zimmernummern aus?", raune ich ihr zu, als Joachim ein paar Meter weiter eincheckt.

„Weiß noch nicht", antwortet sie schmunzelnd und zuckt mit den Achseln. „Vielleicht?"

Wir sind an der Reihe, bekommen unsere Schlüsselkarten und schieben die Koffer zusammen Richtung Fahrstühle, wo Joachim wartet. Er sieht uns ernst an und ich fühle mich unwohl.

Seit der Landung in Kopenhagen habe ich mich hinreißen lassen. Die Blödeleien zwischen Rike und mir waren unprofessionell und zu offensichtlich. So etwas kann der Chef nicht ausstehen.

„Jetzt ist Schluss mit der Rumalberei!", maßregelt er uns auch schon. „Wir sind hier, um einen guten Job zu machen. Das ist kein Privatvergnügen. Verstanden?"

„Ja", sagt Rike kleinlaut.

„Verstanden", antworte ich.

„Gut!" Er schaut von einem zum anderen. „In zwei Stunden treffen wir uns im Foyer. Wir werden den ersten Kunden besuchen. Die Unterlagen schicke ich gleich per E-Mail. Bitte sorgfältig vorbereiten. Bedeutet, alles lesen ... und verstehen. Falls Fragen sind, recherchieren. Dringende Sachen eben notieren, die können wir auf dem Weg dahin erläutern.

Finn, du übernimmst das Reden heute. Wie besprochen. Ich halte mich bewusst im Hintergrund. Ich vertraue dir. Du wirst das super machen, so wie in Amsterdam."

„Danke, Chef."

„Ich danke dir, Finn. Und Sie, Frau Eberlein, Sie lernen heute ganz viel. Machen Sie Notizen und beobachten Sie genau. Vielleicht erhalte ich später Ihre Einschätzung zum Termin. Darauf wäre ich gespannt. Was meinen Sie? Bekommen Sie das hin? Heute Abend beim Essen besprechen wir alles. So weit klar?"

„Ja, das kann ich versuchen", antwortet sie eingeschüchtert.

„Alles halbe Höhe, Frau Eberlein. Seien Sie selbstbewusster", motiviert der Chef.

„Okay."

„Super. Dann bis später und viel Erfolg beim Vorbereiten."

Joachim verschwindet im Fahrstuhl.

„Sie wollen bestimmt den nächsten nehmen", ruft er und lacht. Die Türen schließen sich. Sofort dreht sie sich zu mir.

„Puh, heftig", flüstert sie.

„Was denn?"

„Der ist ganz schön streng mit mir."

„So ist er, wenn er kurz vor einem Termin steht. Hoch konzentriert und angespannt. Das sollten wir auch sein. Wir waren ihm etwas zu albern.

Er verabscheut es, wenn man nicht zu 100 % im Thema ist. Wir sollten nachher organisiert und gut vorbereitet sein."

„Und wenn ich es nicht so mache, wie er es sich vorstellt?"

„Das wird schon passen", motiviere ich sie. „Nachher, wenn wir wieder zurück sind, ist er wesentlich entspannter. Es geht heute um viel Geld."

„Und im Taxi?", bemerkt sie. „Wenn ich nun mal keine geborene Studentin bin, dann ist das doch meine Sache."

„Du hast gut reagiert. Das hat ihm gewiss imponiert. Ich bin übrigens auch kein Studierter."

„Nein?"

„Nö, ich habe wie du immer lieber gearbeitet."

„Und es trotzdem so weit geschafft?"

„Und da geht noch mehr", entgegne ich amüsiert. Sie schmunzelt.

„Sieh das hier auch als Prüfung an", erkläre ich ihr. „Er ist streng zu dir, um dich zu testen. In unserem Job muss man mit so etwas umgehen können."

„Du hast recht. Ich bin vielleicht zu weich für diese Arbeit."

„Nein, bist du nicht. Du hast dein Potenzial nur noch nicht ausgeschöpft. Es lauert noch in dir und möchte raus."

„Sprach mein Manager, der gleichsam mein Motivator ist."

„Immer zu Ihren Diensten, My Lady."

„Danke dir."

Ich finde sie klasse, kann gar nicht glauben, dass ich eine so tolle Frau kennenlernte.

„Was ist?", fragt sie.

„Wieso?"

„Dein Blick?"

„Ach der. Der macht manchmal, was er will", erkläre ich grinsend und sie lacht. „Und wo wohnt die Lady nun?"

„Dritte Etage. Zimmer 312", verrät sie. „Und du?"

„314."

„Das gibt es doch nicht", sagt sie und lacht. „So ein großes Hotel und unsere Zimmer liegen so dicht beieinander. Wo wohnt der Chef?"

„In der sechsten Etage."

Der Fahrstuhl ist da. Die Türen öffnen sich. Wir betreten den Lift und ich drücke den Knopf mit der Zahl drei. Rike und ich allein in einem Lift, der Gedanke lässt mich grinsen ... zu früh gefreut.

Ein Mann in einem schwarzen Anzug betritt den Fahrstuhl, nickt zum Gruße in unsere Richtung, dreht uns den Rücken zu und drückt die Zahl zwei. Ein Pärchen gesellt sich zusätzlich zu uns, drückt die Zahl fünf, sagt „Hello" und wird von uns zurückgegrüßt. Der Mann im Anzug sagt nichts. Die beiden stellen sich vor uns.

Nun schließen sich die Türen. Rike und ich stehen ganz hinten an der Wand. Sie blickt ernst drein. Was sie wohl gerade denkt?

Ich lausche der leisen Musik. Der Mann verlässt uns im zweiten und wir verlassen das Pärchen im dritten Stock.

„Da wären wir", sagt Rike und schaut sich nach allen Seiten um.

„Was hast du?", frage ich.

„Ich habe Angst, dass der Chef in der Nähe rumschleicht und uns ganz vertraut sieht", erklärt sie. „Ich habe ein mieses Gefühl. Wir waren wirklich zu albern."

„Das erklärt deinen Blick", stelle ich fest.

„Ja, ich bin echt nervös."

„Lass uns schnell die Zimmer suchen."

„Einverstanden."

Nebeneinander gehen wir den Flur entlang. Sie ist also ähnlich paranoid wie ich.

„Hier wohnst du", sagt sie, als wir an meiner Tür ankommen. „Bis später?"

„Ja, bis nachher."

Ich ziehe meine Zimmerkarte aus der Tasche. Rike steht wie angewurzelt da.

Fragend sehe ich sie an: „Was ist los?"

„Und wenn ich was nicht verstehe?", beklagt sie sich.

„Dann ruf mich eben an."

„Okay, Boss."

„Viel Erfolg beim Vorbereiten."

„Danke, dir auch. Boss."

„Du schaffst das. Die Mails von Joachim sind recht einfach gestrickt."

„Meinst du?"

„Weiß ich sogar", entgegne ich nickend.

„Okay. Boss"

„Lass das", erwidere ich. Sie grinst.

„Was denn?"

„Rike. Bitte."

„Warum? Du bist doch der Boss."

Sie lacht. Ich schmunzele.

„Schluss jetzt mit der Rumalberei", wiederhole ich die Worte des Chefs. „It`s Businesstime."

„Okay ... Finn."

„Melde dich einfach, wenn Fragen auftauchen. Ich bin zwei Türen weiter."

„Mach ich. Danke dir. Bis später."

Ich öffne meine Tür und werfe einen letzten Blick zu ihr. Sie steht vor ihrem Zimmer. Zückt ihre Karte. Verschwindet mit einem Lächeln.

23

Rike

Mein Hotelzimmer ist schick. Beeindruckt sehe ich mich um und lasse mich glücklich auf mein Bett fallen.

Atme durch. Bin überfordert und neugierig. Nervös und durcheinander. Tatsächlich mache ich eine Geschäftsreise und liege auf einem irre gemütlichen Bett in Kopenhagen. Grinsend realisiere ich meine Situation und denke an Finn.

Gerne wäre ich mit auf sein Zimmer gegangen. Mit was er wohl nebenan die Zeit verbringt? Sitzt er bereits über den Unterlagen?

Was für eine Wende von heute Morgen bis zu diesem Moment. Ich möchte mehr von ihm. Jetzt von ihm getrennt zu sein, ist unerträglich.

Das gemütliche Bett verlasse ich und gehe zum Fenster. Der Blick hinaus lässt mein Herz höherschlagen. Die Stadt liegt mir zu Füßen, einen Park erkenne ich und etwas entfernt sehe ich Wasser.

Super gerne würde ich die Stadt erkunden.

Seufzend erinnere ich mich an Finns Worte:

It's Businesstime.

Ich packe aus, suche mir ein Outfit für den Termin heraus und platziere es mit meiner Waschtasche und den Schminksachen im Badezimmer. Anschließend setze ich mich an den Schreibtisch, öffne meinen Laptop und lese die E-Mail des Chefs.

Immer wieder beginne ich von vorne. Kann mich nicht konzentrieren. Es ist, als wäre alles in einer mir fremden Sprache geschrieben. Verzweiflung kriecht in mir hoch. Die Zeit läuft.

Es klopft an meiner Zimmertür.

Ein Schmunzeln stiehlt sich auf meine Lippen.

„Wer ist da?", frage ich durch die geschlossene Tür, sehe Finn durch den Spion. Himmele ihn an.

„Lässt du mich rein?"

Ich öffne die Tür.

„Ja, klar. Warum auch nicht? Was verschafft mir die Ehre?"

Er betritt mein Zimmer und wirft die Tür hinter sich ins Schloss.

„Hast du die neueste E-Mail von Joachim schon gelesen?", möchte er wissen.

„Welche?"

„Das Meeting ist um zwei Stunden nach hinten verschoben."

„Ach was? Wirklich? Nein, habe ich noch nicht gelesen."

„Na, dann ist es gut, dass ich es dir persönlich sage."

„Auf jeden Fall."

Er kommt näher. Wir tauschen Blicke, die mir Herzrasen verursachen. Die Luft flirrt, ist elektrisch aufgeladen zwischen uns.

„Komm her", raunt er, nimmt meine Hand und zieht mich an sich. Greift mir ins Haar. Streichelt mein Gesicht. Sieht mir tief in die Augen. „Frau aus dem Museum. Was hast du mit mir gemacht?" Ich schlucke hart, weiß nichts zu sagen.

Meine Hände lege ich um seine Körpermitte. Spüre seine Wärme. Er verstärkt den Griff seiner Umarmung.

„Wie konnte ich nur auf den Gedanken kommen, ich könnte das mit uns beenden."

„Ich weiß es nicht", flüstere ich.

„Das ist unmöglich."

Sein Daumen streift meine Unterlippe.

„Und jetzt?", frage ich.

„Du treibst mich in den Wahnsinn", wispert er und legt seine Hand auf meinen Rücken. Sie wandert auf und ab. „Meine Absichten sollten eindeutig sein."

„Ja, ich denke, ich verstehe sie", flüstere ich zurück.

„Willst du mich?", fragt er mit festem Blick.

„Ja."

„Und du bist dir ganz sicher?"

„Ich war mir nie sicherer, dass ich etwas will."

„Dann stoppen wir es dieses Mal nicht?", hakt er nach.

„Nein", ich schüttle leicht den Kopf. „Also, wenn du es auch willst."

„Ich will es … will dich … so, so sehr", erwidert er. „Unbedingt. Endlich."

„Unbedingt? Und endlich?", frage ich lächelnd nach.

„Definitiv." Er grinst.

„Wir ziehen es durch?", vergewissere ich mich.

„Ja. Schluss mit dem Gerede."

„Okay."

Flinke Finger öffnen den ersten Knopf meiner Bluse. Dann den zweiten. Den dritten. Finn atmet schnell. Ich betrachte ihn voller Verlangen.

Spüre Küsse an meinem Hals. Zart. Zentimeter für Zentimeter verwöhnt er meine Haut. Stöhnend schließe ich die Augen. Er drückt mich fest. Fest und sanft.

Unsere Lippen finden und vereinigen sich, verschmelzen zu einem wunderbaren Kuss.

Wir sehen uns wieder an. Lächeln. Hitze. Begierde.

„Du bist so sexy", sagt er leise und streichelt mein Gesicht. „Ich will dich, seitdem ich dich im Museum sah und wollte dich Samstag ... Und du bist definitiv keine Frau für nur eine Nacht."

„Nein?"

„Nein, du wirst mich nicht mehr los. Ich bin verrückt nach dir."

„Verrückt?"

„Ja, die Gefühle für dich ängstigen mich."

„Angst?" Ich kichere.

„Machst du dich lustig über mich?", flüstert er.

„Nein, das würde ich nie."

Ein Kribbeln breitet sich in mir aus, als er mich erneut leidenschaftlich küsst.

Hemd und Shirt ziehe ich ihm aus der Hose und spüre seine Haut unter meinen Fingerspitzen, streichele seinen Rücken. Meine Hände erforschen seinen Bauch und seine Brust.

Mit meinen Fingernägeln fahre ich sanft über seine Haut und er saugt zischend Luft ein.

Ich öffne die Knöpfe seines Hemdes, er den Rest meiner Bluse. Immer wieder sehen wir uns an. Mein Herz rast. Mein Atem überschlägt sich fast.

Sein Hemd und meine Bluse fliegen durchs Zimmer. Er zieht mir mein Top aus, ich ihm sein Shirt.

Sein Brustkorb hebt und senkt sich schnell. Ich berühre seine Brust. Seine Haut fühlt sich toll an. Er packt mich. Küsst mich. Sieht mich an. Seine Augen leuchten.

„Du bist wunderschön", sagt er.

Meine Hand nehmend führt er mich zum Bett und wir setzen uns.

Erneut finden sich unsere Lippen. Wir legen uns zurück. Die Küsse werden drängend, fordernd. Gegenseitig ziehen wir uns weiter aus. Mit allen Sinnen genieße ich ihn. Mein Verlangen wächst von Augenblick zu Augenblick.

Keiner von uns stoppt es dieses Mal.
Keiner von uns hört auf.

Ein Feuer entfachen wir und lassen es brennen. Voller prickelnder Leidenschaft ist das Hotelzimmer. Erleben Lust. Ekstase. Den Zustand höchster Beglückung.

Ich spüre ihn überall auf meiner Haut. Er macht diese Welt zu einem anderen Ort. Zu einem Ort, an dem es keine Schwerkraft mehr gibt.

Als er mich alleine lässt, sind wir beide frisch geduscht und für den Geschäftstermin perfekt vorbereitet.

Nun stehe ich vorm Spiegel im Badezimmer und ziehe mich an. Wie kann ich dieses dämliche Grinsen abstellen? Dieser Mann ist ein wahrgewordener Traum.

Beflügelt und berauscht lächelnd denke ich an unsere Momente voller Zuneigung zurück und an die anschließende gemeinsame Vorbereitung auf das Meeting mit dem Kunden …

„Let's do business", sagte er, als wir nach der gemeinsamen Dusche in flauschige Handtücher gehüllt waren. Mit meinem Laptop legten wir uns aufs Bett.

„Ich habe Hunger", ließ er mich wissen, „Du auch?"

„Ja", erwiderte ich.

„Lass uns die Minibar plündern", schlug er vor und schon stand er davor, öffnete die Tür und sah hinein. „Chips oder Schokolade? Weingummi sehe ich außerdem. Salzstangen. Nüsse. Das war es. Also was darf ich dir anbieten?"

„Ich kann mich nicht entscheiden."

„Nehmen wir einfach alles."

„Nein. Das sieht doch Herr Schierholz auf der Rechnung."

„Na und?"

„Das ist mir unangenehm. Nur die Schoki."

„Dann nehme ich den Rest", antwortete er lachend.

„Der denkt, ich bin voll verfressen", maulte ich.

„Dann schleppe ich den Inhalt meiner Minibar in deine, wir bekommen das bestimmt hin."

Zusammen haben wir den Termin vorbereitet. Auf meinem Bett, mit allerlei Süßem und Salzigem um uns herum, haben wir gemeinsam gelesen und recherchiert. Ich habe mir viele Notizen gemacht. Er hat mir all meine Fragen beantwortet und ich fand ihn äußerst verführerisch dabei.

„Konzentrier dich", maßregelte er mich, als ich versuchte, sein Handtuch an den Hüften zu lockern. „Es geht um sehr viel", sprach er eindringlich. Finn war in der Situation ganz Geschäftsmann und ließ sich auf nichts ein, da war kein Raum für Zwischenmenschliches.

Ich fand es süß.

Ein glückliches Seufzen entweicht mir. Fertig für den Geschäftstermin lösche ich das Licht im Badezimmer, schlüpfe in meine Schuhe, schnappe mir Blazer und die Tasche.

Mein Hotelzimmer verlasse ich mit einem letzten verklärten Blick auf die zerwühlten Laken, die so wunderbar nach ihm riechen.

24

Finn

Neben dem goldenen Knopf, den ich drücke, steht Foyer. Die Türen des Fahrstuhls schließen sich. Ich bin allein. Wenn ich keine Ohren hätte, würde ich in dieser Situation im Kreis grinsen. Unentwegt.

Ja, für immer vielleicht.

Eine schwere Aufgabe steht mir bevor. Dieses Grinsen auszuschalten. Es entsteht nicht einfach in meinem Gesicht. Es entspringt meiner Seele. Ob sie genauso grinsen muss wie ich?

Reiß dich zusammen, brüllt mein Verstand mich an.

Ist ja schon gut.

Ich atme tief durch, betrachte mich in der Spiegelwand des Fahrstuhls, rücke ein weiteres Mal die Krawatte zurecht, bin zufrieden, der Knoten sitzt nahezu perfekt.

Anschließend ordne ich Kragen und Frisur. Überprüfe den Rest meines Outfits. Hole tief Luft und stoße sie laut durch den spitzen Mund wieder aus. Wiederhole das.

Bei einem Yogakurs habe ich es gelernt. Soll entspannend sein. Dass ich mich jetzt daran erinnere. Ich lache, bin viel zu albern.

Meine Gedanken sind bei Rike. Wir sind alles in Ruhe durchgegangen und es hat Spaß gemacht, mit ihr zusammenzuarbeiten. Als sie ihre Hand in mein Handtuch schob, war es schwer, ihr zu widerstehen.

Ein Kribbeln durchzieht mich bei dieser Erinnerung, ich freue mich auf später und mehr von Rike.

Nun ist sie gut auf diesen Tag vorbereitet und Joachim wird zufrieden sein.

Mit dem Erreichen des Erdgeschosses und einem eindringlichen „Pling" öffnen sich die Fahrstuhltüren.

Erneut hole ich tief Luft, atme ein und aus. Dieses Mal ganz leise. Genau jetzt stelle ich das Grinsen ein und bin der Geschäftsmann, der ich sein sollte.

Ich trete aus dem Lift hinaus und durchschreite in meinem dunkelblauen Anzug die Eingangshalle, entdecke Joachim – schick gekleidet in anthrazit.

Eine Person fehlt. Die Dame meines Herzens. Unfassbar, wie schnell sie sich dort ausbreitete.

Nun ist aber Schluss. It's Businesstime.

„Finn, du siehst gut aus. Hat alles spitze geklappt mit unseren Sachen."

„Danke. Du siehst auch fesch aus."

„Danke schön." Er grinst.

„Es war eine gute Idee von dir, alles schon vorher herzuschicken."

„Das mache ich immer so. Dann hat man das Geschleppe nicht. Wo bleibt denn Frau Eberlein?"

„Die wird bestimmt gleich da sein."

„Wo wir hier gerade noch alleine stehen …", fängt er seinen Satz an. Er klingt ernst und ich denke für einen Moment, er weiß über Rike und mich Bescheid. „Wenn wir zurück in der Heimat sind, schnappst du dir bitte gleich den Herrn Brenner und redest mit ihm."

Erleichterung überschwemmt mich, es geht nicht um uns.

„Julian?", entgegne ich. „Das ist bereits erledigt."
„Ja?"
„Ich war gleich am Samstag früh bei ihm."
„Und was ist dabei rausgekommen?"
„Er hat verstanden, dass er aufpassen muss. Dass er sich ändern muss. Dass es kurz vor zwölf ist."
„Finn, es ist längst nach zwölf in dieser Angelegenheit. Herr Brenner steht ganz oben auf der Blacklist. Bekomme ich deine ehrliche Einschätzung? Hop oder Top?"
„Er hat mir versprochen, er werde bei der nächsten Firmenfeier keinen Alkohol trinken."
„Das wäre schon mal ein Anfang. Und die andere Sache?"
„Die Auszubildenden?", hake ich nach.
„Grundsätzlich sämtliche Liebschaften. Ihr habt alle unterschrieben, dass ihr in der Firma das Herz ausschaltet, wenn man das so ausdrücken mag. Wir sind Kollegen. Lasst die Finger bei euch. Das lenkt euch nur von der Arbeit ab. Beziehungen innerhalb der Firma führen zu Abmahnungen. Das sollte allen klar sein."
„Ich werde ihn daran erinnern."
„Mach das, Finn. Vielleicht sollte das allen noch mal ins Gedächtnis gerufen werden. Wir werden nach unserer Rückkehr darüber sprechen. Vielleicht beauftrage ich dich damit. Erinnere mich bitte, wenn wir wieder im Büro sind. Liebschaften und Job, diese Kombi bringt nur Probleme."
„Okay, ich werde dich erinnern."

In diesem Moment öffnet sich der Fahrstuhl und Rike tritt heraus. Ihr Anblick verschlägt mir die Sprache.

Die letzten eindringlichen Sätze von Joachim sind alarmierend. Angst und bange ist mir. Mir ist, als stünde auf meiner Stirn: ‚Ich bin verrückt nach Rike.'

Definitiv darf ich sie nicht so anstarren.

Sie trägt einen blauen Rock und eine weiße Bluse. Hohe Schuhe. Ein blauer Blazer liegt über ihrem Unterarm. Eine Tasche hält sie in der Hand.

„Frau Eberlein, haben Sie sich farblich mit Finn abgestimmt?", ruft der Chef ihr entgegen.

„Nein", antwortet sie amüsiert. Ihre Wangen färben sich rötlich.

„So könnten Sie glatt zusammen zum Abschlussball gehen. Ein Traum in Blau. Und deine Krawatte ist genauso violett wie ihre Handtasche. Wahnsinn."

Wir lachen.

„Schön, dass Sie jetzt da sind. Dann können wir los."

„Bin ich zu spät?", fragt sie.

„Nein, alles gut", antworte ich und Joachim schüttelt den Kopf.

„Sie sind genau richtig", bemerkt er.

Wie recht er hat.

Wir sitzen im Taxi. Joachim hat erneut vorne Platz genommen. Er unterhält sich angeregt mit dem Fahrer.

„Dann war dieser Anzug in deinem kleinen Koffer?", fragt Rike mich.

„Nein, wir haben unsere Business-Klamotten gestern vorfliegen lassen."

„Ah, so macht man das also in euren Kreisen." Sie lacht.

„Es sind jetzt auch deine Kreise", bemerke ich.

„Sehr witzig. Nein. Ich bin hier nur Zaungast und finde das wunderbar."

„Geht mir genauso."

„Gestern sagst du? Da habe ich dich gesehen, vielmehr dein Auto", erzählt sie.

„Wirklich?"

„Ja, auf dem Nachhauseweg. Ich bin die Straße langgeradelt, die parallel am See langführt."

„Am späten Nachmittag?", frage ich, „dort, wo das Fest war?"

„Genau. Ich war mit Maya und ein paar Mädels schwimmen."

„Ach was", entgegne ich und wäre wahrlich gerne mit ihr am See gewesen.

„Du bist an mir vorbeigefahren", erzählt sie.

„Da kam ich vom Flughafen. Ich habe dich gar nicht gesehen."

„Und", spricht Joachim nach hinten, sieht von einem zum anderen. „Sind Sie gut vorbereitet?" Die Frage geht an Rike.

„Das bin ich", erwidert sie.

„Sehr gut und sind Sie aufgeregt?"

„Ja!"

„Es gibt keinen Grund dafür. Haben Sie alles verstanden oder sind noch Fragen offen?"

„Alles ist so weit klar. Ich fand die Unterlagen alle sehr strukturiert und übersichtlich."

„Sehr schön, das freut mich zu hören. Ein wenig ärgerlich, dass wir zwei Stunden später dran sind, aber das passiert manchmal."

„Ich konnte in der Zeit noch ein wenig schlafen", berichtet Rike – lügt, ohne rot zu werden. „Es ging doch recht früh los heute Morgen."

„Das stimmt. Wenn wir nun eine ausgeschlafene Frau Eberlein haben, ist ja alles perfekt. Bei dir auch alles klar, Finn?"

„Alles in bester Ordnung. Es gibt viele Parallelen zu Amsterdam. Wir werden das gut machen."

„Du wirst das gut machen, Finn."

Joachim sieht wieder nach vorne und ist schnell erneut in ein Gespräch mit dem Taxifahrer verwickelt.

Rike sieht mich an.
Sie ist taff mit dem Chef.
Sie ist ein wahrer Profi.

„Was ist?", fragt sie leise.
„Geschlafen hast du also eben?"
„Ja und ich habe einen schönen Traum gehabt, falls du es wissen möchtest."

Zum Glück war es kein Traum, denke ich.

25

Rike

Ein Raum voller Männer. Ich bin die einzige Frau in diesem Meeting. Frischfleisch. Ich fühle mich wie ein Fisch im Haifischbecken und die anwesenden Raubfische scheinen zum Teil sehr ausgehungert zu sein.

Furchtbar. Ihre Blicke sind eindeutig zweideutig. Die übertriebene Freundlichkeit einiger Kandidaten schlichtweg abstoßend. Ich möchte sehr gerne sofort verschwinden.

Ebenso gerne möchte ich bleiben, denn Finn ist ganz dicht bei mir. In seiner Nähe fühle ich mich sicher. Die Mischung aus seinem Aftershave und Duschgel zaubert mir ein gutes Gefühl. Im Taxi habe ich sie bereits mit Genuss geschnuppert.

Es beschert mir wunderbare Erinnerungen an Stunden, die wir in den Laken verbrachten. Sein Duft lenkt mich ab. Seine Anwesenheit garantiert, dass ich mich gut fühle.

Ich widme mich dem, was Herr Schierholz mir aufgetragen hat. Beobachten, lernen und viele Notizen machen.

In erster Linie bewundere ich Finn, der am großen ovalen Tisch zunächst neben mir sitzt. Als er aufsteht und an einem Flatscreen die Ideen unserer Firma vorstellt, betrachte ich, wie er spricht, und bin fasziniert, wie er genau zum richtigen Zeitpunkt die passenden Worte findet. Wie er überzeugt. Eleganten Humor beweist. Dabei stets bescheiden rüberkommt. Geduldig ist. Höflich. Und stark. Sehr maskulin. Unheimlich sexy.

Quasi den ganzen Raum hält er in seinen Händen. Sie hängen an seinen Lippen. So wie ich. Er macht einen Hammerjob.

Herr Schierholz ist schwer beeindruckt, sagt nicht ein Wort und lässt Finn zu 100 % seine Arbeit bewerkstelligen.

Im Anschluss gehen wir zu dritt essen. Der Chef feiert Finn und übergießt ihn mit Lobeshymnen.

„Wenn du genauso weitermachst, mein Junge, könntest du irgendwann den Laden übernehmen. Wie du die heute alle in die Tasche gesteckt hast. Unglaublich. Auf dich."

Auf dem Tisch steht eine Flasche Champagner. Der Chef gibt einen aus. Wir stoßen auf Finn an. „Prost", sagen wir zusammen.

„Danke, Joachim. Ich habe bei dir so viel gelernt."

„Dein Talent hast du schon zu uns mitgebracht. Das war bereits da. Du warst ein Rohdiamant. Ich habe nur noch ein wenig nachgeschliffen", sagt er und lacht. „Deine Begabung habe ich sofort erkannt."

„Ach hör auf, Joachim." Finn ist verlegen.

„Aber warte bitte mit der Übernahme ein paar Jahre, ich möchte noch eine Weile an der Spitze bleiben."

„Das bekommen wir hin. Sag einfach Bescheid, wenn ich einspringen soll."

Herr Schierholz lacht laut auf und ruft: „Der Witz war gut, Finn. Der war verdammt gut."

Wir nippen an unseren Gläsern.

„Was sagen Sie, Frau Eberlein? Wie fanden Sie ihn heute?"

„Ich fand ihn wirklich toll", entgegne ich dem Chef.

„Schauen Sie ihm ruhig immer gut zu", spricht Herr Schierholz weiter. „Lernen Sie von ihm. Er wird es weit bringen."

„Das mache ich gewiss", antworte ich.

„Jetzt hört bitte auf", wirft Finn amüsiert ein. „Gleich fang ich an zu fliegen vor lauter Lob."

Am späten Abend liege ich in Finns Zimmer, in seinen Armen.

„Als der Chef und ich vorhin vorm Termin im Foyer auf dich gewartet haben, hat er eine Rede über Liebschaften im Büro gehalten", erzählt er.

„Auweia! Ahnt er was?", frage ich und setze mich geschockt im Bett auf.

„Nein, es hatte nicht den Anschein, als meinte er uns, und jetzt komm bitte wieder her."

Ich kuschle mich erneut an ihn.

„Er sagte, wir haben alle unterschrieben, dass wir das Herz im Büro abschalten und dass Liebschaften im Büro nur Probleme bringen und zu Abmahnungen führen."

„Das hat er alles gesagt?"

„Ja, und wir werden das Thema nach unserer Reise noch mal aufnehmen, sagte er. Um alle daran zu erinnern."

„Ups. Aber du denkst nicht, dass er das alles wegen uns gesagt hat?"

„Nein. Es war wegen Julian und den Geschehnissen am See."

„Ah okay."

„Er hat mir echt Angst gemacht mit seiner Ansprache. Also, wenn wir nicht aufpassen, dann …"

„Bekommst du eine Abmahnung und ich gehe sofort", führe ich seinen Satz weiter.

„So scheint es zu sein."

„Das tut mir leid."

„Was genau?", möchte er wissen.

„Dass das passieren kann."

„Wird es ja nicht, weil wir uns nicht erwischen lassen."

„Okay, wenn du dir da sicher bist."

„Das bin ich zu 100 %, liebe Rike. Es gibt keine andere Option."

„Nein?"

„Ich möchte doch irgendwann den Laden übernehmen", sagt er mit einem Grinsen, „und mit einer Abmahnung wird das eher schwierig." Er lacht. Ich seufze.

„Wir sind also Top Secret."

„Yes, Ma'am."

„Gehen zum Beispiel nie zusammen ins Restaurant, weil uns jemand sehen könnte."

„Richtig", antwortet er. „Vielleicht verkleidet oder wir fahren in eine andere, weit entfernte Stadt."

„Lustig, Finn. Ebenso flanieren wir nie zusammen durch den Park, werden nie gemeinsam was trinken gehen. Nie ins Kino."

„Hör auf, Rike. Das zieht uns nur runter."

Ich stöhne aufgebracht. Es zieht mich wirklich runter.

„So etwas können wir allerdings immer machen", sagt er und streichelt mein Gesicht.

„Was meinst du?"

„Na, so was." Er küsst mich.

„Nur bei dir oder mir zu Hause."

„Ach Rike, gleich fliegst du hier raus", schimpft er, „lass uns doch mal den Moment genießen."

„Okay, es tut mir leid."

„Entschuldigung angenommen. Sobald ich den Laden übernommen habe, ändere ich diesen Mist sofort. Die Herz-aus-Klausel wird unwiderruflich aus den Verträgen gestrichen."

„Dann streng dich an, dass du schnell an die Spitze kommst."

„Ich gebe mir Mühe." Er drückt mich fest an sich. „Und bis dahin schauen wir einfach, wie es weitergeht. Hauptsache, wir sind glücklich."

„Du hast recht."

„Jetzt zum Beispiel bin ich sehr glücklich", sagt er, „weil ich heute mit dir einschlafen darf und morgen mit dir aufwachen werde."

„Das ist alles sehr unreal, wenn man an Samstagabend denkt."

„Erinnere uns nicht daran", erwidert er. „Wir wollten uns unsere Gefühle nicht eingestehen."

„Zum Glück warst du mutig."

„Mutig?", fragt er verwundert.

„Ja, du hast heute Morgen den ersten Schritt gemacht. Warst ehrlich und hast gesagt, was du fühlst. Das finde ich sehr mutig."

Seine Antwort ist ein langer wunderbarer Kuss.

Mit einem Glücksgefühl schlafe ich in seinen Armen ein. Daran könnte ich mich gewöhnen.

26

Finn

Am Morgen erwache ich vor ihr. Betrachte, wie sie schläft. Wie sie atmet. Sich bewegt.

Neben ihr aufzuwachen, ist wunderbar. Ich kenne sie erst wenige Tage, will jedoch keinen weiteren mehr ohne sie sein. Es hat mich schwer erwischt.

Als es zwischen uns hoffnungslos erschien, habe ich sogar geweint ihretwegen.

Einen *Bad Boy, der niemals weint,* nannte sie mich am Flughafen. Sie hat keine Ahnung, was dieser Satz in mir hervorholt. Was er auslöst. Wie diese Worte schmerzen.

Wie auch?

Sicherlich werde ich es ihr irgendwann erzählen. Ich werde ihr alles sagen. Es gehört zu mir. So wie sie jetzt.

Wie wird es weitergehen, wenn wir zurück in der Heimat sind?

Im Alltag.

Habe ich auf Dauer Lust auf ein Versteckspiel? Wie sie bereits bemerkte: Essen gehen, Kino, einen Drink ... das alles wäre nicht drin. Die Stadt ist ein Dorf. Die Menschen sind neugierig und oft nicht nett.

Wir müssen stets vorsichtig sein. Möchte ich das auf Dauer? Was habe ich für eine Wahl?

Meine Karriere nimmt Fahrt auf. Zwei Beförderungen. Ich darf im Management mitmischen. Und ich will mehr. Noch viel mehr.

Rike hat die fixe Idee, sie könne kündigen. Das ist keine Lösung.

Sie öffnet die Augen.

„Guten Morgen, Hübsche", begrüße ich sie und streichele ihre Wange.

„Guten Morgen." Rike reckt und streckt sich ausgiebig. „Wie spät ist es?"

„Kurz vor sieben Uhr. Wir haben noch Zeit."

„Wirklich?" Ein Schmunzeln huscht über ihre Lippen.

Ich nicke, lächle und schließe sie in meine Arme.

Viele Küsse später verlässt sie mein Zimmer.

„Bis gleich", ruft sie und verschwindet auf den Flur. Die Tür fällt ins Schloss und ich schäle mich aus den Laken. Gehe duschen.

Eine halbe Stunde später sitzen wir beim Frühstück. Joachim verspätet sich, schrieb er mir.

„Was steht heute an?", fragt sie.

„So viel ich weiß, haben wir drei Termine und ein Mittagessen mit dem Kunden von gestern."

„Muss ich euch zu diesem Essen begleiten?"

„Der Chef wird davon ausgehen, dass du dabei bist. Hast du etwas anderes vor?"

„Nein, habe ich nicht." Sie seufzt. „Ich fand das Meeting gestern … unangenehm."

„Das habe ich wohl bemerkt."

„Hast du?"

„O ja."

„Und verstehst du es?", möchte sie wissen.

„Definitiv! Ich musste mich schon sehr zusammenreißen, um nicht negativ aufzufallen. Ich hätte den anwesenden Herren gerne ordentlich den Marsch geblasen."

„Wirklich?" Sie wirkt erleichtert.

„Natürlich! Wie sie dich angesehen haben, das ging gar nicht. Als wollten sie dich bei lebendigem Leibe auffressen."

„So fühlte es sich auch an."

„Ich rate dir aber, heute zum Essen mitzukommen. So etwas wird dir immer wieder begegnen. Was wäre die Alternative? Willst du nur noch an Meetings teilnehmen, bei denen du nicht die einzige Frau bist?"

„Du hast recht", erwidert sie. „Es ist keine Lösung, nicht mitzukommen."

„Versuche, die Kerle irgendwie zu ignorieren, so gut es eben geht. Ich kenne das, wenn ich ein Meeting gebe, mein Ding erzähle und dabei feststelle, da sitzen ein paar Menschen dazwischen, die einfach nicht zuhören."

"Sorry? Das ist schon was anderes", wirft sie empört ein. „Ich war für die Frischfleisch und du redest davon, dass man dir beim Meeting nicht zuhört? Warum nicht? Weil dir auch jemand an die Wäsche will?"

„Nein!"

„Ich kann dir nicht folgen", beschwert sie sich.

„Hör zu. Mir ist bewusst, dass es zwei komplett unterschiedliche Sachlagen sind. Deine und meine.

Gerne möchte ich dir erzählen, wie ich mit einer Situation umgehe, in der man mich herablassend behandelt. Es ähnelt vielleicht entfernt dem Gefühl, welches du gestern beim Meeting empfunden hast?"

„Entfernt … eventuell", äußert sie streng. „Dann erzähle mal."

„Da sind diese Personen in den Meetings, die permanent auf ihr Handy starren, aus dem Fenster schauen, in den Unterlagen vor sich blättern oder auf ihre Hände blicken. Die sich offenbar tierisch langweilen oder die, die mir mit einem falschen Lächeln das Gefühl geben wollen, ich wüsste nicht, wovon ich rede."

„Das ist gemein!", merkt sie an und ich nicke zustimmend.

„Am Anfang hat mich das sehr verunsichert, mittlerweile kann ich in diesen Momenten solche Menschen ausblenden. Für mich sind diese Personen, solange ich spreche, nicht existent. Durchsichtig. Ich konzentriere mich auf das Positive. Auf die Menschen, die ich mit meinen Worten erreiche, und auf die, bei denen ich ein gutes Gefühl habe."

„So habe ich es gestern auch gehalten", sagt sie. „Ich habe nur auf dich geachtet."

„Solange ich dabei bin, bist du in Sicherheit. Ich passe auf dich auf", lasse ich sie mit einem Zwinkern wissen. „Alles gut?"

„Ja, danke für deine Worte." Sie schenkt mir ein Lächeln. „Nun geht es mir viel besser. Ich werde sie beherzigen und komme natürlich mit zum Essen."

„Schön und ... gern geschehen", entgegne ich.

„Guten Morgen." Joachim tritt an den Tisch. „Gut geschlafen?"

„Ja", antworten Rike und ich wie aus einem Munde.

„Dann wird das gewiss ein großartiger Tag. Ich habe eben die E-Mails geschickt, darum bin ich leider verspätet. Bitte sorgsam lesen. Wir treffen uns in neunzig Minuten im Foyer, um alles durchzusprechen."

„Alles klar", sage ich. Rike nickt.

„Ich hole mir eben einen Kaffee und was zum Beißen. Bis später."

27

Rike

Nach dem Frühstück setze ich mich in meinem Zimmer an den Laptop und bereite mich auf den Arbeitstag vor. Überraschend gut komme ich voran.

Mein Handy klingelt. Es ist Evi. Später, denke ich, drücke sie weg und widme mich weiterhin der Arbeit.

„Das soll wohl ein Scherz sein", erwidert sie aufgebracht, als ich sie dann zurückrufe und munter erzähle, mit wem ich in Kopenhagen bin und in wessen Bett ich geschlafen habe.

Nebenbei packe ich meine Tasche für den Tag. Schalte die Freisprechfunktion des Handys ein und lege es auf mein Bett. Sie jammert und schimpft wie ein Rohrspatz. Ihre negativen Vibes sind nicht zu ertragen.

„Soll ich gleich wieder auflegen?", frage ich gelangweilt und sie schweigt.

Was ist los mit ihr? Wieso ist sie so biestig, wenn es um Finn geht? Er hatte von Anfang an keine Chance bei ihr.

Erneut kommt mir der Gedanke, dass sie ihn bereits vor der Museumsparty kannte, das hat sie aber schon mehrmals verneint. Ich möchte den Grund ihrer Abneigung verstehen.

Ich nehme das Telefon wieder ans Ohr.

„Evi? Bist du noch da?"

„Ja."

„Ich bin glücklich, falls du es wissen willst."

„Glücklich also?"

„Sehr sogar."

„Habt ihr es letzte Nacht getan?", will sie wissen.

„Evi. Was soll das? Wir haben die Nacht zusammen verbracht, ja."

„Au Backe!"

„Was soll das jetzt heißen?"

„Und du bist sicher, dass du dir das antun willst?"

„Was bedeutet das, Evi?"

„Redet er heute noch mit dir?"

„Ja, er redet noch mit mir."

„Hast du ein Glück."

„Evi, ich flipp gleich aus. Sprich mit mir. Jetzt."

„Na ja, … er ist halt, was er ist."

„Ja, ein Schnösel, ich weiß. Du wiederholst dich."

„Dann weißt du Bescheid."

„Und woher weißt du das? Und was bedeutet das eigentlich?"

„Was ein Schnösel ist?", fragt sie und lacht bitter.

„Nicht witzig, Evi. Also?"

„Ich sehe, dass er nicht gut für dich ist."

„Aha. Und das hast du bereits im Museum gesehen, als du mich von ihm weggezogen hast?"

Sie schweigt.

„Evi? Noch dran?"

„Ja."

„Ich möchte wissen, warum du Finn nicht leiden kannst."

„Ist nicht wichtig", murmelt sie.

„Doch, ist es. Warum magst du ihn nicht? Ich will es verstehen."

Sie antwortet mir nicht und ich werde wütend. Was verheimlicht sie? Ich dreh gleich durch.

„Evi, mal ehrlich. Du kanntest ihn bereits VOR der Museumsnacht, oder?"

Es klopft an meiner Zimmertür. Genervt stöhne ich auf.

„Sei einfach vorsichtig mit ihm", sagt Evi und beendet unser Gespräch.

„Ernsthaft? Sehr hilfreich", murmele ich aufgebracht und starre aufs Display.

Es klopft erneut.

„Jaaaahaaaa. Moment", rufe ich laut in Richtung Tür.

Spüre Verzweiflung.

Eine Nachricht kommt von Evi:
Tipp: Vielleicht solltest du ihn mal im Netz suchen, deinen feinen Finn Schneider.

„Oh, Evi! Was hat das zu bedeuten?", frage ich ins Telefon.

In diesem Moment fällt mir plötzlich etwas ein. „Er bleibt sich halt treu", murmelte sie leise in ihren Cocktail, als wir unterwegs waren. Ich habe es so verstanden oder ungefähr so. Ich bin mir nicht mehr sicher.

Es ging um sein Auto. Irgendwas war mit seinem Wagen. *Er bleibt sich halt treu.*

Auf mein Nachfragen hin sagte sie, er fahre sicher schon immer solche Autos ... nehme sie an.

Evi kannte ihn bereits vorher. Sie hat es eben nicht mehr verneint. Es muss so sein. Ich fass es nicht.

Mein Herz überschlägt sich. Warum lügt sie mich an? Weshalb erzählt Finn mir nicht, dass er sie kennt? Was läuft da? Wieso kann sie ihn nicht leiden? Was verbindet die beiden?

Wie Schuppen fällt es mir von den Augen. Es passt alles. Ich solle vorsichtig sein mit ihm. Er sei nicht gut für mich. Weil .... sie etwas mit ihm hatte?

Und weil er ihr vielleicht das Herz brach?

„So Typen wie er sind geboren, um Herzen zu brechen", sagte sie im Taxi, als wir beim Museum losfuhren.

Oh, Evi.

Oh, nein, das darf nicht wahr sein.

Warum hat sie nichts erzählt?

Wieso hat ER nichts gesagt?

Mir wird schlecht. Mir ist kotzübel.

Und wieso fragt sie mich, ob er heute noch mit mir spricht? Weil ich nur eine *Frau für eine Nacht* bin?

Mir platzt gleich der Schädel.

Es klopft ein drittes Mal. Ich schmeiße mein Handy aufs Bett, gehe zur Tür. Öffne sie einen Spalt.

„Ja?", rufe ich auf den Flur.

„Bist du so weit?", fragt Finn.

„Einen Moment brauch ich noch", antworte ich und werfe die Tür schwungvoll wieder zu.

28

Finn

Rike ist nach dem Frühstück auf ihr Zimmer gegangen und ich bespreche noch ein paar Tagespunkte mit dem Chef. Danach bereite ich mich auf meinem Bett auf unsere Besprechung im Foyer vor.

Mit Rike habe ich vereinbart, dass sie jederzeit anrufen kann, wenn sie Fragen hat. Ihr unerschütterlicher Ehrgeiz hat sie angetrieben, sich heute alleine vorzubereiten.

Da ich nichts von ihr hörte, scheint alles klar zu sein.

Wie besprochen hole ich sie ab. Stehe auf dem Flur vor ihrem Zimmer, höre sie im Inneren laut artikulieren. Lausche, verstehe jedoch nichts. Sie ist sehr aufgebracht. Was hat sie?

Ich klopfe an. Warte. Keine Reaktion.
Mein Ohr drücke ich an die Tür.
Stille.

Erneut klopfe ich.

„Ja, Moment", höre ich sie aus ihrem Zimmer rufen.
Okay. Ich warte weiter.
Minuten verstreichen.

Was ist bei ihr los?

Ich mache mir Sorgen.

Ein drittes Mal klopfe ich an.

Sie öffnet mir.

„Ja", spricht sie schroff.

„Bist du so weit?"

„Einen Moment brauch ich noch", ruft sie unfreundlich und schmeißt mir die Tür vor der Nase zu.

„Ooookaaaaaay", antworte ich laut.

Minuten später geht die Tür ein weiteres Mal auf. Sie tritt auf den Flur und sieht wütend aus.

„Was ist passiert?", frage ich und nehme ihre Hand. Sie reißt sich hastig los und kramt umständlich in ihrer Tasche. Würdigt mich keines Blickes. Ich bleibe stehen.

„Kommst du?", drängelt sie. „Wir werden erwartet."

„Klar", sage ich, gehe neben ihr und bin erwartungsvoll. Gibt es eine Erklärung für ihre Stimmung?

Nein. Fehlanzeige. Sie ignoriert mich.

„Kann ich etwas für dich tun?", frage ich nach, als wir in den Fahrstuhl steigen. Wir sind allein.

„Wie viel Kohle hast du für dein Auto gelassen?", fragt sie mich.

„Was?", erwidere ich verwirrt.

„Dein Auto? Wie teuer war es?" Ihre mürrische Tonlage ist mir völlig unerklärlich.

„Warum?"

„Erzähl doch mal", hakt sie nach.

„Nö, mach ich nicht. Du kannst gerne selbst im Netz in Erfahrung bringen, was der kostet, aber ich sage dir nicht, was ich für ihn bezahlt habe."

„Klingt kompliziert", erwidert sie schnippisch.

„Nö. Internet an. Auto eingeben mit Preisanfrage. Fertig. Ganz leicht."

„Du fährst einen Porsche, oder?"

„Korrekt."

„Was für ein Modell?"

„Einen Porsche 718 Cayman GTS."

„Wofür steht die Abkürzung?"

„Gran Turismo Sport."

„Okay, merk ich mir."

„Mach das." Ich finde diese Situation fast amüsant. Was hat sie bloß?

„Ist das dein erster Porsche?", fragt sie weiter.

„Nein."

„Okay, danke."

Wir verlassen den Fahrstuhl. Ich bin völlig vor den Kopf gestoßen. Sie sieht mich nicht ein einziges Mal an. Und was stellt sie für seltsame Fragen?

„Rike, was ist los?", starte ich noch einen Versuch.

„Alles gut", sagt sie und sieht mich direkt an. Ihr Blick ist eisig. „Let's do Business. Deshalb sind wir hier, oder?" Sie lächelt gestellt.

„Yes Lady, you're right", erwidere ich verzögert, mustere sie nachdenklich und füge hinzu: „Okay … dann ist halt alles gut. Wenn du das sagst?"

Ich weiß aus Erfahrung, wenn eine Frau in diesem Tonfall *„alles gut"* sagt, liegt irgendwas mächtig im Argen, und da ich mir keiner Schuld bewusst bin, bin ich recht entspannt.

Joachim wartet bereits auf uns. Im Foyer des Hotels sitzt er auf einem Ledersessel und winkt in unsere Richtung. Vor ihm auf dem Tisch sind Unterlagen ausgebreitet. Ihm gegenüber steht ein Sofa, Rike und ich nehmen auf ihm Platz.

Sie ist die absolute Business-Lady. Bestens vorbereitet. Superprofessionell.

Als wir später ins Taxi zum Termin steigen, sagt Joachim mit einem Augenzwinkern: „Finn, wenn deine Stimme heute versagen sollte, übernimmt Rike einfach." Er hat ihr bei der Besprechung das Du angeboten.

Wir starten in ereignisreiche, vollterminierte Stunden.

Beim Frühstück riet ich ihr vorhin, sich in einem Meeting nur auf die Personen zu konzentrieren, bei denen man ein gutes Gefühl hat. Ich gehöre heute bei ihr nicht dazu.

Aus irgendeinem Grund ignoriert sie mich. Ein falsches Lächeln schenkt sie mir ab und an.

Was habe ich getan?

Wieso werde ich mit Abneigung gestraft? Beim Frühstück war noch alles gut.

Der Tag vergeht wie im Flug. Die Termine laufen erfolgreich. Rike hinterlässt einen tollen Eindruck bei den Kunden. Sie ist gut, lernt schnell.

„Vor Rike solltest du dich in Acht nehmen", feixt Joachim. „Die könnte dir hier glatt den Rang ablaufen."

Wie recht er hat. Ich ärgere mich. Die Besprechungen mit den Kunden laufen zwar durchweg zufriedenstellend, aber ich habe eine miserable Performance hingelegt.

Rikes kühle und abweisende Art mir gegenüber verunsichert mich – besonders während ich die Meetings halte. SIE vermag ich nicht zu ignorieren.

Ich verliere mehrfach den Faden, kann es zum Glück jedes Mal mit Humor wettmachen.

Kassiere üble Blicke von Joachim.

Professionell geht anders, schimpfe ich mit mir. Rike macht mich schwach, das ist nicht förderlich.

Was sagte Joachim? Beziehungen innerhalb der Firma bringen Probleme. Dieses ist eins.

Am späten Abend sitzen wir am Tresen in der Hotelbar. Joachim spendiert einen Absacker.

„Finn, alles gut bei dir?", fragt er.

„Sicher", entgegne ich und ahne, dass ich mir jetzt noch was anhören darf.

„Du warst heute gar nicht gut drauf", tadelt er mich – wie erwartet. „Gestern warst du bissiger. Überzeugender."

„Das mag sein."

„Nein, es ist so. Finn, das kannst du definitiv besser."

„Ich bin mir dessen bewusst, Joachim."

„Zum Glück liegt dir das Improvisieren. Dein Humor hat uns gerettet. Die mochten deine Sprüche."

„Ja … danke."

„Jetzt im Ernst. Was immer deine Ablenkung ist, verschwende keinen Gedanken mehr daran. Sie tut dir nicht gut. Wenn du abliefern musst, dann bitte auf den Punkt. Du weißt, um wie viel es geht. Wir können uns so etwas nicht leisten. Niemals. Das war heute schwach, Finn."

„Ja, das tut mir leid."

„Deine Entschuldigung in Ehren, aber sie nützt uns nichts. Bring deine Probleme in Ordnung, und viel wichtiger, lerne abzuliefern, 100 % im Job zu sein. Wie gesagt, auf den Punkt."

„Okay, ich arbeite daran."

„Gut. Letztendlich haben wir es ja geschafft. Rike, das war heute ausgezeichnet. Fast könnte man sagen, du hast die Schwäche von Finn wettgemacht. Spitze!"

Er verabschiedet sich und Rike steht ebenso von ihrem Barhocker auf.

„Bleib noch auf einen Drink, Rike", schlägt Joachim vor. „Ich gebe noch einen aus. Morgen geht es nach Hause. Genieße den letzten Abend. Bei Finn bist du doch in guten Händen."

„Ich bin müde", erwidert sie.

„Einen Drink?", frage ich. Sie mustert mich durchdringlich.

„Gib dir einen Ruck, auf diesen guten Tag", ermuntert Joachim.

„Na gut", antwortet sie schließlich und setzt sich wieder. Glücklich ist sie nicht, sie tut es nur aus Gefälligkeit.

„Bis morgen", ruft der Chef und verschwindet aus der Bar. Mein Blick folgt ihm. Er ist schwer enttäuscht von mir, das nagt an meinem Selbstbewusstsein.

Ich fühle mich mies und nun sitzt Rike neben mir und schaut drein, als würde sie mir am liebsten eine überziehen.

„Cosmopolitan?", frage ich. Sie nickt. Mir bestelle ich einen Gin Tonic.

Im Fahrstuhl heute Morgen hat sie sich nach meinem Auto erkundigt. Warum auch immer.

Würde ich sie mit einer konkreten Antwort milde stimmen? Auf einen Versuch kommt es an. Dieses Schweigen zwischen uns ist entsetzlich.

„Ich habe ihn zum Freundschaftspreis für 100.000 Euro gekauft. Der Listenpreis ist etwas höher."

Ihr Blick ist fragend.

„Mein Auto. Du wolltest den Preis wissen."

„Ach so. Danke."

„Warum interessiert dich das?"

„Finn ... woher kennst du Eva?"

Die Frage trifft mich wie ein harter Schlag in die Magenkuhle. Mir bleibt kurz die Luft weg.

„Eva?", wiederhole ich mit dünner Stimme.

„Ja … Eva. Evi. Meine Freundin aus dem Museum. Du weißt genau, wen ich meine. An dem Abend hast du sie bei mir gesehen. Sie nannte dich Casanova."

Ich starre sie an. Mein Herz rast. Es war nur eine Frage der Zeit, bis dieser Moment kommt. Wie konnte ich die Tatsache ignorieren, dass die beiden befreundet sind?

„Und? Bekomme ich keine Antwort?", fragt sie gereizt.

„Von früher", antworte ich und leere mein Glas in einem Zug. Spüre Unbehagen.

„Und DAS hast du mir nicht erzählt, weil …?", bohrt sie angespannt weiter.

„Weil es nicht wichtig ist."

„Und warum hat sie so eine Abneigung gegen dich?"

„Weiß ich nicht."

„Wieso nennt sie dich Casanova?"

„Keine Ahnung."

Sie starrt mich missbilligend an.
Ich will hier weg.

„Finn, habe ich die Wahrheit etwa nicht verdient?"

Sie erwischt mich eiskalt.
Hilflos ringe ich nach Worten.

Ihren Cocktail trinkt sie komplett aus und stellt das Glas unsanft auf dem Tresen ab. Sie ist im Begriff zu gehen. Ich nehme ihre Hand.

„Warte ... bitte", flehe ich sie an.

Sie schüttelt meine Hand ab.

„Was ist das zwischen euch beiden?", zischt sie.

„Hat sie dir wirklich noch gar nichts erzählt?"

„Nein, Finn, hat sie nicht. Was ist es?"

Ich bekomme kein Wort heraus.

„Ernsthaft? Du sagst einfach ... gar nichts?" Ihre Stimme ist dünn. Ihre Augen jetzt glasig.

„Rike ... ich kann nicht."

Beim Barkeeper ordere ich neue Getränke.

„Du kannst WAS nicht?" Tränen laufen über ihr Gesicht. „Dann war es das jetzt mit uns?"

„Nein", rufe ich entsetzt. „Ich ..."

„Was ... du?"

Ich hasse mich. Warum nur tue ich ihr das an?

Fakt ist, wenn ich Rike nicht verlieren will, muss ich etwas sagen. Sofort.

Aber wo fange ich an?

29

Rike

Es ist ein furchtbarer Tag. Vor den Kunden und dem Chef so zu tun, als wäre die Welt voller Sonnenschein, obwohl in einem der finsterste Sturm wütet – das ist kräftezehrend.

Ich kann Finn die ganzen Stunden, die wir geschäftlich unterwegs sind, nicht in die Augen sehen.
Muss erst wissen, was los ist, und gleichzeitig möchte ich nie wieder mit ihm sprechen. Hab Angst, er könne mir etwas erzählen, das mir mein Herz zersprengt.

Zu später Stunde sitzen wir in der Hotelbar.
Joachim ist bereits auf sein Zimmer gegangen. Ich habe mich breitschlagen lassen, mit Finn noch einen letzten Drink zu nehmen. Diese Gläser sind leer. Nun möchte ich auf mein Zimmer gehen. Bin echt bedient.
Die Erkenntnis des Tages: Evi und Finn kannten sich schon vor dem Abend im Museum. Sie haben eine gemeinsame Vergangenheit und keiner von beiden hatte die Freundlichkeit, mir das zu erzählen. Fassungslosigkeit spüre ich in jeder Faser meines Körpers.

Neben mir auf dem Barhocker sitzt Finn und wirkt, als hätte er seelische Schmerzen. Die Wahrheit möchte ich von ihm hören und er berichtete mir soeben, dass er mir diese nicht sagen kann.

Aber irgendwas will er mir offenbar erzählen. Er wirkt hin und hergerissen. Scheint nach Worten zu suchen. Was ist nur los?

Mittlerweile laufen bei mir die Tränen. Er reicht mir eine Serviette. Wäre er mir nicht so wichtig, wäre ich längst getürmt, würde bereits in meinem Bett liegen und mir die Seele aus dem Leib heulen.

Zwei neue Getränke werden auf den Tresen gestellt. Finn hat nachgeordert. Ich mag nichts mehr trinken.

Er leert seines in einem Zug.

Bestellt gleich wieder nach.

„War was zwischen euch?", frage ich mit zittriger Stimme.

„Evi und ich?"

„Ja."

„Nein", sagt er geschockt und schüttelt heftig den Kopf. Sofort spüre ich Erleichterung. Er nimmt meine Hand, dieses Mal lasse ich es zu. „Das hätte ich dir gewiss erzählt", spricht er weiter, „und das hätte Evi dir auch erzählen müssen, wenn es so gewesen wäre."

„Okay." Der Kloß in meinem Hals behindert mich beim Sprechen.

„Ich hätte dich doch nie geküsst. Dir zudem keinen Drink spendiert. Das gibt bloß Ärger, oder?"

Nicken geht. Ein Schlucken macht den Kloß wieder erträglich.

„Was ist es dann?", bettle ich um Erkenntnis.

Er sieht entsetzlich traurig aus.

„Warst du deshalb heute so distanziert?", möchte er wissen und ich zucke die Achseln. „Dachtest du etwa den ganzen Tag, Evi und ich hätten mal was gehabt?"

„Ja."

„Nein. Oh … nein. So ist es nicht gewesen. Wie bist du bloß darauf gekommen?"

„Evi machte seltsame Andeutungen."

„Welche?"

„Ich solle vorsichtig sein mit dir. Du wärst geboren, um Herzen zu brechen."

„So theatralisch?"

„Ja … und sie sagte, du würdest dir treu bleiben, was ich nicht verstanden habe."

„Treu bleiben?", hakt er nach.

„Ja, wir sprachen über dein Auto und da sagte sie es."

„Ach, ich kann mir denken, was sie meint."

„Was denn?"

„Du fragtest mich doch heute, ob es mein erster Porsche sei."

„Ja." Ich seufze. „Und?"

„Sie kennt mich aus einer Zeit, da fuhr ich meinen ersten Porsche und ..."

„Ich verstehe ehrlich nicht, was dein Auto mit der ganzen Sache zu tun hat", unterbreche ich ihn ungeduldig. „Dieses Gespräch ergibt keinen Sinn."

„Was meinst du?"

„Klartext bitte: Wieso hat mir keiner von euch erzählt, dass ihr euch bereits kennt? Welches offenbar dunkle Geheimnis hütet ihr? Woher kennt ihr euch genau? Finn, ich dreh gleich durch."

„Evi kennt mich aus einer Zeit, da war ich ein anderer", erklärt er. „Sie passt auf dich auf."

„Was heißt das? Ein anderer? Und wieso muss sie mich beschützen? Vor wem oder was?"

„Ich war neunzehn. Sie achtzehn", berichtet er.

„Das ist zehn Jahre her", entgegne ich hibbelig. „Und weiter?"

„Ich habe mit neunzehn Jahren nichts anbrennen lassen und … "

„Aha. Das bedeutet?"

„Lass mich doch bitte erzählen", fordert er.

„Okay", ich stöhne auf, „sorry." Unruhig rutsche ich auf meinem Stuhl hin und her.

„Evi kennt mich aus einer Zeit, da war ich nicht so nett zu Frauen. In meiner Gesellschaft hat sie Angst um dich. Sie hasst mich und sie hat auch berechtigte Gründe. Ich habe es damals mit der Wahrheit und der Treue nicht sonderlich ernst genommen."

Entsetzt lache ich auf. „Ich finde dich gerade um Längen unsympathischer."

„Ich weiß", erwidert er traurig. „Es tut mir leid. Heute bin ich anders."

„Tatsächlich?", frage ich skeptisch.

„Ja. Das verspreche ich dir. Es gibt nur dich."

„Hm, ich bin gerade ratlos. Verzeih mir. Ich hörte von dir und den Frauen für eine Nacht."

„Komm, Rike, das ist Blödsinn. Wer erzählt so was?"

„Leute."

„Leute", wiederholt er abfällig „Wer soll das sein?"

„Egal, vergiss es. Was war mit Evi?"

„Ich war damals mit Marina zusammen, Evis bester Freundin."

„Und weiter?"

„Ich habe sie nicht gut behandelt", erklärt er und ich bin plötzlich stocksteif. Was bedeutet das?

„Was hast du mit ihr gemacht?", frage ich erschrocken.

„Was meinst du denn wohl?"

„Das möchte ich von dir hören, Finn."

„Belogen. Betrogen. Verarscht."

Ich schweige und nehme einen großen Schluck meines Cocktails, den ich jetzt doch unbedingt brauche.

All das, was ich hier von ihm höre, gefällt mir ganz und gar nicht.

„Sag bitte was", fleht er.

„Gerade weiß ich nicht, was ich sagen soll."

„Frag mich irgendwas, ich erzähl dir alles."

Ich überlege.

„Hast du das öfter mit Mädchen oder Frauen gemacht?"

„Ja."

„Wie oft?"

„Weiß ich nicht."

„So ungefähr. Gib mir eine Hausnummer?", drängle ich.

„Ich habe nicht mitgezählt."

„Finn, bitte."

„Rike, ich weiß es nicht mehr. Lass gut sein. Es war definitiv zu oft und es war scheiße von mir. Es tut mir aufrichtig leid, was ich gemacht habe, und bereue zutiefst, wie ich damals drauf war."

Ich betrachte ihn einen Moment. Mein Herz schlägt viel zu schnell. Kneift mich bitte jemand? Das kann doch alles nur ein böser Traum sein.

„Wie alt warst du, als du damit aufgehört hast?", frage ich weiter.

„Neunzehn."

„Hast du dich je bei Evis Freundin, dieser Marina entschuldigt?"

„Nein."

„Warum nicht? Du sagtest, du bereust alles."

„Es geht nicht."

„Warum geht das nicht?"

Er schweigt.

„Sag jetzt. Warum nicht?", bohre ich nach.

„Sie ist tot." Seine Stimme bricht. Er senkt den Kopf.

„Was? Wie?"

„Sie ist gestorben."

„Was ist passiert?"

„Sie hat sich das Leben genommen", sagt er leise und ich bekomme eine Gänsehaut.

„Wegen dir?", flüstere ich. „Weil du … ihr das … angetan hast?", stammele ich weiter und stehe von meinem Barhocker auf. Ich will weg. Sofort.

Mein ganzer Körper zittert.

„Nein, nicht wegen mir", antwortet er mit dünner Stimme. „Sie hatte schon vorher psychische Probleme. Das wusste ich nicht."

Schnell setze ich mich wieder, sonst falle ich womöglich in Ohnmacht. Ringe nach Luft. Leere mein Glas.

„Es tut mir leid", vernehme ich sein Flüstern.

Er weint.

Es bricht mir das Herz, ihn so zu sehen. Trösten möchte ich ihn, ihm zuhören, für ihn da sein, aber kann es einfach nicht. Zu heftig ist das eben Gehörte.

„Das muss ich sacken lassen", erkläre ich ihm. Er nickt, ohne mich anzusehen. „Bis morgen. Gute Nacht", ergänze ich.

„Soll ich mitkommen?", fragt er.

„Nein, ich will alleine sein", erwidere ich und verlasse die Bar.

30

Finn

Rike verlässt fluchtartig die Bar. Sie möchte alleine sein und ich kann sie verstehen.

Diesen Part meiner Vergangenheit verabscheue ich, will ihn vergessen. Das geht nicht. Er ist ein Teil meines Lebens.

„Hallo, spendierst du mir einen Drink?", erklingt es plötzlich hinter mir. Diese Frage erinnert mich mit Wohlwollen an die Nacht im Museum.

Trotz des Schlamassels von heute und der schlimmen Erinnerungen an damals schmunzele ich. Hastig wische ich mir die Tränen aus dem Gesicht und drehe mich zu der Stimme um.

Eine Frau in den frühen Sechzigern in einem roten Kleid nimmt auf dem Barhocker Platz, auf dem Rike zuvor saß. Sie lächelt.

„Ich würde das Gleiche wie deine Freundin nehmen."

„Ja gerne, warum nicht", antworte ich freundlich.

„Und keine Angst. Ich bin wirklich nur an einem Drink interessiert."

Ich lache und bestelle mir einen Whisky, ihr einen Cosmopolitan.

„Nicht falsch verstehen. Du bist wirklich ein gutaussehender Mann, aber für mich zu jung."

Ich sage nichts. Grinse.

„Und schau", sie zeigt auf ihren rechten Ringfinger. Dort sitzt ein dicker mit Diamanten besetzter Goldklunker. „Zwei Jahre haben wir dieses Jahr voll, mein Lionel und ich."

„Zwei Jahre? Glückwunsch."

„Ja, er ist Ehemann Nummer vier. Dieses Mal ist es für immer."

„Viel Glück Ihnen beiden."

„Sag bitte DU."

„Viel Glück euch beiden."

„Danke. Ich bin Renata."

„Finn."

„Schön, dich kennenzulernen. Aber nun sag mal … Tränen? Ach Herzchen, was ist denn passiert?"

Ich zucke die Achseln.

„Deine Freundin war sehr verstimmt. Was hast du angestellt?"

Unsere Drinks kommen und wir stoßen an.

„Also sag, warum war sie so aufgebracht?"

„Das ist eine lange Geschichte."

„Du behandelst sie doch gut?"

„Ja, natürlich."

„Gut! Dann geh zu ihr. Lauf ihr nach."

„Nein, für heute reicht es."

„So schlimm?", hakt sie nach.

„Ja."

„Ich habe euch heute Abend beobachtet. Sie liebt dich."

„So weit sind wir noch nicht. Wir kennen uns noch nicht lange."

„Das ist dem Herzen egal. Was es haben will, das nimmt es sich", sagt sie.

„Da ist gewiss was dran."

„Ihr seid Kollegen und er ist euer Boss?"

„Ja, genau so ist es. Gut beobachtet."

„Alte Berufskrankheit. Ich bin Kommissarin."

„Wirklich?"

„Nein … reingelegt." Sie lacht. „Und ihr dürft euch nicht verliebt zeigen?"

„Es ist in unserer Firma untersagt."

„Dann muss einer von euch den Job wechseln. Liebe ist wichtig, Finn."

„Sie sagt, sie würde kündigen."

„Und du?"

„Ich bin gerade ins Management aufgestiegen, es ist …"

„Verstehe", unterbricht sie mich, „schwierige Situation."

„Morgen fliegen wir nach Hause", erzähle ich. „Wie es jetzt zwischen uns ist, wird die Heimreise schlimm."

„Also mach es sofort, geh zu ihr."

„Ich kann nicht. Sie will allein sein."

„Das wollen wir in solchen Situationen immer, das sagen wir euch so. Vertrau mir, sie wartet auf dich."

„Meinst du?"

„Ja."

Ein Mann, nicht viel älter als ich, betritt die Bar und blickt sich suchend um.

„Lionel, hier bin ich", ruft Renata. Sie winkt ihm zu und er gesellt sich zu uns.

Ich sei ihr zu jung, sagte sie. Verkneife mir ein Grinsen. Die beiden küssen sich flüchtig auf den Mund.

„Na, bist du wieder am Flirten?", fragt er und lacht.

„Hey, ich bin Lionel."

„Hallo, ich bin Finn … grüß dich."

„Stell dir vor", spricht Renata, „der Arme hat gerade Ärger mit seiner Freundin. Ich musste ihn etwas aufmuntern."

„Das hast du, vielen Dank", sage ich zu ihr.

Sie leert ihr Glas.

„Und dir vielen Dank für den Cocktail."

„Sehr gerne."

Renata steht auf und Lionel legt den Arm um seine Frau.

„Viel Erfolg mit deiner Freundin", sagt er.

„Danke."

Die beiden verabschieden sich und verlassen die Bar.

Sogleich bestelle ich mir den nächsten Drink und einen weiteren, trinke und trinke. Letztlich versacke ich am Tresen.

Der Rat von Renata geistert mir noch ein paar Mal durch den Kopf. Ob sie recht hat? Wartet Rike auf mich? Es spielt keine Rolle. Mir fehlt der Mut. Ich bin ein Feigling. Unmöglich kann ich zu ihr gehen.

Stattdessen tauche ich gedanklich ab. Reise zehn Jahre in die Vergangenheit.

Neunzehn Jahre war ich alt ... Die Frauen behandelte ich wie Dreck, da brauche ich nichts schönzureden. Sie waren mir egal. Ihre Gefühle. Ihre Werte. Beliebt war ich bei ihnen und habe es genossen.

Mein damaliger bester Freund Lukas und ich waren die Coolsten – dachten wir.

Für wenig Geld hatte ich einen alten Porsche gekauft und Lukas, der zu der Zeit eine Ausbildung zum Kfz-Mechaniker absolvierte, nahm das Auto mit in die Werkstatt und machte ihn wieder schick.

Ein krasser Wagen, ein weißer 911. Alle Frauen wollten mitfahren. Es war leicht, sie rumzukriegen. Das war eine gute Zeit.

Lukas schleppte eines Tages Evi an und sie hing viel mit uns ab. Ich mochte sie nicht besonders. Das beruhte auf Gegenseitigkeit.

Durch Evi lernte ich Marina kennen. Sie war anders als die anderen. Sie war lieb. Brav. Anhänglich. Ich konnte sie mies behandeln, wegstoßen und sie kam immer wieder zu mir zurück. Wie ein Boomerang.

Sie dachte recht schnell, wir seien fest zusammen. Ich nicht. Andere Frauen traf ich weiterhin. Warum für eine entscheiden, wenn man viele haben kann? So waren meine Gedanken damals.

Mit Marina, das ging eine ganze Weile. Sie war hartnäckig und hatte die Idee, dass sie mich zähmen könne. Das sagte sie einmal.

Ich machte mich anfangs darüber lustig und erkannte mit der Zeit, dass sie mich tatsächlich veränderte.

Nie hätte ich mir diese Gefühle eingestanden oder ihr. Ich kapierte sie ja selbst nicht.

Dass ich in sie verliebt war, blieb mein Geheimnis.

Marina war besonders und ich hatte sie gewiss nicht verdient. Einen Narren hatte sie an mir gefressen. Hing an mir. Dass ich sie sicher hatte, war meine feste Überzeugung. Nie würde sie mich verlassen.

Eines Tages war sie verschwunden. Sie würde nie mehr wieder kommen, denn sie hatte sich umgebracht. Tabletten genommen und ihre Eltern fanden sie zu spät.

Davon erfuhr ich, als die Polizei bei uns zu Hause klingelte und mich zum Verhör mitnahm. Ich war der Böse. Marina hatte zwar Suizid begangen, aber ich war der Grund für ihre Entscheidung. Ich war Marinas Mörder.

In der Zeitung nannten sie mich den *Bad Boy, der niemals weint*. Überall konnte man es lesen.

Die anderen haben Marina beerdigt. Ich war nicht erwünscht auf dem Friedhof. Nirgends durfte ich mich mehr blicken lassen.

In mir hatten sie einen Schuldigen gefunden und letztlich gab auch ich mir die Schuld, nahm sie auf mich. Mein Absturz folgte und ich fiel tief. Verdammt tief.

Schlug hart auf.

Marinas Leben wurde in den Wochen nach ihrem Suizid unter die Lupe genommen und nach und nach wurde klar, Schuld waren andere.

Marina war längst zerstört, als sie mich kennenlernte. Ich hätte ihr sogar gutgetan, schrieb sie in ihren Tagebüchern. Ich hätte ihre Lebenszeit schön gemacht. Sie hätte sich von mir geliebt gefühlt.

Dass sie psychische Probleme seit ihrer frühesten Jugend hatte, wusste ich nicht. Von ihrer miesen Kindheit erzählte sie mir nie. Dass ihre Seele krank war, hätte ich nie vermutet. Nach und nach kam heraus, dass ihre Eltern sie misshandelt hatten.

Als wir gemeinsam Zeit verbrachten, wirkte sie unermüdlich positiv. Strahlend. Sie war einer der fröhlichsten Menschen, die ich damals kennenlernte.

Dass ich sie schlecht behandelt hatte, war unverzeihlich. Ich war vielleicht nicht der Auslöser für ihren Selbstmord, fühlte mich trotzdem weiterhin verantwortlich.

Seit damals wünsche ich mir jeden Tag, ich könne es wiedergutmachen. Lange Zeit bildete ich mir ein, ich hätte sie retten können. Wäre ich nur etwas umsichtiger gewesen. Ein guter Mensch.

Sie hätte überlebt.

Als die Hotelbar mitten in der Nacht ihre Türen schließt, kann ich kaum noch gehen, schleppe mich hoch in den dritten Stock und lehne an Rikes Tür.

Lasse mich zu Boden nieder, weil meine Beine mich nicht mehr tragen.

31

Rike

Die Tür meines Hotelzimmers fällt hinter mir ins Schloss. Ich lasse mich aufs Bett fallen, fühle mich entsetzlich. Bin tieftraurig über die Geschichte, die Finn mir erzählte.

An Evi schreibe ich:

Warum höre ich von deiner toten Freundin zum ersten Mal?

Eine Weile warte ich. Keine Antwort. Tja, es ist mitten in der Nacht. Sie wird schlafen.

Mein Laptop liegt griffbereit. Soll ich Finn im Netz suchen? Das Internet ist gefährlich. Dort werde ich vieles finden, das nicht stimmt.

Möchte ich das? Will ich eventuell geschockt sein? Wäre es nicht besser, ihm zuzuhören? Sollte ich wieder in die Bar gehen und ihn bitten, mir alles in Ruhe zu erzählen?

Seufzend öffne ich schließlich den Internetbrowser, gebe ein: *Finn Schneider*. Sehe Fotos von ihm. Erfahre, dass er mit zweitem Namen Oliver heißt. Kenne damit die Bedeutung aller Buchstaben auf seiner Handyhülle.

Scrolle weiter. Lese Überschriften. Noch mehr Fotos. Nachrichten. Zu viele Einträge. Zu viel Input.

Ich will das alles nicht wissen. Nicht sehen. Also schließe ich den Laptop.

Bedrückt laufe ich im Zimmer auf und ab. An Schlaf ist nicht zu denken, ich weiß nichts mit mir anzufangen. Schließlich beginne ich zu packen.

Wie diese Geschäftsreise zu Ende geht, ist entsetzlich. Wie glücklich war ich in seinen Armen. Er ist liebevoll, aufmerksam, charmant.

Und er war ein völlig anderer? Nahm es einst mit der Wahrheit und der Treue nicht ernst?

Kurzentschlossen öffne ich den Laptop erneut, will unbedingt irgendwas aus jener Zeit lesen. Zu unglaublich klingt seine Geschichte.

Ich gebe ein …
Finn Oliver Schneider Selbstmord Freundin

… und bin wie erschlagen. So viele Einträge.
Ich scrolle.
Stoppe.
Ein Artikel springt mir ins Auge. Es ist die Überschrift, die mir kurz meinen Atem raubt.

‚Ein Bad Boy, der niemals *weint*' steht da geschrieben. Am Flughafen habe ich exakt das zu ihm gesagt und er hat verstört und geschockt reagiert. Es tut mir leid, dass ich ihn so nannte.

Hätte ich nur irgendwas darüber gewusst.

Mein Herz rast. Es springt mir fast aus der Brust. Auf dem Foto erkenne ich ihn. Er ist jung. Was ich lese, reißt mich in Stücke.

Stundenlang hält mich das Internet gefangen. Ich weiß nicht, wo mir der Kopf steht. Schließlich schlafe ich ein …

... und erwache irgendwann durch ein leises Geräusch.

Es klingt wie ein Kratzen und kommt von meiner Zimmertür. Vom Flur. Sofort bin ich hellwach und verlasse das Bett, schleiche zur Tür, spähe durch den Spion und sehe nichts. Wundere mich.

Es kratzt erneut an der Tür, weiter unten und ich vernehme etwas anderes. Ein Wimmern? Ein Keuchen? Ganz leise.

Vorsichtig drücke ich die Klinke herunter, öffne einen Spalt, springe schnell einen Schritt zurück, denn Finn, der offenbar vor meiner Tür gesessen hat, fällt rückwärts in mein Zimmer und liegt mit geschlossenen Augen auf dem Boden.

Ich bücke mich besorgt zu ihm runter, berühre sein Gesicht. Er sieht mich nun an.

„Rike", murmelt er, „ich liebe dich." Seine Augen fallen wieder zu.

„Komm, steh auf", erwidere ich schmunzelnd. „Ich bringe dich in dein Zimmer."

Schwerfällig rafft er sich auf, stöhnt laut. Ich spüre sein Gewicht auf mir. Seine fehlende Körperspannung macht ihn noch mal um Längen schwerer.

Er schafft es und kommt langsam auf die Füße. Ich stütze ihn, schleppe ihn mühsam, schnappe mir noch schnell meine Zimmerkarte, bevor meine Tür hinter uns zu fällt. Finn klammert sich an mich, als wir über den Flur treten.

Nur mit Unterhose und T-Shirt bekleidet und mit dem taumelnden Finn an meiner Seite wandle ich bis zu seinem Zimmer. Halb wach, halb schläfrig ist er. Wie viel hat er getrunken?

„Wo ist deine Zimmerkarte?", frage ich ihn und verliere den Halt, er ist einfach zu schwer und reißt mich mit. Wir wanken, fallen seitlich zusammen an die Wand, ich auf ihn. Lehnen dort, drohen runterzurutschen. Finn jammert auf, ächzt. Noch fester zugreifend aktiviere ich weitere Kräfte. Geschafft. Wir bleiben aufrecht und stehen schließlich wieder. Puh, das war knapp.

Schwitzend atme ich laut aus.

„Finn? Bist du bei mir?", rufe ich.

Er stöhnt und ein leises: „Ja" ist seine Antwort.

Ich suche ihn ab, finde die Karte in seinem Sakko, öffne die Tür und wir betreten sein Zimmer. Mit letzter Kraft schaffen wir es gemeinsam zum Bett.

Wie ein Toter liegt er da auf dem Rücken. Seine Schuhe ziehe ich ihm aus und öffne sein Sakko, lockere die Krawatte, nehme sie ab und lege sie zur Seite. Kann ich ihn in diesem Zustand alleine lassen?

Nachdem ich ihn zudeckte, betrachte ich ihn noch einige Momente und entscheide mich zu gehen.

Als ich die Tür erreiche, gibt er ein Geräusch von sich und als ich mich nach ihm umsehe, hat er sich auf die Seite gedreht und schaut mich an. „Rike. Geh nicht."

„Ach, Finn", flüstere ich, seufze und hole ihm ein Glas Wasser aus dem Badezimmer. Als ich zurückkomme, hat er sich aufgesetzt.

Also helfe ich ihm aus dem Sakko und lasse ihn trinken. Ziehe ihm sein Hemd aus.

„Es tut mir leid", murmelt er und sieht mich an.

„Das besprechen wir alles morgen, okay?"

„Aber ich will dich nicht verlieren", sagt er traurig.

„Du verlierst mich nicht."

„Versprichst du das?"

„Ja, ich bleibe bei dir."

„Jetzt auch?"

Erneut seufze ich.

„Ich bleibe bei dir, bis du schläfst", verspreche ich ihm.

„Und morgen?"

„Morgen sehen wir uns wieder."

Ihm fallen ständig die Augen zu. Er lässt sich auf den Rücken fallen. Ich betrachte ihn. Als er sich auf die Seite dreht, decke ich ihn erneut sorgsam zu. Lege mich zu ihm.

Spüre seine Verletzlichkeit.

Seine Zerbrechlichkeit.

Die vielen Artikel aus dem Internet tanzen wie lästige Fliegen in meinem Kopf herum. Es macht mich unendlich traurig, wenn ich überlege, was er damals alles ertragen musste.

Es ist keine Geschichte, von der man berichtet, wenn man sich frisch kennenlernt, und Evi hat sicher geschwiegen, weil sie nicht an diese gruselige Zeit erinnert werden möchte. Ich bin den beiden nicht mehr böse.

Und plötzlich, mitten in meinen Gedanken, fängt Finn an zu erzählen. Er ist mit einem Mal wie ausgenüchtert.

Hellwach beginnt er mit den Worten: „Neunzehn Jahre war ich alt. Die Frauen behandelte ich wie Dreck, da brauche ich nichts schönzureden. Sie waren mir egal ..."

32

Finn

Ich öffne die Augen und schließe sie gleich wieder. Es fühlt sich an, als wäre eine gigantische Lok mindestens ein Dutzend Mal direkt gegen meinen Kopf gerast.

Zu viele Drinks. Zu viel Vergangenheit. Die Bilder des letzten Abends sind alle da. Nein, sind sie nicht. Irgendwas fehlt.

Ich habe Renata einen Cosmopolitan ausgegeben. Sie verließ mit ihrem Mann die Bar und ich trank weiter. Trank die Karte rauf und runter.

Die Erinnerungen verschwimmen.

Die Bar schloss. Und anschließend? Wie bin ich in mein Zimmer gekommen?

Mit hämmernden Kopfschmerzen setze ich mich im Bett auf, sehe mich um. Meine Klamotten liegen zusammengelegt auf dem Stuhl. Die Schuhe stehen akkurat darunter, das Sakko hängt über der Lehne. Ich kann mich nicht erinnern, dass ich mich auszog.

Die Krawatte liegt neben mir auf dem Nachtschrank. Ich verstehe es nicht.

Unter der Dusche sortiere ich meine Gedanken weiter. Rike kommt mir in den Sinn. Ich sprach mit ihr. Wann war das? Heute Nacht? Worüber redeten wir? Oder träumte ich das?

Nach der Dusche werfe ich mir Schmerztabletten ein und ziehe mich an. Dass ich mich dermaßen vergessen habe, regt mich auf. Das geht nicht. Ich kann nicht Julian die Leviten lesen, weil er Unmengen von Alkohol trinkt, und selber abstürzen.

Rike kennt nun diesen dunklen Fleck aus meiner Vergangenheit, ich habe ihr gestern Abend die abgespeckte Version erzählt. Sie hat die Bar anschließend unglücklich verlassen. Wie ist es jetzt zwischen uns?
Ich vermisse sie.

Wo ist mein Telefon? Es liegt auf dem Tisch, neben der Zimmerkarte und meinem Portemonnaie.
Ja, Rike war hier. Es fällt mir wieder ein. Ein paar Bilder von letzter Nacht kommen in meinem Kopf dazu. In Gedanken streiche ich über ihre Handyhülle. Wenn Rike bei mir war und ihre Hülle noch immer an meinem Telefon ist … bedeutet das, zwischen uns ist alles gut? Oder vergaßen wir nur zu tauschen?
Ich stutze.
Vielleicht ist es erneut der Traum, an den ich mich erinnere? War sie gar nicht bei mir? Ist das Wunschdenken?
Ich muss dringend Dunkel ins Licht bringen.

Hey
… schreibe ich ihr. Der Blick zur Uhr erschreckt mich. Wenn ich noch frühstücken möchte, sollte ich mich beeilen.

Ein paar Minuten später betrete ich den Fahrstuhl ins Erdgeschoss, betrachte mich im Spiegel. Ich sehe furchtbar aus. Rote Augen. Blass. Ein Zombie-Look. Aufwendig ordne ich meine Haare, als würde das noch etwas am Gesamtbild retten. Finde mich lächerlich.

Hoffentlich ist Joachim nicht mehr beim Frühstück, er sollte mich in diesem Zustand nicht sehen. Am besten sollte er mich den ganzen Tag nicht mehr zu Gesicht bekommen. Leider ist das unmöglich!

Von mir selbst angeekelt atme ich laut aus.

Mein Handy vibriert.

Hey

... schreibt Rike zurück. Ihre Message ist so schön nichtssagend, denke ich voller Ironie. Meine war leider auch nicht besser.

Im Frühstücksraum schaue ich mich um. Bin erleichtert, weder Rike noch Joachim zu sehen.

Mit einem Kaffee setze ich mich an einen freien Tisch und warte, dass die Schmerztabletten endlich ihre Wirkung entfalten.

Sekunden später bin ich nicht mehr allein.

„Du siehst schlimm aus", begrüßt Rike mich mit einem Schmunzeln und setzt sich zu mir. Ich bin glücklich, sie zu sehen, und überglücklich, dass sie überhaupt noch mit mir spricht.

„Du bist ja doch hier ... schön", entgegne ich. „Was ist letzte Nacht passiert?"

„Was meinst du?", fragt sie.

„Ich weiß nicht mehr, wie ich ins Bett gekommen bin. Meine Sachen liegen so ordentlich auf dem Stuhl. War ich das?"

„Nein, das war ich", verrät sie mit einem Lächeln.

„Was? Wirklich? Also warst du bei mir? Es ist kein Traum?"

„Weißt du gar nichts mehr?" Sie lacht.

„Nein, ich bin aufgewacht und da ist nichts außer ein paar Bildern … die könnten aber auch aus einem Traum stammen."

„Ach herrje!"

„So schlimm?", frage ich geschockt.

„Ich hoffe, wir wurden nicht von den Hotelkameras gefilmt", antwortet sie amüsiert.

Ihr Lachen verunsichert mich. Ihre Stimmung mir gegenüber ist gut. Ganz anders als gestern Abend, als sie die Bar verließ. Was ist in der letzten Nacht geschehen?

„Finn", flötet plötzlich eine Frauenstimme, „wieder vereint? Wie schön. Guten Morgen."

„Guten Morgen, Renata."

Sie mustert mich. „Du siehst scheußlich aus. Geschlafen hast du wohl nicht."

„Wenig."

„Macht es gut, ihr Hübschen … Ach ja, euer Chef ist im Anmarsch."

Sie zwinkert mir zu und nimmt drei Tische weiter Platz. Lionel sitzt dort und winkt mir zu, hebt die Hand hoch, ballt eine Faust, streckt den Daumen nach oben und grinst.

„Wer ist das?", fragt Rike entsetzt.

„Erzähle ich dir später, der Chef ist da."

„Guten Morgen zusammen", sagt Joachim fröhlich und er bekommt ein gemeinschaftliches „Morgen" von Rike und mir zurück.

„Finn, geht es dir nicht gut?", will er wissen.

„Nein, seit letzter Nacht geht es mir bescheiden."

„Vielleicht hast du die Klimaanlage zu kühl eingestellt."

„Das mag sein." Ich zucke mit den Achseln.

„Oder du hast zu viel getrunken", fügt er lachend hinzu und verschwindet Richtung Buffet.

„Wir haben offenbar viel zu besprechen", raunt Rike mir zu und schaut rüber zu Renata und Lionel, die sich gerade leidenschaftlich küssen. „Häh? Ist das nicht ihr Sohn?", fragt sie angewidert.

„Nein, ihr Mann."

„Was?" Sie kann die Augen nicht von den beiden lassen.

„Rike", nun schaut sie mich endlich an, „sag, was ist mit uns. Wo stehen wir?"

„Du klingst besorgt."

„Ja, das bin ich nach gestern Abend. Es tut mir leid, dass ich dir nicht alles früher erzählte."

„Ist gut."

„Also habe ich noch eine Chance?"

„Mach dir keine Gedanken."

„Aber?"

„Später. Lass uns jetzt cool bleiben", sagt sie lächelnd und ich bin wirklich verwirrt. Was ist geschehen? Ein Vollrausch und nun Amnesie. Das ist einfach nur peinlich!

Joachim kehrt mit einem vollen Teller und einem Kaffee zurück.

„Finn, hast du keinen Hunger heute oder bist du schon fertig?"

„Ich hole mir mal eben eine Kleinigkeit", entgegne ich, stehe auf und lasse die beiden zurück, die sich sofort angeregt unterhalten – komme wieder, als sie gemeinsam lachen.

„Das freut mich doch zu hören", sagt Rike.

„Was denn?", frage ich dazwischen und setze mich an den Tisch.

„Ich sagte unserer Kollegin gerade, dass ich froh bin, dass sie mit uns geflogen ist."

„Ach so. Ja, das stimmt."

„Gestern, das war wirklich gute Arbeit", lobt Joachim.

„Danke", antwortet sie und lächelt glücklich.

„Finn", der Chef mustert mich besorgt, „du bist ein wenig blass um die Nase. Warst du gestern vielleicht schon gesundheitlich angeschlagen? Deshalb eventuell nicht so flott drauf?"

„Keine Ahnung. Mag sein. Ich gelobe auf jeden Fall Besserung."

„Das nehme ich dir ab. Du bist mein bestes Pferd im Stall."

„Oh ... danke." Ich freue mich über sein Lob, nach gestern tut das gut.

Nach dem Frühstück gehen wir gemeinsam in Richtung Foyer.

„Ach", sagt Joachim, „bevor ich das vergesse. Morgen ist erst um 11 Uhr Arbeitsbeginn."

„Warum?", möchte ich wissen.

„Ihr dürft ein paar Überstunden abfeiern, fangt mal ruhig etwas später an", antwortet Joachim.

„Das ist klasse, danke", erwidert Rike und der Chef schmunzelt.

„Dem schließe ich mich an, danke, Joachim."

„Gerne."

Wir stehen vor den Fahrstühlen.

„Ich verabschiede mich. Wir sehen uns später." Joachim schaut auf seine Uhr. „Um halb zwölf fährt unser Taxi ab und um 14 Uhr geht der Flieger."

„Fährst du nicht mit uns nach oben?", frage ich ihn.

„Nein, ich werde noch eine Kleinigkeit für meine Frau besorgen. Morgen ist unser Hochzeitstag."

„Ach was. Herzlichen Glückwunsch schon einmal", entgegne ich.

„Viel Erfolg beim Shoppen", ruft Rike ihm nach.

„Danke … und danke", ruft er zurück und verschwindet aus unserem Blickfeld.

33

Rike

Finn und ich steigen in den Fahrstuhl. Die Türen schließen sich.

„Wo fangen wir an?", frage ich.

„Rike, ich bin komplett überfordert." Unsere Blicke treffen sich.

„Ich auch. Wer war diese Frau beim Frühstück?"

„Renata."

„Und woher kennst du … Renata?" Den Namen sage ich, als wäre es eine ansteckende Krankheit.

„Nachdem du gestern gegangen bist, hat sie mich gefragt, ob ich ihr einen Drink spendiere."

„Ach, das passiert dir also öfter?"

Wir verlassen den Fahrstuhl und schlendern zu den Zimmern.

„Nein, du warst die erste."

„Blödsinn."

„Wirklich."

„Dich hat vorher noch nie eine angesprochen?"

„Nein."

„Sollst du lügen, Finn?"

„Ich lüge nicht."

„Okay. Wie auch immer. Du hast ihr also einen Drink spendiert?"

„Ja, sie wollte einen Cosmo, so wie du."

„Aha. Und du hast dann dort mit ihr gesessen, gequatscht und getrunken?"

„Nur einen Drink."

„Nee, das stimmt nicht." Ich lache auf.

„Was stimmt nicht?", hakt er irritiert nach.

„Du hast gewiss nicht nur einen Drink getrunken, seitdem ich weg war. Du warst hackedicht, als du vor meiner Tür lagst."

„Vor deiner Tür?", wiederholt er schockiert.

„Ja, ich habe dich dann in dein Zimmer getragen."

„DU ... hast MICH getragen?"

„Ja."

„Wie kannst du mich tragen?"

Verblüfft bleibt er stehen. Seine Ratlosigkeit ist erheiternd. Ich nehme seine Hand und wir gehen weiter.

„Vielleicht hast du etwas mitgeholfen", ändere ich meine vorherige Aussage.

„Ich habe geholfen, mich zu tragen? Ich bin wirklich verwirrt."

„Egal", entgegne ich. „Irgendwie haben wir es in dein Zimmer geschafft."

„Warte mal kurz", bittet er und ich bleibe stehen.

Er schaut mich traurig an.

„Was immer letzte Nacht passiert ist, es tut mir leid", sagt er hundeelend und nimmt meine Hände in seine. „Ich erinnere mich an gar nichts."

„Du brauchst dich für letzte Nacht nicht zu entschuldigen." Schmunzelnd denke ich daran, dass er mir völlig betrunken sagte, dass er mich liebt.

„Was gibt es da zu grinsen? Haben wir?" Er macht große Augen.

„Nein, dazu warst du nicht mehr in der Lage."

Finn ist sprachlos.

Ich lege meine Arme um seinen Hals und er legt verzögert seine um meine Mitte.

„Wenn Joachim uns jetzt sieht?", flüstert er.

„Wird er nicht", entgegne ich und drücke mich fest an ihn.

„Gestern, als du gingst, schien es irgendwie vorbei zu sein mit uns."

„Nein!", beruhige ich ihn. „Nichts ist vorbei zwischen uns. Du weißt es nicht, du hast mir letzte Nacht alles von damals erzählt. Du lagst in meinen Armen und hast geredet und geredet. Jeder Wasserfall wäre neidisch gewesen."

„Du kennst alles?" Er ist perplex.

„Zumindest alles, was du mir erzählt hast, und ich kenne auch sämtliche Artikel aus dem Internet. Ich weiß jetzt, was dieser Satz mit dem Bad Boy bedeutet."

„Oh, Rike. Ich wünschte, du hättest das anders erfahren."

„Das ist sicherlich keine Geschichte fürs erste Date."

„Dann ist wirklich alles gut mit uns?", erkundigt er sich besorgt.

„Ja."

Wir küssen uns. Ich spüre, wie die Last von ihm abfällt. Wie sein Körper entspannt. Wie dieser attraktive, gebrochene Mann von gestern Abend wieder zu seiner vollen Größe zurückfindet. Er strahlt mich an.

„Habe ich außer meiner Vergangenheit noch andere Sachen erzählt?", möchte er wissen.

„Ja, schon."

„Rike, das ist echt gruselig, dass ich nichts mehr weiß. Was habe ich erzählt?"

„Schöne Dinge."

„Was denn?"

„Sag ich nicht."

„Ach bitte."

„Nein, und jetzt müssen wir in unsere Zimmer und packen", belehre ich ihn. „In einer halben Stunde will der Chef mit uns zum Flughafen fahren und wir sollten vorher noch auschecken."

„Ja, du hast recht, Boss", sagt er und ich lache. „Bis gleich."

Ich schließe die Tür hinter mir und zücke mein Handy. Evi hat sich gemeldet. Vielleicht teilt sie mir mit, warum sie mir noch nie etwas von Marina erzählte. Ihre Nachricht ist ungewohnt kurz:

Weil ich nicht davon spreche.

Sekunden später klingelt es in der Leitung. Ich will sie zur Rede stellen.

„Was denn?", sagt sie zur Begrüßung. „Ich muss gleich arbeiten." Ihre Unfreundlichkeit ignoriere ich, sonst werde ich gar nichts erfahren.

„Marina! Sehr gerne hätte ich von ihr gewusst, als ich Finn kennenlernte."

Sie stöhnt genervt auf.

„Und was hätte das gebracht? Du warst ja gleich hin und weg", frotzelt sie.

„Evi, ich hätte es einfach gerne gewusst. Und du hast mich angelogen, als ich dich fragte, ob du ihn bereits kennst."

Sie lacht und erwidert: „Auch das war egal, weil du nicht auf mich gehört hast."

„Und du meinst, du hast dich komplett richtig verhalten?", frage ich sie und koche vor Wut. Dass sie sich nicht für ihre Lügen entschuldigt, kann ich nicht fassen.

„Ich will nur wissen, ob es vorbei ist", fragt sie zurück. „Hast du ihm endlich die Meinung gegeigt?"

„Blöde Kuh", huscht es mir lautlos über die Lippen. „Nein, ich bleibe mit ihm zusammen", antworte ich.

Ihre Reaktion ist ein Lachen.

„Und was ist so witzig?", hake ich nach.

„Rike ist also eine Masochistin", sagt sie amüsiert.

„Ja, ich stehe auf Schmerzen, besonders auf seelische, darum bin ich mit dir befreundet", erwidere ich noch und beende das Gespräch, schmeiße das Telefon aufs Bett und weiß nicht, wohin mit der Wut in meinem Bauch.

Ich laufe im Zimmer auf und ab, atme ein paar Mal tief durch, kann sie letztlich bändigen und packe meine restlichen Sachen zusammen.

Vielleicht ist Evi die längste Zeit meine Freundin gewesen. Ihr Verhalten ist dermaßen daneben. Ich habe genug von ihr.

34

Finn

Auf dem Flug in die Heimat sitzen Rike und ich nebeneinander. Joachim hat seinen Platz am Gang und ist bereits kurz nach dem Abflug eingeschlafen.

Rike sieht aus dem Fenster.

Ich betrachte sie, würde gerne ihre Hand nehmen oder sie küssen. Schade, dass der Chef nicht in einer anderen Reihe sitzt.

Schön, dass zwischen uns wieder alles in Ordnung ist. Warum auch immer und was auch immer passiert ist.

Ich zermartere mir mein Gehirn, habe noch die Hoffnung, dass mir ein paar Erinnerungen zurückkommen. Wüsste zu gerne, was ich ihr aus meiner Vergangenheit berichtete.

„Und du willst mir tatsächlich weismachen, dass dich vor mir noch nie eine auf einen Drink angesprochen hat?", raunt sie mir mit einem Schmunzeln zu, ohne mich anzusehen.

„Das ist die Wahrheit."

Unsere Blicke treffen sich.

„Wie kommt das?", fragt sie leise. „Du bist der absolute Frauenschwarm." Sie grinst. „Bestimmt will dich jede."

Ich lache verhalten.

„Ja, sicher ... Jede Frau auf diesem Planeten will mich. Vielleicht sogar alle Frauen überhaupt. Alle Frauen im Sonnensystem wollen mich."

„Dein Sarkasmus rettet dich nicht", entgegnet sie amüsiert.

„Die Frauen haben im Allgemeinen Angst vor mir", erkläre ich.

„Angst? Vor dir?"

„Genau. Ich kann ganz schön böse gucken ... guck mal."

Ich schiebe meine Augenbrauen extrem zusammen und ziehe im gleichen Moment die Mundwinkel stark nach unten.

Sie prustet los.

Lauter als gewollt.

Der Chef öffnet erschrocken die Augen.

„Es tut mir leid, Joachim", sagt Rike schuldbewusst. Ihr Gesicht ist rot geworden und sie lacht immer noch.

„Was ist denn los?", fragt er irritiert.

„Wenn ich das wüsste", antworte ich und zucke mit den Achseln. „Sie musste wohl an was Lustiges denken."

Rike hat mittlerweile Tränen in den Augen. Ihr Lachen steckt an. Hinter uns in der Reihe wird bereits gelacht und der Chef stimmt ebenso mit ein.

Etwas später sind Joachims Augen wieder geschlossen und Rike kneift mir unsanft in die Seite. „Du weißt wofür", flüstert sie. „Das war gemein." Sie grinst.

„Findest du?"

„Ja .... Sag, warum meinst du, hat dich keine angesprochen, und wage es nicht, erneut böse zu gucken."

„Weil ICH die Mädels immer angequatscht habe."

„Ahhh", sie lacht. „So lief das also damals mit dir und deinem Porsche?"

Ich seufze. „Ach ja, du weißt ja einiges. Es ist unheimlich, weil ich keine Ahnung habe, was ich dir alles erzählte".

„Damit musst du wohl leben. Selbst schuld, wenn du dir mit reiferen Frauen einen hinter die Binde kippst."

„Es war nur ein Drink mit ihr, den Rest trank ich allein."

„Das macht es nicht besser."

„Ich weiß."

„Themawechsel?", schlägt sie vor. Ich nicke. „Darf ich dich etwas zu Marina fragen?"

„Hui, das ist wirklich ein Wechsel ... Ja, was möchtest du wissen?"

„Wenn es für dich unangenehm ist, dann ..."

„Frag einfach."

„Weiß man, warum sie psychisch krank war? Was ist mit ihr passiert?"

„Ihre Eltern waren ...", fange ich meinen Satz an und merke, dass ich ihn nicht zu Ende sprechen kann.

„Schon gut", sagt sie, „ich ziehe meine Frage hiermit zurück."

„Danke dir." Ihr Blick wärmt mich. Sie ist so gut zu mir.

Außer mit diesem Therapeuten, der mir damals – so wie alle anderen – vermittelte, dass ich ein schlechter Mensch sei, habe ich nie mit irgendjemandem über Marina gesprochen.

Seit zehn Jahren wohnt diese Geschichte in mir und nun habe ich jemanden gefunden, mit dem ich sie teilen kann. Das ist ein wunderbares Gefühl.

Als ich das nächste Mal zu Rike herübersehe, hat sie ihre Augen geschlossen. Glücklich betrachte ich sie

und spüre tiefe Dankbarkeit. Bin unendlich froh, weil wir uns über den Weg liefen. Nachts im Museum.
Wenig später schlafe ich auch ein.

„Kollegen, aufwachen", dringt Joachims Stimme in mein Ohr. „Wir gehen gleich in den Sinkflug."
Ich recke mich, schaue zu Rike. Sie streckt sich und sieht durch das kleine Fenster hinaus.

Wir landen, holen unser Gepäck und verlassen das Flughafengebäude. Joachim nimmt sich das erste Taxi.
„Bis morgen. Um 11 Uhr treffen wir uns zum Meeting."
„Okay, Boss", rufe ich.
„Bis morgen", ruft Rike.

„Und was machen wir zwei Hübschen jetzt?", frage ich sie, als Joachims Taxi außer Sichtweite ist. „Wollen wir zu mir?"
„Bist du mir böse, wenn ich kurz nach Hause fahre? Ich möchte auspacken und … sollte nicht morgen jeder die eigene Taxiquittung in der Buchhaltung einreichen? Eine zusammen wäre seltsam."
„Du bist schlau. Also hole ich dich später ab?"
„Ja, das klingt super", erwidert sie.
„Bis nachher", verstohlen nehme ich ihre Hand, streichle sie. „Ich würde dich gerne in den Arm nehmen. Meinst du, das ginge?"
Sie guckt sich unsicher um und antwortet amüsiert: „Wir sind paranoid."
„Definitiv. Dann umarmen wir uns später?", frage ich.
„Ja. Sehr gerne."

Sie steigt in das nächste Taxi und fährt davon. Mein Herz hat sie bei sich.

35

Rike

Wieder zu Hause.

Ich stelle mein Gepäck auf dem Flur ab, gehe durch die Wohnung, habe das Gefühl, ewig nicht hier gewesen zu sein. Grinse vor mich hin, weil ich unglaublich glücklich bin.

Dann packe ich meine Sachen aus und schmeiße mich mit einem Kaffee aufs Sofa. Füße hoch und Revue passieren lassen. So gerne ich jetzt auch bei Finn wäre, genieße ich einen Moment der Ruhe.

Entschuldige bitte, dass ich dir nie von Marina erzählt habe.
... erscheint plötzlich auf meinem Display und ich stöhne genervt auf. Evi. Wieso versaut sie mir diesen schönen Moment, in dem ich mich an all die tollen Augenblicke mit ihm erinnere?

Entschuldigung angenommen.
... antworte ich.

Sie erwidert prompt:
Ich hätte es dir spätestens am Abend im Museum erzählen müssen.

Ich schreibe:
Ist ja nun egal. Ich weiß alles.

Mein Telefon klingelt. „Och nö", rufe ich laut. Soll ich das Gespräch annehmen? Es wird doch sowieso wieder in Chaos und Verderben enden.

„Hi Evi!"

„Wie, du weißt alles?", legt sie sofort los.

„Er hat es mir erzählt."

„Du weißt bestimmt nicht alles", frotzelt sie.

„Ach ja? Warst du dabei?", zicke ich sie an.

„Kannst du gerade sprechen?", fragt sie geheimnisvoll.

„Ja, sonst wäre ich wohl nicht rangegangen."

„Ich meine, ist er in der Nähe?", erkundigt sie sich.

„Ich sitze allein in meiner Wohnung, wenn du es genau wissen willst."

„Okay."

„Na, dann leg mal los mit deinen Horrorstorys", fordere ich sie gelangweilt auf.

„Ich habe das Gefühl, du nimmst das alles nicht ernst."

„Hast du nun was zu erzählen?"

„Marina war voll die Liebe", beginnt sie.

„Aha."

„Sie hatte etwas Besseres verdient."

„Evi, ich schlafe gleich ein", teile ich ihr mit.

„Er hat sie gedemütigt. Er hat sie verarscht und belogen. Er hat sie einmal mitten in der Nacht auf einer Landstraße aus seinem Auto geschmissen, weil sie traurig war und geweint hat. Hat ihn halt genervt."

Ich schweige. Überlege. Grübele … Soll ich das glauben … und entscheide mich für: Nein! Es wird anders gewesen sein.

„Sie schrieb in ihren Tagebüchern, dass er ihr gutgetan hat", bemerke ich.

„War klar, dass du für ihn Partei ergreifst."

„Das steht im Internet, in einem Artikel von damals. Mit einem Foto von ihrem Tagebuch."

„Rike. Er soll Marina sogar auf den Strich geschickt haben."

„Evi, bitte. Das ist jetzt unterste Schublade."

„So konnte er sich sein Auto doch überhaupt erst leisten."

Entsetzt stöhne ich auf.

„Hörst du dir selbst zu?", motze ich sie an und spüre die Wut in mir hochkochen. „Das ist abstoßend."

„Ja, aber es soll wahr sein", entgegnet sie genervt.

„Also Hörensagen?", frage ich.

„Nicht nur."

Wieder sage ich nichts. Das kann ich mir beim besten Willen nicht vorstellen. So etwas hat er nicht getan. Nein, auf keinen Fall. Niemals.

„Rike, das steht auch im Internet", belehrt sie mich. „Da gibt es einen Artikel, in dem steht, dass er seine Mädchen hatte, die für ihn arbeiteten."

„Evi, hör auf."

„Das ist alles nicht ohne. Was meinst du, warum ich solche Angst um dich habe?", jammert sie.

„Evi, das ist zehn Jahre her."

„Ja und? Findest du in Ordnung, dass er so was vor zehn Jahren getan hat?"

„So etwas hat er nicht getan. Da bin ich mir sehr sicher. Was immer im Netz steht, das ist nicht wahr."

„Wenn du das glauben möchtest", meckert sie.

„Ja, ich weiß, dass er zu so was nicht fähig ist."

„Darum geht es doch. Ist er heute vielleicht nicht mehr, aber früher war er es. Du hast ihn nicht gekannt. Er war ein Scheusal."

„Evi, ich will das alles nicht mehr hören."

„Jetzt muss ich arbeiten", sagt sie, „pass gut auf dich auf, Süße."

Sie legt auf.

Ich bin still. Bewegungslos. In Schockstarre.

Das ist Evi.

Ein Anruf von ihr und meine Stimmung ist im Eimer und das ist derbe untertrieben.

Nein, Finn hat so etwas nicht getan. Wie absurd.

Mein Herz schlägt schnell, das Gedankenkarussell nimmt Fahrt auf. Meine Innereien fahren Achterbahn.

Nein, er hat es nicht getan. Niemals würde er …

Ich rufe ihn an.

„Hey", sagt er, „gut zu Hause angekommen? Soll ich dich gleich abholen?"

„Gerade habe ich mit Evi telefoniert."

„Hm. Die Art, wie du das sagst, lässt nichts Gutes vermuten. Was hat sie gesagt?"

„Unglaubliches." Ich stöhne auf und lache bitter. „Wenn das wirklich auch nur im Entferntesten wahr wäre, würde ich wohl meinen Job kündigen und wir sähen uns nie wieder."

Er schweigt.

„Noch da?", frage ich nach.

„Ja, ich bin noch da", sagt er unterkühlt, „und ich warte darauf, was jetzt kommt."

„Bist du sauer?"

„Das kommt ganz darauf an, was du mir zu sagen hast." Seine Stimme macht mir Angst. „Wenn dich die Aussagen deiner Freundin so sehr aus der Bahn werfen, dann finde ich das schon ziemlich krass."

„Im Grunde weiß ich doch, dass es nicht stimmen kann."

„Was ist das denn für eine schwammige Aussage, Rike?"

Ich merke, wie die Tränen in mir hochsteigen. Hätte ich bloß nicht damit angefangen.

„Und ich dachte", fährt er fort, „ich bin der, der von damals erzählen darf, und nun kommt Evi, die mich eh hasst und mir nur Schlechtes wünscht. Ich bin gespannt."

Er hat recht.

Es ist krank, was sie mir erzählt hat. Zu jener Zeit kannte ich ihn nicht, aber so was traue ich ihm nicht zu.

„Vergiss es wieder", bitte ich ihn.

„Geht nicht. Das steht jetzt zwischen uns."

„Ich will es auch vergessen."

„Das kannst du nicht. Wenn es dich derart beschäftigt, wird es dir keine Ruhe lassen. Sag es."

„Nein."

„Okay", spricht er bestimmt. „Dann sehen wir uns morgen im Büro."

„Was?"

„Rike, das läuft so nicht."

„Ich mag es nicht, wenn zwischen uns eine solche Stimmung herrscht ", sage ich traurig.

„Denkst du ich? Aber wie soll das laufen? Wir zwei müssen an einem Strang ziehen. Wir zwei gegen den Rest der Welt, denn nur wir zwei wissen von uns. So sollte es sein.

Es ist echt beschissen, dass Evi von uns weiß und du dich von ihr beeinflussen lässt. Es kann nicht angehen, dass sie dir etwas erzählt und dich dermaßen durcheinanderbringt, dass du sogar davon sprichst, du würdest deinen Job kündigen und mich nie wieder sehen wollen. Das geht nicht. Erzähle Evi am besten, es sei aus zwischen uns."

Ich schweige.

Nun laufen mir die Tränen die Wangen hinunter. Er hat recht.

„Es tut mir leid, Finn. Ich werde ihr erzählen, dass es vorbei ist. Dann gibt sie hoffentlich Ruhe."

„Und morgen erzählt dir der oder die nächste irgendwelche Storys über mich und das Ganze geht von vorne los. Irgendwer erzählt ja auch, dass ich ‚Frauen für eine Nacht' bevorzuge. Was immer das genau bedeutet."

Er redet sich richtig in Rage. Mein Herz rast. Es geht mir mies.

„Rike, wir müssen uns schon vertrauen, immerhin ist das, was wir hier treiben, laut unseren Arbeitsverträgen nicht erlaubt. Wenn wir uns nicht vertrauen, hat das alles keinen Sinn."

Wird er gleich mit mir schlussmachen? Sein Tonfall ist einschüchternd. Ich kann nicht sprechen. Nur heulen.

„Hör bitte auf zu weinen", sagt er, seine Stimme ist nun sanfter. „Und erzähl, was hat sie zu dir gesagt?"

„Ich glaube es ihr sowieso nicht."

„Okay, habe ich zur Kenntnis genommen. Was war es?"

„Sie behauptet, du hättest Marina auf den Strich geschickt."

Er legt ohne ein Wort auf, sobald ich meinen Satz beendet habe.

36

Finn

Donnerstagmorgen. Um 5 Uhr bin ich hellwach, spüre immer noch eine Mordswut in jedem Winkel meines Körpers. Ich schlüpfe in meine Laufsachen und renne wie ein Irrer zehn Kilometer durch den Park. Danach dusche ich lange.

Kurz nach sieben fahre ich aus der Tiefgarage meines Wohnhauses und komme etwa zwanzig Minuten später auf dem Firmenparkplatz an.

Ich verlasse mein Auto, richte die Krawatte, öffne den Kofferraum, hole das Sakko hinaus, zieh es mir über und schließe den obersten Knopf. Schnappe mir meine Tasche und verschließe den Wagen.

Die paar Meter zum Gebäude lasse ich schnell hinter mir und öffne die Tür. Ich bin der Erste. Das gefällt mir. Niemand sollte mir in meiner Verfassung in die Quere kommen.

In meinem Büro reiße ich die Fenster weit auf, genieße die frische Luft, die mir entgegenweht, und fahre den Rechner hoch.

Aus der Küche hole ich mir einen Kaffee und ein Glas Wasser. Danach kehre ich wieder in meinen Raum zurück, schließe die Tür hinter mir und sämtliche Jalousien.

Mein kleines Reich in der Firma wird von den Kollegen liebevoll Aquarium genannt, weil ich statt Wänden bodentiefe Fenster habe.

Heute ist bei mir geschlossene Gesellschaft. Die Tür, die sonst immer offensteht, bleibt zu. Ich bin busy. Offline. Nicht zu sprechen. Will nicht gesehen werden und selbstredend niemanden erblicken.

Zumindest bis zum Meeting heute Mittag. Das würde ich am liebsten schwänzen, aber da wäre Joachim gewiss not amused.

Ich öffne mein Sakko, ziehe es aus, hänge es an meine Garderobe und nehme am Schreibtisch Platz. Der Rechner ist hochgefahren, ich melde mich an und warte, dass die Programme starten.

Neben meinem Telefon liegt unheimlich viel Post. Genervt stöhnend blättere ich alles einmal durch und lege es zurück auf den Tisch. Briefe mag ich nicht.

Laut seufze ich, als ich das Mailprogramm öffne. Einhundertsiebenundneunzig E-Mails schauen mir ungelesen entgegen. Wie gut, dass ich so früh hier bin.

Die erste E-Mail klicke ich an und es dauert und dauert, bis diese sich öffnet. Das Programm lässt sich heute sogar noch mehr Zeit als sonst. Das steigert meine Laune gar nicht.

Gereizt nippe ich an meinem Kaffee und trinke einen Schluck Wasser. Schaue beiläufig auf mein Handy. Fünfzehn Anrufe in Abwesenheit, der letzte ist zwei Minuten her. Als ich das Display nach unten drehe, starrt mich IHRE Hülle an. Die nehme ich ab und stecke sie in die oberste Schublade meines Schreibtisches. Mein Handy sieht seltsam aus, so ganz ohne Blumen und Schmetterling.

Daran werde ich mich gewöhnen.

Mit Rike bin ich fertig.

Wie konnte sie überhaupt nur im Entferntesten daran glauben, dass ich zu so was fähig bin? Ach ja, sie glaubte nicht daran, aber hat sich übelst beeinflussen lassen. Was übt Evi für eine Macht auf sie aus? Erschreckend.

Ich starte meine Playlist. Heute darf es ein schneller Beat sein, mit schön viel Bass.

„Morgen, Finn." Joachim schaut in mein Büro und erschreckt mich fast zu Tode. „Entschuldige!" Er schmunzelt. „Du bist ja zeitig. Ich hatte doch gesagt, ihr sollt erst um 11 Uhr da sein."

„Guten Morgen. Ich war früh wach und konnte nicht mehr weiterschlafen."

„Na denn, frohes Schaffen. Wir sehen uns zum Meeting."

„Alles klar."

„Heute ist es recht dunkel bei dir", stellt er fest.

„Ja, ich habe die Schotten dicht. So kann ich besser wegarbeiten und habe keine Ablenkung."

„Okay, dann schließe ich deine Tür mal wieder."

„Danke dir. Bis später."

Ich starte in meinen Arbeitstag. Telefonate. E-Mails. Noch mehr E-Mails. Videocalls. Briefe. Noch mehr Telefonate. Noch mehr E-Mails. Noch mehr Calls.

Rike hat nicht mehr angerufen. Sie hat vielleicht aufgegeben. Ihre Anrufe vermisse ich, selbst wenn ich nicht rangegangen wäre.

Ab 8.30 Uhr wird es nebenan im Büro laut, doch sie lassen mich in Ruhe. Keiner wagt es, die Tür zu öffnen. Niemand ruft an oder schreibt mir über unseren firmeninternen Messenger. Gute Kollegen.

Ich könnte noch einen zweiten Kaffee vertragen und mein Wasserglas ist auch leer, aber das hieße Begegnungen und die möchte ich nicht.

Noch nicht.

Um halb elf klopft es an meiner Tür. Durch die geschlossenen Jalousien erkenne ich nichts, das ärgert mich jetzt. „Ja", rufe ich laut. Die Tür öffnet sich zögernd ein kleines Stück. Rike steht im Spalt und schaut mich an.

Wie ein Häufchen Elend sieht sie aus.

Verloren bin ich, stelle ich fest:

Es ist unmöglich.

Ich kann nicht einfach so mit ihr fertig sein.

„Guten Morgen", sagt sie unsicher und bleibt im Türspalt stehen. Klein wirkt sie. Gebrochen. Bin ich zu hart gewesen? Hätte ich sie zurückrufen sollen? Gestern? Heute Nacht? Heute Morgen? Hätte ich ihr irgendetwas schreiben sollen?

Nein, ich bin verletzt, aber sie so zu sehen, tut weh. Ich fühle mich mies.

„Morgen, Rike. Gleich um 11 Uhr ist das Meeting", spreche ich geschäftsmäßig. „Hast du das auf dem Schirm?"

„Ja klar. Ich bin dann da", antwortet sie leise und zieht die Tür zurück ins Schloss.

Jetzt möchte ich schreien, so laut es geht. Halte mir entsetzt den Kopf. Habe ich sie tatsächlich soeben an unsere bevorstehende Besprechung erinnert und dabei wie ihr Chef geklungen? Wie herablassend von mir. Warum bin ich dermaßen gemein?

Wieso habe ich ihr nicht längst geschrieben, dass ich etwas Zeit brauche oder einfach die Wahrheit …

dass ich sie vermisse? „Du bist so ein blöder Penner", schimpfe ich leise mit mir.

Hilflosigkeit breitet sich in mir aus. Ich muss es gutmachen, muss sie wissen lassen, dass wir das hinbekommen und dass ich mit ihr zusammen sein will. Sie fehlt mir, trotz dem, was gestern am Telefon in den Raum geworfen wurde.

Absurdes, krankes Zeugs.

Ich schnappe mir mein Handy und will ihr irgendwas schreiben. Nein, lieber persönlich, entscheide ich mich.

„Guten Morgen", rufe ich freundlich in die Runde, als ich meine Tür öffne und augenscheinlich gut gelaunt das Großraumbüro durchquere. Die anwesenden Kollegen grüßen zurück.

Über den langen Flur gehend, Richtung Küche, passiere ich den Raum, in dem Tony mit seinem Team sitzt. Im Augenwinkel sehe ich, dass Rikes Platz leer ist. Ist sie vielleicht in der Küche?

Nein, ist sie nicht, aber Maya.

„Moin", begrüße ich sie am Wasserkocher.

„Moin. Hast du dich verlaufen? Du hast doch deine eigene Küche."

„Bei uns ist die Milch alle", erkläre ich. „Habt ihr noch welche im Schrank?"

„Habt ihr nicht diese riesige Vitrine? Die ist randvoll mit Milch."

„Maya, ich glaube nicht, dass ich mich rechtfertigen muss. Ich darf, glaube ich, in jeder Küche sein, in der ich gerade sein möchte."

„Natürlich, Boss. Unsere Küche ist auch deine Küche. Da hat einer aber schlechte Laune, meine Güte."

Stöhnend verlässt sie den Raum.

Keine Rike da, dann kann ich gleich wieder gehen.

„Finn?" Tony guckt zur Tür herein. „Morgen. Kann ich dir was helfen? Hast du dich verlaufen?"

„Moin … nein, ich teste gerade die Kaffeevollautomaten und heute ist eurer dran."

„Cool." Tony weiß nicht, was er mit meiner Reaktion anfangen soll, und geht ohne ein weiteres Wort weiter. Besser ist das.

Völlig genervt verlasse ich die Küche und verschwinde in meinem Büro. Es ist kurz vor elf. Super. Nun beginnt gleich das Meeting und ich hätte ihr vorher gerne irgendein Zeichen gegeben, dass ich nicht mehr böse bin. Doch schon, aber nicht mehr so doll.

Ich nehme mein Handy zur Hand und schreibe ihr: **Treffen wir uns nach Feierabend? Ich möchte mit dir reden.**

Dass sie wieder lacht und nicht mehr so traurig aussieht, das wünsche ich mir. Außerdem, dass wir wieder glücklich sind. Das kann doch nicht mehr angehen, dass wir eine Krise nach der nächsten bewältigen müssen.

37

Rike

„Wie war es in Kopenhagen?", fragt mich Maya.

„Schön."

„Schön sagst du. Und weiter?"

„Nichts weiter."

„Und was ist mit … ihm", beginnt sie ihren Satz und sie meint natürlich Finn.

„Nichts. Wir sind nur Kollegen."

„Seit wann?"

„Schon immer", antworte ich und zucke mit den Achseln.

„Ist alles gut?", fragt sie. „Du siehst irgendwie fertig aus."

„Bin nur müde."

Ich drehe ihr den Rücken zu, schlucke die Tränen runter, die wieder in den Startlöchern stehen, nehme an meinem Schreibtisch Platz und starte den Rechner.

„Bei Finn ist heute alles dunkel", erzählt sie, „die Jalousien sind komplett zu und seine Tür ist geschlossen. Ich dachte schon, er ist nicht da, aber sein Auto steht auf dem Parkplatz."

„Aha."

„Aha?", wiederholt Maya. „Rike, was ist los?"

„Nichts", antworte ich und versuche ein Lächeln. „Und jetzt gehe ich mal eben zu ihm, lass ihn wissen, dass ich da bin. Wir haben um 11 Uhr unser Kopenhagen-Meeting."

„Okay." Sie sieht mich skeptisch an. „Mach das."

Ich verlasse unseren Raum und merke mit jedem Schritt, den ich seinem Glaskasten näherkomme, wie schwer der Weg ist. Bauchschmerzen breiten sich aus.

Da er auf meine Anrufe und Nachrichten nicht reagiert, möchte ich zu ihm. Wo stehen wir? Ist es vorbei? Einmal will ich ihm in die Augen sehen – fühle mich hundsmiserabel, als ich bei ihm anklopfe.

Fünf Minuten später stehe ich vor den Waschbecken in den Räumen der Damentoiletten und starre in den Spiegel.

Versuche, weitere Tränen zu unterdrücken und mit kaltem Wasser meine glühenden Wangen zu kühlen.

Finn ist eiskalt. Er hat seine Gefühle gänzlich im Griff. Wie er eben dort an seinem Schreibtisch saß. Mich ansah und mich geschäftsmäßig an unser Meeting in wenigen Minuten erinnerte. Er war mir fremd.

Es hat ganz den Anschein, als sei es vorbei. Zu Ende, bevor es richtig begann. Wir hatten diese tolle Zeit in Kopenhagen. Ein bisschen Spaß in den Hotelbetten und nun ist es aus. Weil ich alles ruiniert habe.

Nein ... nicht wieder weinen.

Es ist kurz vor elf. Ich verlasse die Toilettenräume und atme tief durch. Passiere meinen Arbeitsraum.

„Maya", rufe ich hinein, „ich bin jetzt bei der Besprechung."

„Okay, bis gleich."

Im Meetingraum bin ich nicht allein. Finn steht mit dem Rücken zu mir am Fenster und telefoniert auf Englisch. Ich sehe genau hin, sein Handy hat keine Hülle. Meine hat er abgenommen.

Das trifft mich wie ein Schlag.

Er ist in sein Gespräch vertieft und bemerkt nicht, dass ich am Tisch Platz nehme und ihn betrachte.

Dunkelblaue Anzughose, weißes Hemd, braune Schuhe, passender Gürtel. Die Ärmel bis zu den Ellenbogen hochgekrempelt. Die eine Hand locker in der Hosentasche.

Ich habe Sehnsucht, vermisse ihn entsetzlich.

Nun dreht er sich um, sieht mich und erschreckt sich. Fasst sich an seine Brust. Lacht im nächsten Moment ins Telefon. Macht einen kleinen Schritt zurück. Sein Blick ist unergründlich.

Er spricht weiter und kehrt mir wieder den Rücken zu, schließlich beendet er das Gespräch.

Auf dem Absatz wendet er sich zu mir.

„Und? Passt dir das?", fragt er.

„Was?"

„Ich habe dir geschrieben."

„Wann?"

„Bin ich zu spät?", trällert Joachim und schließt die Tür hinter sich. „Einen schönen guten Morgen."

„Nein, alles gut", antwortet Finn. „Wir sind zu früh."

„Guten Morgen", grüße ich.

„Finn, setz dich bitte auch", sagt der Chef. „Hast du die Mail geschrieben?"

„Ja, die ist längst raus", entgegnet Finn „und er hat eben angerufen. War ein gutes Gespräch. Die Zahlen gefallen ihm jetzt besser."

„Sehr gut. So etwas höre ich gerne."

Das Meeting dauert eine halbe Stunde und ich komme mir völlig überflüssig vor. Was soll ich hier? Wieso hat mich der Chef herbestellt?

Er und Finn führen einen ständigen Dialog und ich sitze bei ihnen und sage kein einziges Wort. Am Ende spricht Joachim ein Lob in meine Richtung aus. Ich lächle dankbar.

„Vielen Dank für deine Aufmerksamkeit, Rike", sagt der Chef abschließend zu mir und ich verlasse den Raum. Die beiden bleiben auf ihren Stühlen sitzen und unterhalten sich weiter.

Was hat Finn mir geschrieben? Diese Frage brennt mir unter den Fingernägeln. Was soll mir passen?

Vor dem Meeting hatte ich mein Telefon nicht mehr in der Hand, verbrachte die Zeit mit Tränentrocknen. Ich eile zu meinem Platz und lese seine Nachricht.

Er möchte mich nach Feierabend sehen. Ein Kloß bildet sich in meinem Hals. Was er wohl möchte? Mit der Frage, wo wir uns treffen, sage ich ihm zu.

Eine Nachricht von Evi bekomme ich ebenfalls. Sie schreibt:
Hallo. Können wir uns unterhalten?

Was will Evi denn mit mir besprechen? Das kann ja nichts Gutes bedeuten. Ich antworte ihr:
Wie hast du dir ein Gespräch vorgestellt? Auf deine Finn-Hass-Vorträge habe ich keinen Bock mehr.

„Na, wie war es mit Finn in Kopenhagen?", fragt Julian, der gerade mit einem Becher Kaffee an meinem Tisch vorbeikommt.

„Definitiv interessant, mal direkt mit den Kunden zu sprechen, die man sonst nur am Telefon hat", antworte ich geschäftsmäßig.

„Und mit Finn?"

„Ich verstehe deine Frage nicht."

„War er nett zu dir?"

„Ja, warum auch nicht."

„Und sonst alles gut?", bohrt er weiter.

„Klar. Und bei dir?"

„Ja, danke, alles gut. Kommst du heute Mittag mit zum Italiener? Tony, Maya und ich wollen essen gehen."

„Ich überlege es mir", antworte ich ihm.

„Okay."

Er geht, nimmt an seinem Schreibtisch Platz und starrt auf seinen Bildschirm.

Evi antwortet:
Versprochen, kein Finn-Hass mehr. Nur reden. Was machst du heute Mittag? Ich könnte dich zur Pause abholen.

Hm. Essen gehen mit Maya, Julian und Tony oder mit Evi treffen? Soll ich ihr das Wort gönnen? Kein Finn-Hass mehr? Das hört sich interessant an. Kann ich ihr das glauben? Ob sie das schafft?

Finn schreibt:
Wir treffen uns nach Feierabend vorne beim Supermarkt an der Ecke. Ich parke hinter dem Gebäude. Einverstanden?

Ich antworte ihm:
Ja, ich komme dahin.

Er schreibt:
Okay.

„Rike, du bist aber schon zum Arbeiten hier, oder?",
ruft Tony laut quer durch den Raum.
„Ja, entschuldige", erwidere ich kleinlaut.
„Ich sehe dich nur mit deinem privaten Handy in
der Hand. Das gehört in die Tasche", belehrt er mich
unfreundlich.
„Okay, ist in der Tasche", flunkere ich und starre
auf meinen Bildschirm, fummele hektisch mit der
Maus herum. Sehe aus dem Augenwinkel zu ihm, er
telefoniert jetzt.
Über den firmeninternen Messenger informiere ich
Julian, dass ich heute Mittag nicht mit zum Italiener
gehe. Ein ‚Schade‘ kommt zurück mit einem traurigen
Emoji.

Als Tony ein paar Minuten später den Raum verlässt,
texte ich Evi:
Kannst du um 13 Uhr hier sein? Und sollte es doch
um Finn gehen, verschwinde ich sofort.

Sie schickt mir ein ‚Ja‘ und ein Herz-Emoji.

Meine vorläufige Tagesplanung steht.

Gegen 13 Uhr verlasse ich das Gebäude. Evi wartet
vor der Tür. Finn blickt aus dem Fenster und sieht, wie
wir uns zur Begrüßung umarmen. Er schaut alles
andere als begeistert und dreht sich kopfschüttelnd
weg. Ich fühle mich mies.

Evi und ich gehen in den Park.

„So, worüber willst du reden?", frage ich sie.

„Über Finn." Auf der Stelle bleibe ich stehen und starre sie entsetzt an.

„Mit dir will ich aber nicht über ihn reden", erwidere ich aufgebracht, „und ich gehe, das habe ich angekündigt."

„Süße, es tut mir leid."

„Was jetzt?"

„Ich habe es etwas übertrieben!"

„Etwas?" Mein Lachen klingt bitter.

„Darüber habe ich nachgedacht", erklärt sie, „vielleicht hat er sich ja doch geändert."

„Ach? Woher dieser Sinneswandel?"

„Ich will dich nicht verlieren, Rike."

„Das hast du also schon kommen sehen?"

„Ja, ich war übergriffig und habe dir damit weh getan."

„Schön, dass du deine Empathie wiedergefunden hast", feiere ich sie.

„Es ist zehn Jahre her und …", sie seufzt, „ich kann es halt nicht vergessen. Menno, ich sorge mich um dich."

„Das brauchst du nicht und es wäre hilfreich gewesen, wenn ich die Geschichte gekannt hätte. Obwohl …"

„Was denn?", hakt sie nach.

„Wenn ich sie nur von dir gehört hätte, hätte ich womöglich einen großen Bogen um ihn gemacht und ihn nie kennengelernt. Also so, wie es von dir von Anfang an geplant war."

Sie schaut mich mit großen Augen an.

„Ist er jetzt wirklich anders?", fragt sie misstrauisch.

„Er ist ein toller Mann, Evi."

„Dann ist er gut zu dir?", erkundigt sie sich.

„Wir haben es beendet", antworte ich mit dünner Stimme. Es auszusprechen, ist hart und bereitet mir

Schmerzen. Vielleicht ist es die Wahrheit, wird mir bewusst, denn ich weiß noch nicht, was er mir nach Feierabend sagen will.

Und wenn es mit Finn und mir weitergeht, ist es das Beste, wenn Evi denkt, es sei vorbei.

„Was?", fragt sie entsetzt. „Ihr seid Vergangenheit?"

„Ja, es ist besser so. In der Firma ist es schwierig."

„Also doch, er ist noch derselbe", sie wird sauer, „dieses blöde ..."

„Stopp!", rufe ich, „ICH habe Schluss gemacht."

„Du?"

„Ja, ich", entgegne ich mit einem Lachen, „oder denkst du, ich bin ihm verfallen und kann nicht mehr ohne ihn?"

„Um ehrlich zu sein ... ja."

Ich lache. „Nee, so ist es nicht. Ich komme ganz gut damit klar", flunkere ich.

„Das freut mich, auch wenn es unglaublich klingt."

„Wieso freut es dich?", hake ich nach.

„Weil du damit klar kommst. Über ihn werde ich nichts Schlechtes mehr sagen, das habe ich versprochen."

„Gut."

„Wie hat er reagiert?", möchte sie wissen.

„Er scheint es ebenfalls okay zu finden."

„Ihr seid seltsam."

„Wieso?"

„Rike, ihr macht da voll das Megafeuer an und dann ist es einfach wieder vorbei und ihr seid beide cool damit? Das ist seltsam."

„Wir hatten ein paar schöne Tage, es passt halt nicht."

„Ihr wart ganz schön wild zusammen in der Museumsnacht."

„Wohl wahr, aber nun nicht mehr."

Sie begleitet mich gegen Ende der Mittagspause zurück zur Firma. Finn steigt gerade in sein Auto, als wir dem Bürogebäude näherkommen. Er entdeckt uns nicht und fährt schnell an uns vorbei.

„Der guckt ganz schön böse", bemerkt Evi. Das kommentiere ich nicht. „Er ist echt heiß", spricht sie weiter. „Und sein Auto gefällt mir natürlich. Ich war keine gute Freundin."

„Das stimmt", pflichte ich ihr bei.

„Wärt ihr noch zusammen, wenn ich nicht so viel über ihn abgelästert hätte?"

„Keine Ahnung, Evi. Ich wüsste nur gerne, warum du deine Meinung über ihn wirklich geändert hast."

„Sagte ich doch schon. Ich möchte dich nicht verlieren."

Wir verabschieden uns und ich weiß, da ist noch mehr. Irgendwas hat sie mir nicht erzählt.

Kurz vor Feierabend rutsche ich nervös auf meinem Stuhl hin und her. Ich habe Angst, dass er mir gleich auf dem Supermarktparkplatz sagt, es sei aus. Falls es vorbei ist, werde ich den Job schmeißen.

Ihm ständig im Büro zu begegnen und so zu tun, als ob meine Gefühle tot wären. Das ist ein Ding der Unmöglichkeit!

38

Finn

Mein Auto steht in der letzten Ecke auf dem vollen Parkplatz hinter dem Supermarkt. Nachdem ich den Motor abgeschaltet habe, schaue ich mich unsicher um und komme mir albern vor. Wie im schlechten Film.

Mein Wagen ist auffällig, irgendein Kollege wird mich bestimmt entdecken. Blöde Idee, sich hier zu treffen.

Ich riskiere meine Karriere für eine Frau, die ich keine zwei Wochen kenne, aber auf die ich nicht mehr verzichten möchte.

Rike klopft an die Scheibe, öffnet die Tür und sitzt auch schon neben mir. Ich möchte sie berühren, küssen, in den Arm nehmen. Gefühlt ist das Ewigkeiten her, stattdessen sage ich einfach: „Hi."

„Hallo", antwortet sie unglücklich.

„Eins vorweg", verkünde ich, „ich habe noch nie in meinem ganzen Leben eine Frau auf den Strich geschickt und bin mir hundertprozentig sicher, dass ich das auch nie in meinem weiteren Leben machen werde."

„Ich weiß", erwidert sie schuldbewusst. „Es tut mir leid."

„Und falls Evi noch was zu sagen hat, gib ihr bitte meine Telefonnummer." Sie antwortet nicht. „Und jetzt lass uns hier abhauen."

Ich lasse mein Auto an und entdecke Julian im Rückspiegel. Mein Motorengeräusch hat seine Aufmerksamkeit erregt. Er schaut interessiert.

„Mist. Julian!", rufe ich laut und gebe Rike mein Cap, das hinter meinem Sitz eingeklemmt ist. „Setz das bitte schnell auf und ziehe es dir tief ins Gesicht."

„Ernsthaft? Wo ist er?"

„Mach schnell! Rutsch ganz tief im Sitz runter. Er beobachtet meinen Wagen. Er starrt her."

Sie folgt augenblicklich meinen Anweisungen. Wir verlassen den Parkplatz. Julian winkt mir zu und ich grüße zurück. Neugierig blickt er auf den Beifahrersitz. Rike macht sich ganz klein.

Ich lache über die Situation, als ich auf die Straße fahre.

„Ist die Luft rein?", fragt sie amüsiert.

„Ja, komm hoch."

Sie nimmt das Cap ab. Die Stimmung war kurz schön und leicht, nun ist sie wieder angespannt.

„Es tut mir leid, dass ich nicht zurückgerufen habe", bemerke ich.

„Ich verstehe dich."

„Was verstehst du?"

„Dass du enttäuscht bist."

„Enttäuscht?" Meine Stimme überschlägt sich fast und ich lache bitter. „Leicht untertrieben würde ich sagen. Das war schon ein Brett."

„Ja, ich weiß. Mit ihr hätte ich nicht über dich sprechen sollen."

„Das stimmt", entgegne ich trocken, „und heute Mittag habt ihr euch bereits wiedergesehen?"

„Ja."

„Gab es neue Gruselgeschichten von mir?"

„Nein, sie war auf Friedensmission."

„Das heißt?", frage ich skeptisch.

„Ihr ist klar geworden, dass sie Fehler gemacht hat."

„Welche?"

„Es war falsch, so über dich zu reden."

„Korrekt."

„Sie hat eingesehen, dass die Möglichkeit besteht, dass du dich in den letzten zehn Jahren geändert hast", ergänzt sie.

Ungläubig schüttle ich den Kopf und würde Evi gerne die Meinung sagen. Was bildet sie sich eigentlich ein, so miese Sachen über mich zu erzählen? Ich schlucke meine Wut herunter. Hauptsache, mit Rike wird alles wieder gut.

„Wohin fahren wir eigentlich?", fragt sie nach einer Weile.

„Zu mir."

„Zu dir?"

„Ja, du warst noch nie bei mir", erwidere ich. „Es wird höchste Zeit dafür."

„Ich dachte, du sagst mir … dass wir … also … dass es vorbei ist."

„Gestern wollte ich das auch."

Kurz blicke ich zu Rike herüber, ihr sind soeben die Gesichtszüge eingefroren.

„Und was sollen wir dann bei dir?", fragt sie zögerlich und ich nehme ihre Hand.

„Das war gestern. Unser Gespräch hat mich wirklich mitgenommen und verletzt. Jedoch muss ich immer wieder feststellen, dass ich nicht ohne dich sein kann."

Sie fängt an zu weinen.

Ich suche die nächste freie Parkbucht, schalte den Wagen aus, schnalle uns beide ab und nehme sie in den Arm. Fest drücke ich sie an mich und sie weint noch mehr.

„Bitte hör auf zu weinen. Alles ist gut."

„Alles wäre vorbei, dachte ich."

Ihr Gesicht ist ganz nass, ich wische ihr die Tränen fort und küsse sie. Sie erwidert meinen Kuss und ich spüre Glück. Endlich wieder Glück in mir.

„Eigentlich müsste ich nach wie vor sauer auf dich sein", flüstere ich ihr zu, „aber ich kann es nicht. Ich bin es leid, dass wir immer nur Probleme zu bewältigen haben. Damit sollte echt Schluss sein."

„Das will ich auch nicht mehr", pflichtet sie mir bei.

„Gut, ab jetzt keine neuen Baustellen!"

„Evi habe ich heute Mittag erzählt, dass ich mit dir Schluss gemacht habe."

„Echt?"

„Ja."

„Und hat sie dir geglaubt?"

„Weiß nicht. Muss sie einfach."

Ich drücke sie noch mal an mich und wir küssen uns erneut.

„Dann jetzt aber auf zu mir", sage ich und starte den Motor, fahre zurück auf die Straße und ihre Hand halte ich immer noch.

„Noble Gegend", bemerkt sie nach einer Weile. „Hier wohnst du?"

Ich nicke.

„Hast du eine Villa oder wie?"

Lachend antworte ich: „Nein, nur eine Wohnung."

Wir fahren in die Tiefgarage und steigen aus. Ich sehe Rike an und lache voller Hohn.

„Was?", fragt sie unsicher.

„Ich ... ein Zuhälter? Wie kommt Eva bloß darauf?"

„Sie behauptet, sie hätte im Internet gelesen, du hättest Mädchen gehabt, die für dich arbeiten."

„What?", erwidere ich kopfschüttelnd und lache laut auf. „Gleich mehrere?"

„Ja, so hättest du dir dein Auto überhaupt erst leisten können."

„Unglaublich. Evi gehört wirklich geteert und gefedert."

Sie kichert und bemerkt: „In Bezug auf dich erkenne ich sie nicht wieder."

„Ich kenne deine Freundin definitiv auch anders."

„Erzähl", fordert sie. Ich schüttle den Kopf.

„Gerade möchte ich bestimmt nicht über Evi sprechen." Ich greife ihre Hand. „Komm, lass uns nach oben fahren."

Wir betreten meine Dachterrasse und schauen hinunter auf die Stadt. Rike ist hin und weg vor Begeisterung und ich bin es ebenso. Endlich ist sie wieder in meiner Nähe. Endlich können wir wieder lachen, uns küssen, umarmen. Was für eine Erleichterung.

39

Rike

Finn und ich liegen zusammen auf seinem Sofa. In seinen Armen bin ich herrlich gefangen.

Wir sprechen viel. Marina ist ein Thema, das meiste kenne ich bereits aus der Nacht, an die Finn sich nicht erinnert.

Ebenso erzählt er von Evi, ich bestehe darauf. Er berichtet, dass sie mit seinem besten Freund Lukas ›was am Laufen hatte‹.

„Sie waren kein Paar, doch irgendwie haben die beiden ständig zusammengeklebt", erinnert er sich. Ansonsten ist Evi laut seinen Worten, wie ich sie heute kenne. Immer vorne weg, frech, impulsiv, stets eine große Klappe und er beschreibt sie als furchtlos. Ich lache, aber ja … irgendwie stimmt das.

Finn versichert mir, dass er Marina damals nicht aus dem Auto geschmissen habe, wie Evi es erzählte. Marina hat in jener Nacht panisch seinen Wagen verlassen und ist weggelaufen. Finn suchte sie und fand sie völlig aufgelöst auf einer Parkbank sitzend. Mehr kann er nicht erzählen, er hat Tränen in den Augen.

„Was quatscht Evi bloß für einen Mist?", fragt er mich, als er sich wieder gefangen hat.

„Und heute dann dieser Sinneswandel", überlege ich. „Plötzlich verliert sie kein böses Wort mehr über dich. Ich weiß nicht, was ich davon halten soll."

„Kannst du es nicht einfach hinnehmen und so lange genießen, wie es andauert?", schlägt er amüsiert vor.

„Ich versuche es."

Wir lachen.

„Hast du noch Kontakt zu deinem damaligen besten Freund? Diesem Lukas?"

„Nach der Geschichte mit Marina hatten wir uns nichts mehr zu sagen und der Kontakt brach ab. Nach seiner Ausbildung ging er ins Ausland. Ja, und vor drei Monaten ..." Er schmunzelt.

„Was war da?", frage ich neugierig.

„Als ich vor drei Monaten mit meinem Wagen zum Servicetermin im Autohaus war, stand er plötzlich vor mir."

„Ach was."

„Ja, er ist dort der Chefmechaniker."

„Cool. Dann habt ihr jetzt wieder Kontakt?"

„Unsere Nummern haben wir ausgetauscht und wollen uns mal treffen. Bislang haben wir hin und wieder getextet, mehr nicht. Ich habe keine Lust, dass er von damals anfängt."

Sein Telefon klingelt. Die Tatsache, dass meine Hülle erneut an seinem Handy ist, lässt mich vor Freude strahlen.

„Meine Mama", äußert Finn und will sie wegdrücken.

„Sprich doch mit ihr", erwidere ich schnell, „ich verschwinde mal eben aufs Klo."

„Okay."

Er küsst mich.

„Hey Mama", begrüßt er sie fröhlich.

Vorbei an der gigantischen Fensterfront passiere ich die offene Küche, laufe über den Flur und gelange zum Gäste-WC.

Die Tür daneben steht einen Spalt auf. Ich mache einen Schritt darauf zu und öffne sie ein kleines Stück weiter. Sein Schlafzimmer.

Hier waren wir vorhin. Ein wohliges Kribbeln durchflutet mich bei dieser Erinnerung. Dass wieder alles in Ordnung ist, ist großartig. Ich betrachte die durchwühlten Laken und denke an seine Berührungen und Küsse zurück. Mir wird ganz heiß. Grinsend verschwinde ich im Gäste-WC.

„Na, geht es deiner Mama gut?", frage ich und kehre zurück zu ihm. An seine Seite, aufs Sofa, in seine Arme und kuschle mich wieder eng an ihn.

„Ja. Die beiden fliegen morgen Abend in den Urlaub."

„Die haben es gut. Wo geht es hin?"

„Mallorca."

„Oh, schön."

„Sie wollen, dass ich während ihrer Abwesenheit ihr Haus hüte. Ab und zu nach dem Rechten schaue. Morgen nach Feierabend soll ich vorbeikommen."

„Okay, dann mach das doch."

„Ich habe gesagt, dass WIR kommen. Falls du Zeit hast."

„Wir?"

„Ja, ich habe meiner Mutter von dir erzählt."

„Wann?"

„Eben gerade. Liebe Grüße soll ich bestellen. Unbekannterweise."

„Ach was. Danke. Bin morgen dabei. Und die Geheimhaltung?"

„Meine Mama weiß längst, dass ich jemanden gefunden habe. Sie liest in mir wie in einem Buch. Nun brennt sie darauf, dich kennenzulernen."

„Da fühle ich mich geschmeichelt, aber was sagt sie dazu, dass wir etwas Verbotenes tun?"

„Das weiß sie noch nicht."

„Ups."

„Genau, ups. Sie wird auf jeden Fall begeistert sein von dir."

„Meinst du?"

„Ja, weil du mich glücklich machst. Weil sie mich nach ganz langer Zeit mal wieder so wahrnimmt. Und ich denke, du hast bei ihr aus diesem Grund die absolute Narrenfreiheit."

„Ich kann mir also alles erlauben?", frage ich schmunzelnd nach.

„Ja, so dachte ich mir das. Dann ist doch die Kollegengeschichte halbe Höhe, oder?"

Ein Lachen entweicht mir. „Hm, ob der Plan aufgeht, Boss?"

„Wir werden es sehen, Frau Eberlein."

Er streichelt mein Gesicht und schaut mir tief in die Augen.

„Und du bist echt seit damals alleine? Seit Marina?", frage ich.

„Wow, du bist ganz schön neugierig", tadelt er mich amüsiert, „ist da oben in deinem hübschen Kopf auch mal Entspannung angesagt?"

„Selten", antworte ich lachend. „Und bekomme ich eine Antwort?"

„Na gut ... Also, ich habe die Jahre hin und wieder Dates gehabt", erzählt er, „aber nichts Festes. Den Ladies habe ich übrigens stets gesteckt, dass ich nichts Ernstes will. Hab das von Beginn an klargestellt."

„Das ist nur fair von dir."

„Ja, oder? Keine Beziehung. Keine Verpflichtungen. Ich wollte das alles nicht. No feelings. No emotions … Und dann bist DU aufgetaucht."

„Entschuldige", sage ich zerknirscht.

„Ja, deine Entschuldigung ist bitter nötig. Du bringst alles durcheinander."

„Das tut mir wirklich leid", erwidere ich grinsend.

„Glaube ich dir nicht."

„Ist auch gelogen. Mir tut es nicht leid. Am wenigsten, dass ich dich im Museum um einen Drink gebeten habe."

„Das war mit Abstand das Beste, was du machen konntest."

Wir küssen uns.

„Und morgen fürs Büro ist alles klar?", fragt er.

„Was meinst du genau?"

„Der erste Tag, an dem wir zusammenarbeiten und zwischen uns alles schick ist. Sprich, wir sind total heiß aufeinander, aber müssen es geheim halten."

„Stimmt, das wird spannend. Was meinst du, was wird wirklich passieren, wenn es jemand mitbekommt?"

„Ich habe keine Ahnung", spricht er schulterzuckend.

„Denkst du, ich müsste gehen, weil ich noch in der Probezeit bin?"

„Das ist sehr wahrscheinlich."

„Und du wirst degradiert? Abgemahnt?"

„Alles möglich. Joachim setzt sich sehr für mich ein. Er fördert mich seit Jahren und wäre schwer enttäuscht. Seine Erwartungen an mich sind hoch."

„Ich weiß, du sollst doch eines Tages den Laden übernehmen."

„Stimmt", erwidert er mit einem Grinsen, „so wird es kommen. Ich würde sagen, wir schauen einfach, wie es im Büro wird. Vielleicht wird es ja ganz cool. Muss es einfach. Immerhin haben wir unsere ersten

Krisen schon hinter uns und diese vollends gemeistert."

„Du hast recht", antworte ich motiviert, dann sollte die Situation im Büro doch ein Klacks werden."

40

Finn

Ich fahre Rike spät am Abend nach Hause. Es fällt mir verdammt schwer, mich von ihr zu verabschieden. Ein Abschiedskuss folgt dem nächsten.

Irgendwann verlässt sie lachend mein Auto und ein letzter Luftkuss von ihr besiegelt den Abschied für diesen Tag. Anschließend verschwindet sie in ihrem Gebäude. Das Licht im Treppenhaus geht an, wenig später in ihrer Wohnung. Ich fahre los.

Wie gerne wäre ich mit ihr eingeschlafen, gemeinsam erwacht und zusammen zur Arbeit gefahren. Der Gedanke lässt mich schmunzeln. Die Blicke der Kollegen wären nicht zu toppen.

Wieder zu Hause klappe ich meinen Laptop auf, prüfe, wie es rechtlich mit uns beiden in der Firma aussieht. Unsere Geschäftsleitung hat ihre eigenen Regeln. Wie sieht es jedoch gesetzlich aus?

Richtig schlau werde ich aus der Flut von Informationen nicht. Zehn Beiträge – zehn Sichtweisen. Sehr schwammig.

Wie ich es verstehe, kann es Probleme geben, weil ich in der Hierarchie über ihr stehe und andere Kollegen einen Vorteil darin sehen könnten, was Beförderungen oder Gehälter angeht. Dass sie mit in

Kopenhagen war, könnte zum Beispiel als Bevorzugung geahndet werden.

Liebesbeziehungen sind Privatsache lese ich im Netz. Schön und gut, letztlich ist einzig mein Vertrag für mich von Relevanz und den habe ich unterschrieben.

Die Verschwiegenheitsklausel bereitet mir Sorgen, ich muss aufpassen, was ich Rike erzähle. Sachen sind schnell gesagt und das kann großen Ärger geben.

Geschäftliches werde ich sowieso nicht mit ihr besprechen, aber auch nichts über die Kollegen. Kein einziges Wort. Kein einziges Thema.

Alles muss bei mir bleiben. Ach, das wird schon. Es muss. Ich bin dazu verpflichtet.

Den Laptop klappe ich zu und sehe dem morgigen Tag recht entspannt entgegen. Wir bekommen das hin, die Finger voneinander zu lassen, und kleine Nachrichten schreibe ich ihr einfach auf dem Handy. So wie jetzt:

Es war schön heute mit dir bei mir. Ich wünsche dir eine gute Nacht.

Sie antwortet Momente später:
Dir auch süße Träume. Kuss.

Ich schreibe:
Träum du auch was Feines.

Sie schreibt:
Bestimmt. Es war übrigens wirklich sehr schön bei dir.

Wir schreiben uns noch ein paar Mal hin und her und beschließen dann zu telefonieren – so liegen wir beide in unseren Betten und finden lange kein Ende.

Am nächsten Morgen komme ich vor ihr im Büro an. Heute bleiben meine Jalousien geöffnet und meine Tür steht weit offen.

Lasset die Spiele beginnen
… schreibe ich ihr, als ich sie auf dem Firmengrundstück entdecke. Sie sieht sich bereits auf dem Parkplatz um und hat mein Auto entdeckt. Als sie die Nachricht liest, grinst sie und schaut kurz zu meinem Fenster rüber.

Mein Telefon klingelt, ich reiße mich von dem angenehmen Anblick los und setze mich an meinen Schreibtisch. Eine Telefonkonferenz mit unseren Kollegen aus Amsterdam folgt. Wie es aussieht, werde ich bald wieder für ein paar Tage dort hinfahren.

Mit deiner Stimme im Ohr einzuschlafen, war übrigens wunderbar. Ich habe dich heute Morgen neben mir vermisst.
… schreibt Rike.

Gerne würde ich sofort antworten, aber meine Kollegen aus den Niederlanden haben Priorität, Joachim schaltet sich dazu. Rike muss warten.
Zwei geschlagene Stunden reden wir.

Gleich anschließend habe ich einen Auswärtstermin. Ich schreibe Rike aus dem Auto, berichte ihr, was ich am liebsten mit ihr anstellen würde. Sie steigt voll darauf ein. Wir texten ein paar Mal hin und her. Im Grunde sind wir längst nackt und ich soll mich jetzt auf einen Termin konzentrieren.

Als ich wieder im Büro bin, kommt Julian freudestrahlend durch die Tür, sobald ich sitze.

„Na Finn, hast du eine Neue am Start?"

„Wie kommst du darauf?" Verwirrt kräusele ich die Stirn.

„Wer saß neben dir im Auto?"

„Wo hast du mich gesehen?", stelle ich mich doof.

„Gestern Abend auf dem Parkplatz. Wir haben uns doch zugewunken. Die hatte dein Cap auf."

„Ach so. Ja, ich habe jemanden kennengelernt."

„Hast du Rike bereits vergessen?"

„Julian, ernsthaft?"

„Schon gut, entschuldige. Rike ist auch für mich Geschichte."

„Gut. Und die anderen Damen aus der Belegschaft?", hake ich nach.

„Alle anderen ebenso. Finger weg von den Kolleginnen. Ich will meinen Job behalten."

„Sehr gut. Daumen hoch", sage ich und mache die entsprechende Geste mit der Hand.

„Wo hast du sie kennengelernt?", fragt er weiter.

„Wen?"

„Na, die Kleine in deinem Auto gestern."

„Auf einer Party, das ist bereits etwas länger her. Wir schreiben schon eine Weile und gestern waren wir was trinken. Nun aber genug von mir."

„Jetzt wird es doch erst interessant, Finn."

„Hast du nichts zu tun? Versorgt euch Tony nicht mit genug Arbeit? Soll ich mal mit ihm reden?"

„Spielverderber."

„Los, geh arbeiten, Julian."

Er trottet aus meinem Büro und ich schnappe mir mein Telefon. Rike hat derweil geschrieben:

Ich würde jetzt gerne mit dir im Bett liegen. Würdest du zu mir kommen?

Ich antworte:

Was für eine Frage. Nirgendwo anders wäre ich in diesen Momenten lieber mit dir.

„Finn?" Joachim schaut herein und mir fällt fast mein Telefon aus der Hand. Dass er mich ständig so erschrecken muss. „Entschuldige." Er grinst. „Mittagessen? Wir zwei? Jetzt?", fragt er.
„Ja, klasse Idee", entgegne ich. „Gib mir eine Minute."

Bin jetzt mit dem Chef essen.
… schreibe ich Rike zusätzlich.

Schnell schnappe ich mir neben dem Handy mein Portemonnaie, den Autoschlüssel und mein Sakko.
Folge Joachim auf den Parkplatz. Er wartet an meinem Wagen.
„Ich dachte, ich lass mich von dir fahren", ruft er mir amüsiert entgegen.
„Immer gerne", antworte ich, öffne den Kofferraum, wir legen unsere Sakkos hinein und steigen ein.
„Wo wollen wir hin?", frage ich.
„Zum Italiener?"
„Okay, super." Ich starte und gebe Gas.
„Immer wieder schick, dein Auto."
„Danke dir."
„Da stehen doch bestimmt die Frauen Schlange."
Meine Antwort ist ein höfliches Lachen.

Ich kann nicht deuten, wie viel Ironie in seiner Bemerkung steckt. Vor zehn Jahren war es tatsächlich genauso, denke ich bei mir. Zum Glück habe ich das Kapitel hinter mir gelassen.

41

Rike

Finn und ich schrieben uns ein paar Mal hin und her. Nicht ganz jugendfrei. Nun sitze ich mit rotem Kopf und einem breiten Grinsen an meinem Schreibtisch.

„Was ist denn mit dir los?", fragt Maya.
„Wieso?"
„Du glühst voll."
„Ich habe gerade ein lustiges Video angeschaut." Dabei deute ich auf mein Telefon.
„Lass dich nicht von Tony erwischen." Ich lege mein Handy in die Tasche, arbeite weiter und bin sehr neugierig auf seine nächste Nachricht.

„Mahlzeit." Julian kommt zur Tür herein und nimmt an seinem Schreibtisch Platz.
„Auch schon da?", stichelt Maya.
„Das Wartezimmer war proppenvoll. Seid froh, dass ich mich nicht krankgemeldet habe."
„Und was hast du?"
„Wohl zu viel Sport, sagt der Doc."
„Dann mach mal die nächste Zeit halblang", rät Maya ihm.
„Was ist los, Rike? Hast du Fieber?", fragt er in meine Richtung.
„Alles gut", antworte ich, ohne aufzusehen.

„Finn hat übrigens eine Freundin, glaube ich", lässt Julian uns wissen und nun blicke ich ihn neugierig an.

„Wie kommst du darauf?", hakt Maya nach.

„Ich habe ihn gestern Abend in seinem Wagen gesehen, neben ihm saß eine Frau."

„Aha", erwidert Maya mit Interesse. „Und weiter?"

„Keine Ahnung. Ich frage ihn gleich mal", sagt er, steht auf und verlässt den Raum.

„Weil er dir so was ja auch erzählt", ruft Maya ihm lachend nach. Sofort nehme ich mein Handy wieder aus der Tasche und möchte Finn darauf vorbereiten, was Julian ihm zu sagen hat. Tippe los und lösche es. Zu spät. Julian wird längst bei ihm sein. Stattdessen knüpfe ich an unsere vorherigen Nachrichten an und frage ihn:

Ich würde jetzt gerne mit dir im Bett liegen. Würdest du zu mir kommen?

Lege das Handy anschließend neben den Bildschirm, verstecke es unter Papier. Falls Tony vorbeikommt.

„Aber DU hast nicht in seinem Auto gesessen, oder?" fragt Maya mich.

„Was? Ich? Nein! Wieso sollte ich?"

„Ich erinnere mich an das Knistern im Pavillon auf der Firmenfeier."

„Maya, was auch immer da geknistert hat, deiner Meinung nach, ist vorbei. Wir sind nur Kollegen. Ich möchte diesen Job gerne behalten, weil ich ihn mag, und Finn möchte sicherlich auf keinen Fall seine Karriere riskieren."

„Also habt ihr darüber gesprochen?"

„Nein, kein Wort. Ist doch schön, wenn er jemanden kennengelernt hat."

„Es wird nichts Ernstes sein. Finn lernt ab und zu mal eine kennen, aber die ist dann auch schnell Geschichte." Nachdenklich zupft sie an ihrem Ohrläppchen. „Nein, die Worte Freundin und Finn passen nicht zusammen. Er ist immer allein, seitdem ich ihn kenne."

„Das ist traurig", bemerke ich.

„Und es würde Joachim nicht gefallen", sagt sie bestimmt.

„Wenn Finn jemanden hätte? Wieso das?"

„Weil der Chef es perfekt findet, dass Finn ungebunden ist und ihm immer zur Verfügung steht."

Mayas Aussage erschreckt mich. Ich weiß nicht, was ich dazu sagen soll.

Tony kommt in den Raum. „Wie ist das mit dem Mittagessen? Schon Pläne?", fragt er.

„Wir könnten zum Griechen gehen? Wärst du auch dabei, Rike?", möchte Maya wissen.

„Ja, ich bin dabei."

„Sehr gut."

„Ich ebenfalls", teilt Tony mit.

Julian ist zurück: „Stellt euch vor, Finn hat tatsächlich eine Schnalle. Auf irgendeiner Party hat er eine kennengelernt. Die texten schon eine Weile.""

„Aha", erwidert Maya neugierig. „Und?"

„Die waren was trinken", erzählt Julian.

„Finn hatte ein Date? Hammer." Maya ist völlig aus dem Häuschen. „Und was weißt du noch?"

„Sonst nichts."

„Wir machen es so", ruft Maya, „wer den Namen seiner Schnalle … Freundin oder was auch immer sie ist, rausbekommt, der wird eine Woche von den anderen zum Essen eingeladen. Wer ist dabei?"

„Ich werde den Namen als erster erfahren", antwortet Julian siegessicher, „bin dabei."

„Und ich frage Finn einfach direkt", ruft Tony, „dann ist eure Challenge hinfällig", feixt er, wird ignoriert und verschwindet in seinem Einzelbüro.

„Rike, bist du auch dabei?", fragt Maya. Sie und Julian schauen mich mit großen Augen an.
„Ich finde das doof."
„Ach komm, das ist lustig", entgegnet Julian.
„Na gut, ich bin dabei." Eine andere Wahl bleibt mir wohl nicht.

Auf meinem Display erscheint eine Nachricht von ‚Nachts im Museum.' Ich entsperre mein Handy und lese:
Was für eine Frage. Nirgendwo anders wäre ich in diesen Momenten lieber mit dir.

Keine Minute später kommt eine zweite:
Bin jetzt mit dem Chef essen.

Guten Appetit, denke ich.
Meine Stimmung ist dahin. Ach Finn, wenn du wüsstest, was hier gerade abgeht.
Dieser Sensationshunger langweilt mich, Maya und Julian überlegen nun, wie Finns Flamme wohl aussieht, und haben einen Wahnsinnsspaß dabei.
Mittagspause. Julian ist zusätzlich von der Partie. Meine Lust, mit den dreien essen zu gehen, hält sich in Grenzen. Hoffentlich schweigen sie bezüglich Finn.
Als wir das Bürogebäude verlassen, fährt der schwarze Sportwagen von Finn gerade vom Grundstück. Der Chef sitzt auf dem Beifahrersitz.

„Hat er ein Verhältnis mit dem Boss?", frotzelt Julian und Maya lacht. Ich rolle genervt mit den Augen.

Am Nachmittag hole ich mir einen Kaffee in der Küche. Finn steht vor einem geöffneten Schrank und schaut hinein.

„Na", begrüße ich ihn. „Was suchst du hier?"

„Na du … ich brauche Zucker."

„Maya hat umgeräumt. Der Zucker ist jetzt draußen auf dem Flur im Sideboard."

„Ach cool, danke."

Er schließt den Schrank, wirft mir ein umwerfendes Lächeln zu und kommt einen Schritt in meine Richtung. Unsere Fingerspitzen berühren sich leicht. „Bis später", flüstert er und verschwindet aus der Küche. Den Geruch seines Aftershaves lässt er da, dieser umgarnt mich, betört mich. Sehnsüchtig schnuppere ich.

„Du bist ja schon wieder hier", höre ich Maya auf dem Flur sagen. Ich halte inne und lausche.

„In unserer wirklich riesigen Vitrine ist der Zucker alle", antwortet er wichtig.

„Ist nicht wahr? So eine Frechheit. Der steht jetzt da im Sideboard."

„Ich weiß, danke fürs Umräumen", erwidert Finn.

„Gerne. Du bist wohl nicht süß genug für deine Süße."

„Oh, der Flurfunk ist fleißig."

„Wir haben doch unseren Funker Julian."

„Stimmt, Maya. Tschüss, schönes Gespräch."

„Ja, danke Finn. Schönes Gespräch. Ciao. Immer wieder gerne."

Bei so viel Sarkasmus muss ich grinsen. Maya kommt in die Küche zu mir. Mein Grinsen friere ich augenblicklich ein.

„Ich werde den Namen seines Dates als Erste erfahren", teilt sie mir fröhlich mit. „Finn und ich verstehen uns." Sie lacht, holt sich einen Joghurt aus dem Kühlschrank, fischt sich einen Löffel aus der Schublade und verschwindet aus der Küche.

Was für ein Kindergarten.

42

Finn

„Schönes Wochenende", ruft Joachim in mein Büro.

„Danke, das wünsche ich dir auch." Er ist bereits auf dem Flur und kommt wieder zurück.

„Ach ja, nächste Woche sind wir in Kopenhagen", eröffnet er mir.

„Ah, okay, weißt du wann?"

„Wohl eher Ende der Woche. Wann bist du in Amsterdam? Und wie lange?", fragt er.

„Das steht noch nicht fest. Vielleicht erst die Woche darauf. Für zwei oder eventuell auch nur einen Tag."

„Alles klar, dann aber jetzt: Schönes Wochenende."

„Dir auch, Joachim."

Kopenhagen ohne Rike. Das wird einsam werden.

Kurz vor 17 Uhr. Mein Schreibtisch ist aufgeräumt, alles ist abgearbeitet. Ich könnte los. Am liebsten würde ich Rike gleich direkt mit einpacken.

Meine Mutter wartet schon sehnsüchtig auf unsere Ankunft.

Ich schreibe Rike:
Wie machen wir es gleich?

Sie antwortet:
Ich kann ja zur Haltestelle gehen und du sammelst mich da ein?

Ich:
Klingt gut. Ich kann es kaum erwarten, dich zu küssen.

Sie:
Und ich kann die anderen Sachen kaum erwarten, die du heute geschrieben hast.

Ich:
Okay, dann sage ich meiner Mutter ab.

Sie:
Wage es nicht.

Ich:
Sonst?

Sie:
Sonst bin ich traurig.

Ich:
Okay, das will ich nicht. Dann auf zu meinen Eltern. Bis gleich.

Beim Verlassen des Büros fühle ich eine große Portion Glück im Bauch. Zwei volle Tage Rike und ich, unbeschreiblich … unglaublich.

Zwei volle Tage und der Rest von heute sogar. Ich steige in mein Auto und lasse den Motor an, ziehe die Sonnenbrille auf, starte meine Playlist. Fahre vom Hof.

Als ich langsam an die Haltestelle ranfahre, sehe ich sie dort stehen und die Luft scheint rein zu sein. Rike hält ihren Daumen hoch. Ich bremse ab. Sie öffnet die Tür.

„Wohin darf ich Sie mitnehmen?", frage ich. Mit einem Lachen steigt sie ein.

„Du glaubst nicht, was im Büro los ist", poltert sie los und zieht die Tür zu.

„Bekomme ich keinen Kuss?", frage ich.

„Doch klar. Auch zwei."

„Also, was geht ab im Büro?", möchte ich erfahren, als ich beschleunige.

„Du hast jemanden kennengelernt", gibt sie feierlich bekannt.

„Erzählt man sich das?", frage ich amüsiert.

„Ja."

Ich grinse.

„Du hast eine Schnalle", fügt sie ablehnend hinzu und ich lache.

„Ich sprach von einem Date. Dass wir etwas trinken waren. Nun ist sie also schon meine Schnalle."

„Schnalle … sogar das Wort Freundin wurde bereits kommuniziert. Julian, Maya und ich haben eine Challenge."

„So? Welche?"

„Wer als Erstes den Namen deiner Neuen rausbekommt, wird eine Woche von den anderen zum Essen eingeladen."

„Na, das läuft doch wie am Schnürchen."

„Was meinst du? War das so geplant?"

„Ja, ich dachte, ich mische die sensationsgeile Truppe mal etwas auf."

„Warum?", fragt sie verblüfft.

„Weil es lustig ist und niemand wird nun mehr auf den Gedanken kommen, dass du meine Neue bist."

„Aber werden sie dich nicht noch mehr beobachten?"

„Sie werden nichts rausbekommen."

„Du bist dir erstaunlich sicher. Ach ja, und Tony will dich direkt nach dem Namen fragen", berichtet sie.

„Ach, der Tony. Soll er ruhig. Mal was anderes: Du willst dir bestimmt noch ein paar Sachen fürs Wochenende bei dir zu Hause rausholen, oder?"

„Was brauche ich denn?"

„Schwimmsachen auf jeden Fall."

„Was hast du vor?"

„Falls wir schwimmen gehen wollen. Nur eine Idee."

„Okay, packe ich ein. Sonst noch was?"

„Deinen Reisepass."

„Was?", fragt sie irritiert.

„Falls wir verreisen wollen. Nur eine Idee."

„Jetzt spinnst du aber."

„Wieso? Der Privatjet ist vollgetankt."

„Ja nee, ist klar." Sie lacht.

Wir kommen bei Rikes Haus an.

„Fahr auf den Garagenhof hinterm Haus. Dort kannst du warten und stehst auf der Straße nicht auf dem Präsentierteller." Ich folge ihren Anweisungen. Da Maya in der Nähe wohnt, ist das eine gute Idee.

Nach fünfzehn Minuten geht die Fahrt weiter. Rike hat eine große Tasche in den Kofferraum gelegt.

„Schön, dass du heute schon bei mir einziehst", kommentiere ich amüsiert.

„Träum weiter, das reicht gerade mal für das Wochenende."

Eine halbe Stunde später erreichen wir unser Ziel, mein Elternhaus.

„Es ist jetzt nicht gerade ein kleines Haus", bemerkt sie voller Ironie.

„Könnte man so sagen", antworte ich und parke vor der Doppelgarage.

Meine Mutter öffnet uns die Tür, begutachtet Rike einen Moment und schließt sie dann in die Arme. „Schön, dass wir uns kennenlernen. Ich bin Heidi. Hallo Finn. Kommt rein."

„Hallo Mama, das ist Rike, wie du dir sicher denken kannst."

„Gut, dass du es noch mal sagst, mein Junge." Sie lacht.

Wir betreten das Haus. Mein Vater nimmt mich in den Arm.

„Das ist Rike, das ist mein Vater", stelle ich sie vor. Sie reichen sich die Hände.

„Sag einfach Fred."

„Okay, gerne."

Meine Mutter strahlt vor Begeisterung. „Kommt durch in den Garten", sagt sie. „Der Grill läuft bereits. Rike, was möchtest du trinken?"

„Ähm, ich weiß nicht", antwortet Rike unsicher.

„Ich übernehme das, Mama."

„Okay, mein Schatz. Wir gehen schon raus", erwidert meine Mutter.

Ich ziehe Rike hinter mir her bis in die Küche und öffne den Kühlschrank.

„Nimm dir, was du willst."

„Deine Eltern sind voll lieb", bemerkt sie und schaut in den Kühlschrank. „Ich nehme ein Bier zum Grillen."

„Ein Bier? Das hätte ich nicht erwartet. Wir haben auch Sekt oder ich mixe dir schnell einen Cosmo."

„Das könntest du?"

„Ich kann dir alles mixen, Baby“, eröffne ich ihr mit einem Augenzwinkern und sie lacht.

„Nein, ein Bier ist super zum Essen. Auf das Cocktailmixen komme ich bestimmt demnächst zurück.“

„Okay … und okay, dann ein Bier für dich. Ich trinke ein Alkoholfreies.“

Wir gehen mit unseren Getränken durchs Wohnzimmer in den Garten. Rike schaut sich interessiert um. Das Haus meiner Eltern sieht aus wie ein Museum, weil Papas Leidenschaft das Sammeln von Antiquitäten ist. Wenn man es das erste Mal erlebt, ist es eine wahre Reizüberflutung, aber man gewöhnt sich daran.

„Wow, ganz schön viele Sachen“, untertreibt sie beeindruckt.

„Ja, mein Vater sammelt Dinge.“

„Teure Dinge“, ergänzt sie.

„Schöne Dinge.“

„Oder so.“

Wir treten hinaus.

„Kommt zu uns“, ruft uns Mama zu, sie sitzt am Tisch. Papa steht am Grill. Wir nehmen Platz. Rike lässt den Blick übers Grundstück schweifen.

Ich betrachte sie und lächle glücklich. Eine Frau, hier bei mir … in meinem Elternhaus. Wir grillen zusammen, als wäre es das Normalste der Welt. Eine Premiere. Wunderschön.

Rike hat mich beim Sinnen erwischt. Sie schmunzelt.

Als das Essen beginnt, wird die arme Rike total ausgefragt. Ich bremse meine Eltern mehrere Male, dann kommt allerdings ein Thema auf, welches auch mich sehr interessiert. Bisher hat Rike nie etwas über ihre Familie erzählt. Sie ist stets ausgewichen, wenn ich sie danach fragte.

„Was machen deine Eltern?", möchte meine Mutter wissen.

„Meine Mama starb, als ich vierzehn Jahre alt war", erzählt sie, „und mein Vater lebt mit seiner Freundin zusammen in meinem Elternhaus. Man fährt mit dem Auto etwas über eine Stunde hin. Durch die Entfernung haben wir nicht so viel Kontakt."

„Das tut mir sehr leid, Liebes", sagt meine Mutter betroffen, auch mein Vater und ich bekunden unser Beileid. Geschockt nehme ich ihre Hand. Sie schaut mich an.

Ich wünschte, ich hätte zuvor davon gewusst. Dieser Moment ist furchtbar für sie.

Nach dem Essen lassen wir die Bombe platzen. Meine Mutter fragt Rike, was sie beruflich mache. „Finn hat bisher nur erzählt, dass du im Büro arbeitest. Aber was genau? In welcher Branche?"

Rike schaut zu mir, atmet tief durch. Wir grinsen uns an.

„Was ist denn los?" Meine Mutter schaut irritiert.

„Mama. Papa. Rike und ich sind Kollegen."

„Was?", ruft mein Vater und starrt uns an. Von einem zum anderen.

„Aha", antwortet meine Mutter.

„Aber", fängt mein Vater an, „ist das nicht verboten? Steht das nicht in deinem Vertrag?"

„Ja, das stimmt", erwidere ich und halte dem strengen Blick meines Vaters Stand. „Es ist laut unseren Verträgen nicht erlaubt. Rike und ich haben uns an einem Samstag auf einer Party kennengelernt und am darauffolgenden Montag hat sie bei uns im Büro neu angefangen. Wir kannten uns folglich, bevor wir Kollegen wurden", erkläre ich.

„Schicksal also", sagt meine Mutter.

„Ja, das war es. Wir haben auf dieser Party keine Nummern ausgetauscht, hätten uns wohl nie wieder getroffen und standen uns dann in der Firma überraschend gegenüber."

„Du riskierst tatsächlich alles?", fragt mein Vater streng.

„Ja", sage ich ganz ruhig. „Ich bin mir dessen vollends bewusst", füge ich hinzu.

„Oh, Finn", ruft er abwertend, schüttelt den Kopf, verlässt den Tisch und geht ins Haus. Rike schaut ihm nach.

„Lasst ihm einen Moment Zeit", beruhigt meine Mutter die Situation, „ich finde eure Geschichte toll, allerdings bin ich natürlich nicht wirklich begeistert, dass ihr beiden Kollegen seid … Ach, ihr wisst das alles selbst. Auf meine Ratschläge könnt ihr sicher verzichten, ihr seid schließlich erwachsen." Sie steht auch auf. „Ich schaue mal nach ihm."

„Oh je!", raunt Rike mir zu, als wir alleine im Garten sitzen.

43

Rike

Weit nach Mitternacht liege ich in Finns Armen. Wir sind bei ihm. Sein Bett ist herrlich gemütlich. Ich sehe hinaus durchs Fenster in den Sternenhimmel und denke an den heutigen Abend bei seinen Eltern zurück.

Sein Vater hat nach unserer Arbeitskollegen-Neuigkeit nur noch wenige Worte mit uns gewechselt.

Zum Abschied sagte er zu mir: „Trotz des bitteren Beigeschmacks freue ich mich natürlich für Finn, für dich, für euch. Ihr seid ein tolles Paar und ich wünsche euch alles erdenklich Gute." Seine Mutter sagte Ähnliches.

Ich schaue neben mich. Finn sieht ebenfalls hinaus in die Nacht. Nun treffen sich unsere Blicke. Er lächelt.

„Deine Eltern sind noch in der Luft, oder?", frage ich.

Finn tippt auf das Display seines Handys auf dem Nachtschrank und liest die Uhrzeit ab.

„Ja, bestimmt noch zwei Stunden."

„Und dann müssen Sie noch weiter ins Hotel. Die Armen. Mitten in der Nacht."

„Sie müssen in kein Hotel fahren."

„Wohnen sie in einer Finca?", frage ich.

„Ja, die ist in Palma Nova, das liegt im Südwesten der Insel."

„Aber da müssen sie auch erst einmal hinkommen um die Zeit."

„Am Flughafen steht ein Auto", erklärt er.

„Wie praktisch. Und wie lange bleiben sie?"

„Keine Ahnung. Sicherlich ein paar Wochen."

„Die haben es gut."

„Das stimmt." Er seufzt. „Mit denen würde ich gerne tauschen."

„O ja, das hätte was. Wie ist dein Fazit zu heute Abend?"

Er lacht bitter.

„Ich dachte, mein Vater reißt mir den Kopf ab."

„Ein Freund von uns beiden ist er nicht", bemerke ich enttäuscht.

„Er war noch ziemlich cool für seine Verhältnisse. Gut, dass du dabei warst, sonst wäre er sicher explodiert. Mein Vater hat sein ganzes Leben hart gearbeitet und seine Firma stand stets an erster Stelle. Karriere first ist sein Lebensmotto. Dass ich so leichtfertig alles riskiere, kann er auf den Tod nicht leiden."

„Arbeitet er nicht mehr?"

„Nein, er hat seine Firma vor ein paar Jahren verkauft und ist noch immer am Gewinn beteiligt. Ein Megadeal war das."

„Das klingt ganz danach! Du hast ein schönes Elternhaus."

„Danke, gebe ich gerne an meine Eltern weiter."

„Auch wenn es heute nicht perfekt lief, freue ich mich, dass ich die beiden kennengelernt habe."

„Warum auch nicht? Die beiden sind auf jeden Fall sehr froh, dass ich endlich jemanden gefunden habe, der mich mag."

„Was soll das denn heißen?", erwidere ich amüsiert. „Endlich jemand, der dich mag?"

„Magst du mich etwa nicht?", möchte er wissen und schaut ganz niedergeschlagen.

„Du bist absolut liebenswert", antworte ich, „warte, bettelst du hier etwa um Komplimente?"

„Nein, niemals", sagt er lachend und liegt mit einem Mal auf mir, „und du bist ebenso absolut liebenswert", flüstert er dann, küsst mich. Ich erwidere seinen Kuss. Und im Nu schweben wir. Sind voller Leidenschaft.

„Darf ich etwas über deine Mutter erfahren?", fragt er mich später.

„Ja, natürlich."

„Woran ist sie gestorben?"

„Sie hatte einen Herzinfarkt."

„Das tut mir sehr leid und du warst erst vierzehn?"

„Ja."

„Das ist hart. Und warum hast du jetzt so wenig Kontakt zu deinem Vater? Nicht wirklich wegen der Entfernung, oder? Wir könnten hinfahren?"

„Das ist lieb. Nein, so weit ist es nicht weg. Das ist nicht der Grund. Seine Freundin mag mich nicht. Er hat sich für sie entschieden und gegen mich", erzähle ich.

„Wie schrecklich, du hattest doch bereits deine Mama verloren", sagt er und nimmt mich in den Arm. „Wie lange geht das schon so?"

„Seitdem ich neunzehn bin", antworte ich.

„Seitdem bist du allein?"

„Sozusagen."

„Nun bist du es nicht mehr", bemerkt er lieb. „Du hast mich am Hals."

„Das ist schön." Ich küsse ihn voller Dankbarkeit.

„Darf ich dich auch etwas über deine Mama fragen?"

„Sicher, was möchtest du wissen?", erwidert er.

„Damals, als das mit Marina passiert ist, war sie für dich da? Oder deine Eltern? Du erzähltest, dass du da alleine durch musstest. Ich kann das gar nicht glauben, jetzt, wo ich die beiden kenne."

„Sie waren zu dieser Zeit voneinander getrennt. Mein Vater lebte mit seiner sehr jungen Freundin und mir hier unter einem Dach, während meine Mutter mit ihrem sehr jungen Freund auf Mallorca wohnte. Sie waren zu sehr mit sich selbst beschäftigt und da war kein Platz für mich und meine Probleme. Mein Vater schämte sich für mich, weil sein gutes Ansehen in der Firma litt. Meine Mutter wollte mich auf die Insel holen, aber ihr Freund war ein echter Mistkerl. Dort wollte ich nicht sein", berichtet er emotionslos. Sein Tonfall erschreckt mich.

„Aber sie haben doch gewusst, dass es dir wirklich schlecht ging."

„Das haben sie. Oder auch nicht? Keinen Plan. Egal." Er zieht ratlos die Schultern hoch. „Heute tut es ihnen leid, wie das alles damals lief, aber ich bin ihnen nicht böse, dass sie damals nicht für mich da waren. War halt so. Schwamm drüber."

Ich bin fassungslos. Seine Gleichgültigkeit und sein ‚Schwamm drüber' nehme ich ihm nicht ab. Das Thema ist schwierig für ihn, das merke ich.

„Wann sind sie wieder zusammengekommen?"

„Vor fünf Jahren ist meine Mutter wieder zu Hause eingezogen."

„Dann warst du wirklich ganz allein in dieser Situation mit Marina?"

„Ja", antwortet er.

„Allein? Mit neunzehn Jahren", stelle ich fest. „So wie ich."

„Stimmt. Wir waren beide mit neunzehn Jahren allein."

Er schließt mich in seine Arme und mir kommen die Tränen. Seine Augen sind ebenso glasig.

Diese Hölle musste er ganz alleine durchleben. Wieso sind seine Eltern nicht für ihn dagewesen? Ihr Sohn brauchte sie dringend.

Schrecklich.

Am Samstag nach dem Frühstück fahren wir erneut zu Finns Elternhaus. Wir sollen es uns während ihres Urlaubs dort gemütlich machen, haben seine Eltern beim Abschied gesagt und das haben wir vor.

Das Haus ist schon eine Wucht, und als ich gestern in den Garten kam, bin ich fast hintenübergefallen. Ein riesiger Pool befindet sich am Ende des Grundstücks. Familie Schneider hat ihre eigene 25-Meter-Bahn im Garten und sogar im Winter kann geschwommen werden dank eines Daches, das sich per Fernsteuerung öffnen und schließen lässt.

Finn und ich stürzen uns ins kalte Nass und ich liebe es, mit ihm im Wasser zu sein. So wie ich alles an ihm liebe und alles liebe, was wir anstellen.

„Vielleicht fliegen wir auch mal zusammen nach Mallorca", schlägt er vor. Wir schwimmen gemeinsam ein paar Bahnen.

„Ja gerne. Aber meinst du echt, wir können zusammen in den Urlaub fahren? Wird das in der Firma nicht seltsam wirken?"

„Warum? Du machst Urlaub und ich mache Urlaub. Da ist doch nichts dabei."

„Okay, dann stellt sich die Frage, wo auf der Insel", überlege ich. „Kennst du ein schönes Hotel?"

„Was spricht gegen unsere Finca?", fragt er.

„EURE Finca?"

„Ja, wo meine Eltern sind."

„Ihr habt dort Eigentum?"

„Ich dachte, das hätte ich dir gestern erzählt."

„Nein, nur dass deine Eltern in einer Finca wohnen."

„Ja, in unserer", erklärt er. „Dann weißt du es jetzt. Ich schlage vor, da gehen wir mal in die Planung."

„Super gerne."

Am Abend stolpern wir über einen Film im Fernsehen, in dem es um eine verbotene Liebe zwischen Kollegen geht. In Hollywood ist vieles noch mal etwas anders. Dramatischer.

Ich finde den Film schön, Finn findet ihn albern und realitätsfern. Am Ende kündigt sie und die beiden heiraten.

„Siehst du, meine Kündigung wäre perfekt für uns", kommentiere ich.

„Nichts da", er schüttelt den Kopf, „alles bleibt, wie es ist. Ich bin nächste Woche übrigens wieder in Kopenhagen."

„Ach … ohne mich?", frage ich bestürzt.

„Leider ja."

„Wann geht es los?"

„Ende der Woche, aber es ist alles noch streng geheim", äußert er.

„Ich werde es keinem erzählen", verspreche ich.

Am Sonntagmorgen entscheiden wir uns spontan, den Tag an der See zu verbringen. Die Sachen sind schnell gepackt.

Finn fährt auf die Autobahn und drei Ausfahrten später wieder ab.

„Was machen wir hier? Das Meer ist noch weit", erkundige ich mich.

„Hier gibt es einen tollen Bäcker, der backt die besten Brötchen und wir sind jetzt weit ab vom Schuss. Hier dürfte kein Kollege mehr sein."

„Na, du kennst ja Sachen." Ich bin amüsiert.

Wir biegen noch ein halbes Dutzend Mal ab, dann taucht in einer Sackgasse ein kleiner Bäcker auf und Finn parkt direkt davor.

Er öffnet mir die Wagentür, reicht mir die Hand. Ich steige aus und er küsst mich leidenschaftlich. Arm in Arm betreten wir das Geschäft und stellen uns an die Schlange an. Finn kann die Finger nicht von mir lassen und ich nicht von ihm. Wir lachen. Wir kichern. Sind albern.

„Ach was", hören wir plötzlich neben uns, „einen schönen guten Morgen."

Frau Ewalt aus der Buchhaltung steht da. Sie staunt Bauklötze und uns ist mit einem Mal alles aus dem Gesicht gefallen. Finn geht augenblicklich einen Schritt zurück, was völlig überflüssig ist. Sie hat alles gesehen, ist vollends im Bilde und staunt immer noch.

„Guten Morgen", kommt es Finn zögerlich über die Lippen.

„Guten Morgen", gebe auch ich geschockt von mir.

Sekunden verstreichen, sie kann ihre Augen nicht von uns lassen.

„Herr Schneider und Frau Eberlein", sagt sie mit einem breiten Lächeln. „Wie verliebt. Wie süß. Sie zwei beide also. Toll. Das ist ja eine Überraschung. Ich wünsche Ihnen einen schönen Sonntag."

„Ihnen auch", erwidert Finn.

Sie geht zwei kleine Schritte weiter, dreht sich zu uns um und legt Daumen und Zeigefinger an die Lippen. Die Finger dreht sie grinsend hin und her, symbolisiert mit großen Augen, sie würde ihren Mund mit ihren Fingern verschließen, und den erfundenen Schlüssel wirft sie anschließend über ihre

Schulter fort. Dann kichert sie, dreht sich weg und geht weiter.

Die Menschen um uns herum lachen. Wir haben die volle Aufmerksamkeit.

„Hilfe", flüstert Finn und tritt wieder an mich heran.

„Hat sie das gerade echt gemacht mit dem Schlüssel?", frage ich.

Er lacht verhalten und sagt: „Ja, ich habe das auch gesehen. Im Büro ist sie immer ziemlich cool. Sie wird im Herbst in Rente gehen. Hoffen wir, dass das mit ihrem Schlüssel funktioniert."

Das Entsetzen ist Finn ins Gesicht geschrieben.

„Hoffentlich hat das eben keiner gefilmt und wir gehen gleich viral."

„Da sagst du was", er guckt sich unsicher um, drückt mich an sich und küsst meine Stirn. „Schau mal, wir sind dran", bemerkt er Sekunden später.

Wir kaufen unsere Brötchen und verlassen zügig den Bäcker.

44

Finn

Wir fahren auf die Autobahn, der Schreck steckt mir tief in den Gliedern. Es ist katastrophal, dass Frau Ewalt uns gesehen hat. Das war unvorsichtig. Aber wie kann ich damit rechnen, dass so weit von zu Hause eine Kollegin zur selben Zeit am selben Ort ist? Ich ärgere mich.

Wie weit müssen Rike und ich wegfahren, um unentdeckt zu bleiben? Es ist nur eine Frage der Zeit, bis wir auffliegen. Karriere ade.

„Meinst du echt, sie sagt nichts?", fragt Rike nachdenklich.

„Sie hat doch den Schlüssel weggeschmissen", erwidere ich voller Ironie und stöhne auf, „ich hoffe es sehr. Es regt mich dermaßen auf, dass sie ausgerechnet bei DIESEM Bäcker ihre Sonntagsbrötchen kauft."

Rike legt ihre Hand in meinen Nacken und streichelt mich. Das tut gut.

„Wenn Julian uns gesehen hätte oder wenn er es erfährt …" Ich lache bitter auf.

„Was dann?", fragt sie.

„Du hast ihn doch auch schon etwas kennengelernt."

„Er ist seltsam."

„Wir haben zusammen in der Firma angefangen. Ich habe die ganze Zeit Gas gegeben, er nicht. Wir waren mal so was wie Freunde, aber es ist schwierig, mit jemandem befreundet zu sein, der missgünstig ist. Wenn er das mit uns wüsste, dann würde er …"

Ich breche den Satz ab.

„Was würde er?"

„Nichts weiter."

„Was wäre dann?", hakt sie nach.

„Ich erzähle dir schon wieder viel zu viel."

„Was meinst du damit?", bemerkt sie mit leicht gereiztem Unterton.

„Ich darf dir gar nichts erzählen", erwidere ich.

„Denkst du etwa, ich erzähle irgendwas davon weiter?" Ihr Ton wird ein wenig schärfer.

„Nein."

„Gestern meintest du auch bereits, es wäre streng geheim, dass ihr nach Kopenhagen fliegt. Warum betonst du das so? Das ist mir durchaus klar."

„Ich weiß doch, dass du dichthältst", versuche ich, sie zu beruhigen.

„Wo ist dann das Problem?"

„Im Moment ist alles gut zwischen uns", erkläre ich ihr ruhig, „wenn es dagegen mal zwischen uns schwierig ist oder vielleicht vorbei, dann ..."

„Schwierig? Oder sogar vorbei?", ruft sie empört. „Was dann? Was ist dann?"

„Ich hätte dir nicht einmal erzählen dürfen, dass die Ewalt in Rente geht oder eben das mit Kopenhagen."

„Verstehe." Sie seufzt, verschränkt die Arme vor der Brust und schaut hinaus.

„Und Julian", spreche ich weiter, „er würde es feiern und sofort zum Chef rennen. In der Hoffnung, ich würde dann die Konsequenzen spüren und er wäre der nächste Manager."

„So einfach wird man doch nicht Manager", bemerkt sie verstimmt.

„Das denkt er aber", antworte ich und lege meine Hand auf ihr Bein, „und ich gehe nicht davon aus, dass es zwischen uns aus ist. Okay?"

„Wie beruhigend", erwidert sie kleinlaut.

„Dass ich nichts sagen darf, nennt sich ‚Arbeitsvertragliche Verschwiegenheitspflicht'. Hast du im Übrigen ebenfalls unterschrieben."

„Ein Schweigegelübde."

„Genau. Zusätzlich habe ich Einsicht in sämtliche Personalakten. Ich habe eine große Verantwortung übernommen. Sie können mir richtig an den Karren fahren, auch wenn mir gesetzlich keiner den Umgang mit dir verbieten kann."

„Den Umgang mit mir", wiederholt sie meine Worte amüsiert. Da ist ihr Lächeln erneut. Endlich. „Wie das klingt", schiebt sie nach.

„Die Geschäftsleitung hat ihre genauen Vorstellungen, was erlaubt ist und was nicht. Es geht um Bevorzugung, Machtmissbrauch, Ethik-Richtlinien. Du warst mit in Kopenhagen. Manche Kollegen sind ewig in der Firma und waren noch nie auf einer Geschäftsreise."

„Aber es war nicht deine Idee, dass ich mitfliege."

„Das ist egal. Was meinst du, wie es bei den Kollegen ankommt, die noch nie mitreisen durften? Worstcase: Was meinst du, was los ist, wenn das mit uns bekannt wird?"

„Es endet nicht gut für dich", sagt sie enttäuscht.

„Korrekt. Es ist ganz und gar nicht witzig, dass uns Frau Ewalt gesehen hat. Das ist dir klar, oder?"

„Ja, das ist mir klar", erwidert sie.

„Wir müssen vorsichtig sein. Immer." Laut stöhne ich auf. „Ich möchte keine Abmahnung riskieren und ich riskiere sie schon jetzt, nur weil ich mit dir darüber rede."

„Das war mir alles nicht wirklich klar", erklärt sie betroffen. „Das ist richtig schlimm für dich."

„Und du könntest mich sogar wegen sexueller Belästigung drankriegen, wenn du das denn wolltest und geschickt anstellst." Ein bitteres Lachen verlässt meine Kehle.

„Das will ich nicht, sag so was nicht", antwortet sie und seufzt. „Ich will doch mit dir zusammen sein."

„Das ist schön."

Wir schweigen eine Weile. Das Meer kommt immer näher und ich versuche, mich darauf zu konzentrieren. Ein schöner Tag steht uns bevor. Sonne & Strand & Rike. Das klingt perfekt. Hoffentlich ohne weitere Kollegen-Begegnungen.

„Und du willst das tatsächlich alles riskieren?", fragt sie. „Nur für mich?"

„Ja, ich will das und mache es doch längst. Auch ich will mit dir zusammen sein." Sie schiebt ihre Hand in meine. „Alle Versuche, dagegen anzukämpfen und die Gefühle abzustellen sind gescheitert. Es ist nicht möglich.

Wir müssen halt vorsichtig sein, aufpassen. Keine Nachrichten über den Server, das ist klar, keine verliebten Blicke, null Berührungen. Das in der Küche am Freitag war schon grob fahrlässig. Stell dir vor, in dem Moment, in dem wir uns berührten, wäre jemand reingekommen.

Firmenfeiern müssen ebenfalls korrekt ablaufen. Wir sind nur Kollegen, ich bin dein Boss.

Es darf niemand von uns erfahren, auch nur ahnen. Wir hoffen mal, die Ewalt hält bis zu ihrem letzten Tag dicht und verplappert sich nicht. Es wird nicht einfach, das wussten wir beide."

„Das war dir offenbar mehr bewusst als mir", bemerkt sie.

„Wir bekommen das schon hin. Ich bin fest davon überzeugt. Ich kann nicht mehr ohne dich sein. Mein Verstand zeigt mir zwar einen Vogel, aber der Rest von mir will es so."

„Der ganze attraktive Rest von dir?", fragt sie mit einem Grinsen.

„Ja, alles, was du hier vor dir siehst, will dich."

„Gut zu wissen", entgegnet sie. „Wann bekomme ich was davon?"

„Was willst du haben?"

„Ich will alles, Herr Schneider."

„Sie sind gierig, Frau Eberlein."

„Willst du dich darüber beschweren?"

„Nein, niemals. Ich mag es sehr, dass du gierig bist."

45

Rike

Finns Auto wird langsamer. Wir fahren von der Autobahn ab und eine Weile eine Landstraße entlang. Ich lasse das Fenster ein Stück runter und atme die frische Luft. Glückdurchflutet bin ich, trotz aller Widrigkeiten. Finn und ich am Strand. Geht es noch besser?

Ich lächle ihm zu. Er strahlt über sein ganzes Gesicht. Gerade kommt mir in den Sinn, dass er mir seine Liebe gestand. In Kopenhagen, als er betrunken war.

Liebe ich ihn auch? Kann das so schnell gehen? Wir haben diese Verbindung. Ich spüre sie immerwährend. Ohne ihn geht nicht mehr.

„Schau, da ist das Wasser", sagt er und ich sehe es ebenfalls vor uns am Horizont. Es glitzert uns an.

„Oh, wie schön", rufe ich entzückt. „Viel zu selten fährt man ans Meer."

„Das stimmt wirklich", entgegnet er.

Ich lege meine Hand erneut in seinen Nacken und kraule ihn dort. Er schmiegt seinen Kopf an und lächelt. „Das kannst du ruhig immer machen", bemerkt er und genießt.

„Solange du dich aufs Fahren konzentrierst", erwidere ich lachend.

Wir haben unser Ziel erreicht und Finn lenkt das Auto auf einen großen Parkplatz.

„Hui, hier ist ja ganz schön Betrieb", bemerkt er.

„Die Idee, an die See zu fahren, hatten wohl mehrere heute Morgen", antworte ich. Hoffentlich niemand aus der Firma, denke ich bei mir.

„Würden die alle vernünftig parken, würden hier wesentlich mehr Fahrzeuge hinpassen", ärgert er sich. „Schau dir an, wie viele Autos auf zwei Parkplätzen stehen. Die fahren doch alle ohne Führerschein. Einfach kreuz und quer abgestellt, so was Bescheuertes" wettert er weiter.

Mit viel Geduld findet Finn noch den anscheinend letzten Parkplatz. Der Motor ist aus.

Finn stöhnt laut auf.

„Was ist wirklich los?", frage ich.

„Ich habe eben noch einmal über die Ewalt nachgedacht. Wenn die plappert, dann …"

„Wir können es jetzt nicht mehr ändern", entgegne ich und nehme seine Hände in meine. „Lass uns versuchen, den Tag zu genießen."

Er sieht mich an und seufzt.

„Du hast ja recht. Ich habe diese Horrorvorstellung, dass ich am Montagmorgen zu Joachim ins Büro gerufen werde und die Ewalt sitzt schon bei ihm … und Julian auch … und …"

„Stopp!", falle ich ihm ins Wort und küsse ihn. „Büro aus", fordere ich.

„Ja, Boss", erwidert er lachend.

Wir schlendern Richtung Strand. Den Anzug hat er heute gegen Shirt, kurze Chino und Flipflops getauscht. Auf dem Kopf trägt er Cap und Sonnenbrille. Mir gefällt dieser Finn.

So lässig, so entspannt. Zumindest äußerlich, an dem Rest arbeiten wir noch. Er hat den Arm um mich gelegt und sieht sich des Öfteren nach allen Seiten um.

„Dich hat doch in diesem Aufzug niemand auf dem Schirm", bemerke ich. „Komm runter, hier wird uns niemand kennen."

„Hoffen wir mal", entgegnet er und drückt mich an sich. „Mir gefällt das."

„Was denn?", möchte ich wissen.

„Da vorne ist das Meer. Du in meinem Arm."

„Ja, das fühlt sich wunderbar an", bestätige ich.

„Es kann nicht sein, dass wir das bei uns zu Hause nicht dürfen", ruft er aufgebracht, „nur weil der Chef sagt, es gibt dadurch Probleme. So ein Quatsch. Es sollen alle sehen, dass wir zusammen sind."

„Aber was können wir tun? Wir haben das so unterschrieben. Keine Liebe unter Kollegen."

„Ja, ich weiß. Ich weiß das alles. Doch gerade jetzt empfinde ich es als total ungerecht."

„Lass uns heute das Beste draus machen und einen tollen Tag verbringen."

Er bleibt stehen und küsst mich, „ich bin froh, dass du mich gefunden hast."

„Und ich bin froh, dass du da so lecker an der Museumsbar standst."

„Lecker?", wiederholt er und lacht.

„Ja, einladend. Lecker halt."

Wir betreten den Strand, bleiben stehen und schauen gemeinsam aufs Meer. Der Wind spielt in meinem Haar und ein seliges Lächeln umspielt meine Mundwinkel. Dieses Füße-im-Sand-Gefühl ist definitiv zu lange her.

„Gehen wir gleich schwimmen?", fragt er.

„Auf jeden Fall."

„Sehr schön, wo wollen wir uns niederlassen? Da vorne im Sand? Oder wollen wir einen Strandkorb mieten? Der Verleih müsste dort sein." Er zeigt auf eine Hütte.

„Ja, lass uns einen Strandkorb mieten. Wenn wir schon so weit gefahren sind."

Gesagt, getan. Gemütlich verweilen wir in unserem Strandkorb. Erste Reihe. Meerblick. Perfekt.

„Wir lassen uns hier einfach für immer nieder", sagt er, „Du und das Meer. Mehr brauche ich nicht, um glücklich zu sein."

„Das glaube ich dir nicht."

„Wieso das nicht?", fragt er interessiert.

„Dein Sportwagen, deine schicke Wohnung. Dein toller Job."

„Was ist damit?"

„Darauf könntest du verzichten?"

„Ja! Wenn ich meine Zeit unbeschwert mit dir am Meer verbringen könnte."

„Ach komm, da würde dir auf Dauer so einiges fehlen."

„Ja okay … vielleicht ein kleines bisschen", gibt er zu.

Ein traumhafter Tag steht uns bevor. Wir rennen um die Wette ins Meer. Schwimmen, bis wir nicht mehr können, und baden anschließend in der Sonne. Es gibt viele heiße Küsse im Strandkorb. Ein langer Spaziergang und ein Besuch in der Eisdiele stehen außerdem auf dem Programm.

Die Wellen werden von uns bewundert. Wie sie kommen und gehen. Immerwährend. Wunderschön. Die Sonne fasziniert uns, wie sie als roter Feuerball im Meer versinkt.

Mit Finn an diesem Tag erlebe ich Glücksmomente, die ich für den Rest meines Lebens wie einen Schatz in meinem Herzen und meinen Gedanken tragen werde.

Am Abend kehren wir vor Ort in ein Restaurant ein und verbringen schöne Stunden. Eine verliebte, unbeschwerte Zeit.

Äußerst wehmütig treten wir den Heimweg an und nehmen uns vor, so schnell wie möglich wiederzukommen.

Bei ihm zu Hause hole ich einen kleinen weißschwarzen Stein in Herzform aus der Tasche, den ich im Sand entdeckte, und überreiche ihn Finn. „Für dich."

„Ein Glücksbringer. Ich danke dir", sagt er lieb, „warte mal eben", fügt er hinzu und verschwindet in seinem Büro.

Er kommt zurück und präsentiert mir sein Mitbringsel vom Tag am Meer. Verzückt blicke ich auf die kleine rosa Muschel, die er gerade eben auf einen Faden zog. „Eine Muschelkette", flöte ich. „Danke." Er hängt sie mir um und ich küsse ihn.

Spät am Abend fährt er mich nach Hause.

Als ich ins Bett gehe, liegt auf meinem Nachttisch die kleine Muschelkette und ich freue mich schon, sie am nächsten Tag zu tragen.

Montagmorgen.

Ich fahre mit dem Bus zur Arbeit, steige an meiner Haltestelle aus und trete an die Fußgängerampel. Sie ist rot und einige Autos fahren an mir vorbei.

Geduldig warte ich auf die grüne Farbe, starre auf das kleine Ampel-Menschlein, als ein mir durchaus bekannter Motorensound plötzlich meine ungeteilte Aufmerksamkeit erhält.

Augenblicklich schlägt mein Herz ein wenig schneller und ich lächle verschmitzt. Ein schwarzer Sportwagen rollt heran und wird stetig langsamer, steht jetzt ganz vorne in der Schlange. Der hübsche Fahrer fixiert gebannt seine Ampel, die soeben rot geworden ist.

Meine springt um auf grün. Ich gehe los und schaue zu ihm in den Wagen. Finn grinst, als er mich erspäht.

„Guten Morgen, Kollegin", höre ich hinter mir und schon kommt Maya mit ihrem Rad neben mich gefahren. Sie steigt ab und schiebt.

„Guten Morgen", antworte ich ihr, werfe ihm einen letzten Blick zu und fühle noch die kleine Muschel an meinem Hals.

„Wie war dein Wochenende?", fragt sie mich.

„Schön", erwidere ich, „und deins?" Derweil höre ich Finns Wagen hinter uns, gleich wird er an uns vorbeifahren.

„Auch schön … Ah schau, da fährt der hübsche Finn", bemerkt Maya und wir schauen seinem Auto hinterher.

46

Finn

Ich öffne die Augen, schalte den Wecker aus und strecke mich ausgiebig. Schaue durch mein Schlafzimmer, entdecke die Strandtasche und bin gedanklich sofort bei gestern.

Ein einziger Strandtag mit Rike und es fühlt sich an wie eine Woche Urlaub. Ich bin super erholt. Sie tut mir so gut.

Sie sagte, die Tasche könne doch fürs nächste Mal gleich hierbleiben. Ihre Flipflops stehen daneben. Auf meinem Nachtschrank liegt der kleine weißschwarze Stein, den sie mir gab. Ein Herz. Es war ein wirklich schöner Tag.

Ich stehe auf, gehe eine Runde joggen und anschließend duschen.

9 Uhr. Montagsmeeting. Neben Joachim hat sich heute die gesamte Geschäftsleitung aus ganz Deutschland versammelt. Ich betrete den Besprechungsraum und werde gleich begrüßt. Einige Kollegen sehe ich das erste Mal. Joachim stellt mich vor und sehr schnell fühle ich mich wohl zwischen all den gestandenen Geschäftsleuten.

Bei einer späteren Büroführung darf ich Rike an ihrem Arbeitsplatz bewundern. Sie trägt die kleine Muschel am Hals. Ich erinnere mich an die Sekunden an der Ampel, als sie plötzlich vor meinem Auto auftauchte.

Ganz der Profi verstecke ich die Begeisterung für meine Kollegin natürlich gekonnt, ebenso wie sie.

Anschließend geht das Meeting weiter, gefolgt von einem gemeinsamen Essen und einem weiteren Meeting bis in den späteren Nachmittag hinein. Mittlerweile habe ich Kopfschmerzen und meine Lust, einfach wieder an die See zu fahren, ist allgegenwärtig. Der kleine Herzstein von Rike befindet sich in meiner Hosentasche und ich drehe ihn zwischen meinen Fingern hin und her.

Kurz nach 16 Uhr bin ich mit Joachim allein im Meetingraum, die restliche Geschäftsleitung ist abgefahren.

„Sehr gut, Finn. Du hast dich toll präsentiert", lobt er mich.

„Danke, Boss."

„Morgen bist du also in Amsterdam", vergewissert er sich.

„Ja, das hat sich so ergeben."

„Mittwochnachmittag haben wir den Termin in Kopenhagen. Wir treffen uns dann dort. Ich werde gleich Hedwig bitten, uns die Flüge zu buchen."

„Habe ich meinen Namen gehört?", Hedwig Schröder, die Assistentin von Joachim schaut zur Tür herein. „Kann ich was für euch tun?"

„Ich komme gleich zu dir, wir müssen ein paar Flüge buchen", erklärt der Chef.

„Okay." Sie verschwindet wieder auf den Flur.

„Für heute sind wir fertig", sagt Joachim. „Mach Feierabend. Der Tag war lang und anstrengend."

„Danke dir. Ich bereite noch alles für Amsterdam vor und anschließend nehme ich dein Angebot gerne an. Ein früherer Feierabend klingt perfekt."

„Den hast du dir verdient. Wir telefonieren morgen und Hedwig schickt dir alles für Kopenhagen zu."

„Bis morgen, Joachim."

Auf dem Weg in mein Büro prüfe ich mein Handy. Rike hat mir geschrieben. Ein paar Mal. Es sind Nachrichten, bei denen mir ganz heiß wird. Aber jetzt noch darauf zu antworten, wäre Blödsinn, die Nachrichten sind Stunden alt.

Ich nehme an meinem Schreibtisch Platz, schreibe ihr:

Hey, ich bin gerade aus dem Meeting raus. Wie war dein Tag?

Sie antwortet:

Das war heute alles schick bei euch. Mein Tag war recht stressig. Tony hat mir viel Arbeit auf den Tisch gelegt und Mittagessen war ich mit Evi. Sie war ganz zahm. Kein böses Wort über dich. Und wie geht es dir?

Ich:

Das freut mich mit Evi. Ich bin echt platt. Morgen bin ich in Amsterdam.

Sie:

Oh, morgen schon. Ich dachte, du reist nach Kopenhagen?

Ich:

Da bin ich dann von Mittwoch bis Freitag.

Sie:

Oh.

Ich ahne, was dieses ‚Oh' von ihr zu bedeuten hat. Wir werden uns die ganze Woche nicht sehen und ich bin auch nicht glücklich darüber. Ich schreibe:
Hast du heute Abend für mich Zeit?

Sie schreibt:
Ja, natürlich. Wir müssen uns doch noch einmal sehen. Kommst du zu mir?

Ich:
Ja. Das mach ich. Ich muss nach Feierabend kurz zu mir nach Hause, Sachen packen. Soll ich heute Nacht bei dir bleiben?

Sie:
Gerne. Du kannst hinten auf dem Garagenhof parken. Mein Nachbar ist im Urlaub, Parkplatz Nummer 12.

Ich:
Super mit dem Parkplatz. Ich freue mich auf später.

Sie:
Ich mich auch.

Mein Handy lege ich zur Seite. Sorgfältig bereite ich alles für die nächsten Tage vor, da erhalte ich noch eine Nachricht. Auf meinem Display steht:
Moin, Finn. Wie geht es dir? Wollen wir die Tage was trinken gehen?

Die Nachricht ist von Lukas. Ich freue mich, von ihm zu hören und antworte:
Moin. Alles gut. Und selbst? Ich bin diese Woche geschäftlich unterwegs. Lass uns am Wochenende mal texten.

Er schreibt:
Machen wir so. Ich wünsch dir eine erfolgreiche
Woche.

Ich schreibe:
Danke ebenso.

Auf meinem Heimweg bin ich mit meinen Gedanken
ganz weit in der Vergangenheit, bin bei Lukas. Wir
hatten eine verrückte Zeit. Eine schlimme Zeit, aus
heutiger Sicht, aber damals fanden wir es einfach
MEGA. Spontan entscheide ich, dass mich mein Weg
heute nicht wie geplant direkt nach Hause führt.

Auf dem Parkplatz angekommen atme ich tief durch.
Es ist lange her, dass ich hier war, und das bedauere
ich.
    Am Blumenladen vor Ort kaufe ich ein paar weiße
Rosen und lese wenig später ihren Namen: Marina.
    Ich knie nieder und lege die Blumen vor ihren Stein
in die schwarze Erde. Tränen steigen in mir hoch. Ein
paar Minuten verharre ich so und denke an damals.
Versuche, mir nur die Erinnerungen in den Kopf zu
rufen, die nicht absolutes Entsetzen und Verderben in
mir auslösen.
    Denke an meine Gefühle, die ich für sie hatte. Ihr
Lachen. Ihre positive Art. Denke an die viel zu
wenigen Momente, die wir hatten, weil ich Scheusal
nicht mehr zuließ.
    Wieder im Auto zurück laufen die Tränen
unaufhörlich. Eine Nachricht von Rike reißt mich aus
meinen düsteren Gedanken.

Sie:
Wann bist du ungefähr da? Ich würde uns was kochen.

Ich:
Ich verspäte mich. Entschuldige. Ich sage dir Bescheid, wenn ich zu Hause losfahre.

Sie:
Okay.

Spät am Abend liegen wir in ihrem Bett, sie schläft bereits. Ich finde keine Ruhe und betrachte sie. Der Schein des Mondes verschafft mir das nötige Licht.

Wo ich heute spontan war, habe ich ihr erzählt und sie hat mich getröstet. Ich liebe sie. Ich liebe Rike so sehr und ich würde es ihr auch bald sagen, wenn ich nur nicht so unglaubliche Angst davor hätte, dass sie nicht das antwortet, was ich mir wünsche.

Am nächsten Morgen fahre ich früh zum Büro und stelle mein Auto auf dem Firmenparkplatz ab. Der Bahnhof ist zehn Gehminuten entfernt. Mit dem Zug nach Amsterdam, das ist Premiere. Auf dem Bahngleis wartend bin ich gespannt, ob und wie es mit den Verbindungen klappt.

Der erste Zug hat schon einmal zehn Minuten Verspätung.

47

Rike

Heute Morgen ist im Büro richtig viel los und alle sind furchtbar aufgeregt. Die Räume müssen blitzblank, die Schreibtische pikobello aufgeräumt und unsere Kleidung heute extra schick sein.

Der Parkplatz steht voll mit ihren teuren Autos und auf den Gängen und Fluren trifft man sie überall, die hohen Damen und Herren der Geschäftsleitung, die an diesem Tag aus ganz Deutschland angereist sind.

Tony verkündet im Zuge dieser Versammlung für unsere Abteilung eine Spezialaufgabe, er nennt sie ‚die ganz große Statistik‘ und heute Nachmittag muss alles fertig sein.

Er werde abschließend drüber schauen und die Unterlagen direkt an Joachim weitergeben.

Julian hat diese Woche Urlaub und Maya war heute genau dreißig Minuten im Büro. Danach verabschiedete sie sich mit einer üblen Magenverstimmung auf unbestimmte Zeit.

Ergo, ich habe das große Los gezogen.

„Ich helfe dir", sagt Tony gestresst, „für einen alleine ist das zu umfangreich." Seine Hilfe entpuppt sich aber als Phrase, weil er ständig am Telefon hängt und sich ungewöhnlich viel mit den Kollegen aus dem

Raum nebenan unterhält. Ich komme ziemlich ins Straucheln.

Die Damen und Herren der Geschäftsleitung erhalten am späten Vormittag eine Bürotour, und als Finn durch die Tür kommt, ist der ganze Stress für Momente vergessen und mir geht es wieder gut. Nach diesem Besuch spüre ich neue Energie und komme etwas besser voran.

In der Mittagspause verabrede ich mich mit Evi, eine kurze Auszeit muss sein.

„Sei rechtzeitig zurück", ruft mir Tony hinterher, als ich mich ausstempele.

„Ja, sicher", antworte ich ihm angefressen. Er lässt mich heute echt im Stich, aber etwas zu sagen, traue ich mich nicht.

Evi und ich holen uns einen Salat im Supermarkt und setzen uns in den Park. Sie macht mir gute Laune und verliert kein böses Wort über Finn. Ich bin glücklich, die alte Evi wiederzuhaben.

Ihr vorzugaukeln, mit Finn sei nichts mehr, fällt mir nicht leicht, aber ich bin glaubhaft. Sie werde mich ganz gewiss erfolgreich verkuppeln, verkündet sie mir frohen Mutes.

Evi und ich verabreden uns für den morgigen Abend, dort will sie mir jemanden vorstellen. Allerdings sei dieser mir Unbekannte nicht für mich gedacht, das stellt sie umgehend klar.

Es sei ein Mann aus ihrer Vergangenheit und den solle ich doch unbedingt kennenlernen. Mehr will sie nicht verraten.

Auf dem Weg zurück in die Firma ist mir nach etwas Nervennahrung und so kehre ich noch einmal in den

Supermarkt ein. Im Gang bei den Süßigkeiten steht Julian.

„Hey Rike. Hast du Lust auf Süßes?", fragt er und grinst.

„Hallo. Ich brauche etwas für die Nerven. Du hast doch Urlaub? Wieso treibst du dich in der Nähe der Arbeit rum?", erkundige ich mich und greife mir eine Tüte Weingummi aus dem Regal.

„Ich hatte in der Nähe einen Termin", erklärt er.

„Ah, okay."

„Und seid ihr schon weiter gekommen mit Finn und seiner Neuen?"

„Nein." Ich schüttle den Kopf. „Da gibt es nichts Neues. Maya ist krank."

„Ach, wie blöde. Kommst du alleine klar im Büro?"

„Sicher. Tony ist doch auch noch da", erwidere ich und spüre den üblen Beigeschmack in meiner Aussage.

„Die hohen Herrschaften sind heute bei uns, korrekt?"

„Richtig", bestätige ich.

„Ich habe die ganzen Luxusschlitten auf dem Parkplatz gesehen."

„Ja, das ist heute alles ganz schick", sage ich.

„So wie du." Er zwinkert mir zu. „Ich hatte ja dich in Verdacht."

„Bei was?", frage ich nach.

„Dachte, du bist seine Neue."

„Wessen Neue?" Ich stelle mich doof.

„Die Neue von Finni-Boy. Das passt doch ganz gut", antwortet er mir mit einem breiten Grinsen.

„Totaler Quatsch", bemerke ich.

„Das weiß ich jetzt auch." Er zuckt mit den Schultern. „Aber er hat dich schon ganz gut angehimmelt."

„Das hast du dir eingebildet", belehre ich ihn.

„Ich weiß", sagt er wichtig. „Er würde niemals für eine Frau seine Karriere riskieren. Weißt ja, keine Liebe unter Kollegen und so."

„Na, dann", entgegne ich. „Ich muss mal wieder. Meine Pause ist vorbei. Tschüss, Julian. Schönen Urlaub noch."

„Ciao, bis nächste Woche."

Am Nachmittag schreibt mir Finn endlich. Auf meine kleinen eindeutig zweideutigen Nachrichten hat er nicht geantwortet, aber er war ja auch schwer beschäftigt. Nun berichtet er, seine Meetings wären vorbei.

Als ich lese, dass er morgen nach Amsterdam fahren werde und ab Mittwoch in Kopenhagen sei, bin ich traurig. Heute Abend will er zu mir kommen.

Er werde sich verspäten, schreibt er mir Stunden später. Was ist los? Heute braucht er sehr lange, denke ich ungeduldig. In Anbetracht der Tatsache, dass dieses unser letzter Abend bis zum Wochenende ist, befindet sich meine Laune im steilen Sinkflug.

Als er mir erzählt, warum er zu spät ist, ist meine schlechte Stimmung wie weggeblasen und ich bin für ihn da. Am Boden zerstört ist er, als er durch meine Wohnungstür kommt. Er war beim Friedhof, hat Marina ein paar Rosen gebracht und braucht jetzt dringend etwas Liebe und Fürsorge. Die bekommt er von mir. Wir verbringen eine schöne Zeit vor seiner Reise.

Dienstagmorgen auf dem Weg zur Arbeit stehe ich wieder an der Ampel. Kein schwarzer Sportwagen fährt heute herbei. Finns Auto steht bereits auf dem Parkplatz. Er selber sitzt im Zug. Irgendwo zwischen hier und Amsterdam.

Finns Büroraum ist verwaist.

Ich vermisse ihn.

Tony hat sich heute erneut eine zeitaufwendige Aufgabe für mich ausgedacht und dieses Mal hat er von Anfang an darauf verzichtet, mir seine Hilfe anzubieten.

Das ist auch besser so, weil ich nicht gut auf ihn zu sprechen bin, und das ist mächtig untertrieben.

Gegen 10 Uhr blicke ich auf die Uhr. Finn müsste bald in Amsterdam ankommen, denke ich noch. In der nächsten Sekunde huscht ein Lächeln über mein Gesicht.

Ich bin gut angekommen. Nun geht es ins Meeting. Vermiss dich.

… schreibt er und ich antworte ihm sofort:

Ich denk an dich. Viel Erfolg heute. Vermiss dich auch.

Tony hat mich beim Schreiben und Lächeln erwischt.

„Bist du schon fertig mit deiner Aufgabe?", ruft er mir zu.

„Ich bin dabei."

„Das sehe ich aber nicht."

Wütend balle ich die Hände zu Fäusten.

Er ließ mich gestern echt hängen. Ich habe die ganze Arbeit allein gemacht, die ursprünglich als Abteilungsarbeit gedacht war.

Zusätzlich heimste Tony sich kurz vor Feierabend auch noch ein dickes Lob vom Chef ein. Joachim bedankte sich bei ihm für die tolle Arbeit. Tony hat nicht mit einem einzigen Wort erwähnt, dass ich damit etwas zu tun hatte, beziehungsweise dass ich ‚die ganz große Statistik' allein fabriziert habe.

Ich überlege, ob ich Finn davon erzähle. Gestern habe ich mich dagegen entschieden, weil ich dachte, ich bekomme meine Emotionen schon in den Griff. Außerdem war Finn am Abend wegen der Marina-Geschichte ziemlich niedergeschlagen.

Tony beobachtet mich nun die ganze Zeit, es nervt. Auch wenn Finn nicht direkt in die Situation eingreifen kann, hat er vielleicht einen nützlichen Tipp für mich.

Die Verabredung mit Evi am Abend platzt. Sie hat eine Extraschicht in dem Restaurant übernommen, in dem sie neben ihrem Studium arbeitet. Ein Kollege sei krank geworden, es täte ihr sehr leid. Sie vertröstet mich auf den nächsten Abend.

Nun ist es spät und ich warte angespannt auf ein Lebenszeichen von Finn. Nach dem Geschäftsessen werde er sich melden, schrieb er mir vor Stunden.

Ich brauche seine Stimme, mein Tag war bisher blöd.

48

Finn

Der Dienstag ist perfekt. Die Termine laufen super. Ich telefoniere mit Joachim und er freut sich riesig über das Ergebnis. Am Abend gehe ich noch mit den Kunden essen – es dauert gefühlte Ewigkeiten – und als ich endlich im Hotelzimmer bin, rufe ich Rike voller Vorfreude an.

„Wie laufen die Geschäfte?", fragt sie überraschend traurig.

„Sehr gut, würde ich sagen. Und bei dir? Nicht so gut?"

„Ach, mein Tag war doof", erwidert sie.

„Was ist denn passiert?"

„Wo fange ich an? Vielleicht damit, dass ich dich vermisse."

„Ich vermisse dich auch", antworte ich voller Sehnsucht. Gerne würde ich sie jetzt in die Arme schließen. „Und sonst? Da ist doch noch mehr."

„Evi hat mir für heute Abend abgesagt."

„Warum?", möchte ich wissen.

„Sie muss arbeiten. Wir sehen uns morgen."

„Dann ist das doch gut ausgegangen und du kannst dich auf morgen freuen", muntere ich sie auf.

„Ja, schon."

„Was ist es noch?", bohre ich nach.

„Tony", sagt sie schlecht gelaunt.

„Was ist mit Tony?"

„Ich habe gestern die Statistik angefertigt – alleine übrigens – und er hat sich am Nachmittag das Lob dafür eingeheimst."

„Du warst das?", frage ich erstaunt, denn ich erinnere mich an Tonys Namen auf den Dokumenten.

„Ja, und er ist der Held."

„Das ist nicht fair", bemerke ich und es erzürnt mich. Wie kommt er dazu, die Arbeit eines anderen für seine auszugeben? Egal, ob Rike, Julian oder sonst ein Kollege. Das gehört sich nicht. Es ist mies.

„Joachim kam kurz vor Feierabend wegen eines dicken Dankeschöns zu uns ins Büro. Tony hat mich noch nicht mal erwähnt", erzählt sie.

„Die Statistik war super ausgearbeitet. Hast du sehr gut gemacht."

„Danke."

„Hast du Tony drauf angesprochen?", frage ich.

„Nein, ich habe mich nicht getraut. Er meckert viel mit mir rum, da wollte ich nichts sagen."

„Du hast mir gestern Abend gar nichts davon erzählt", wundere ich mich.

„Nein, ich wollte dich gestern damit nicht belästigen."

„Bitte belästige mich immer", erwidere ich. „Es tut mir leid, wie das gelaufen ist. Ich war tatsächlich der Meinung, dass Tony die Statistik angefertigt hat."

„Siehst du?", schimpft sie.

„Das ist echt mies von ihm."

„Und heute hat er mich angepampt, als ich dir geschrieben habe", motzt sie.

Mir entschlüpft ein Lachen.

„Was?", fragt sie aufgebracht.

„Du sollst dich ja auch nicht mit dem Handy auf der Arbeit erwischen lassen. Die sind in der Tasche aufzubewahren."

„Ja, Boss."

„Was ist es noch?", möchte ich wissen.

„Vielleicht vermisse ich dich", erwidert sie bedrückt.

„Du vermisst mich gleich zwei Mal?", hake ich nach.

„Nein, sogar noch öfter."

Ich seufze.

„Tut mir leid", sagt sie.

„Dass du mich vermisst?", frage ich verwirrt.

„Nein … ja … Menno", stammelt sie, „… ist schön, dass wir jetzt wenigstens sprechen."

„Ich wäre doch auch gerne bei dir", versichere ich ihr.

„Ja?"

„Natürlich. Du glaubst gar nicht wie sehr. So eine Geschäftsreise ohne dich ist nicht schön. Aber was soll ich sagen, um dich aufzumuntern? Wir sind bald wieder zusammen. Die Tage werden im Flug vergehen, du wirst sehen, und dann haben wir ein tolles Wochenende vor uns. Wir können wieder an die See fahren oder ins Haus meiner Eltern. Wie du magst. Wir müssen uns halt noch ein wenig gedulden."

„Ja, ich versuche es", entgegnet sie traurig.

„Du schaffst das. Da bin ich mir sehr sicher", erwidere ich mit ganz viel Motivation in der Stimme, „und ärgere dich bitte nicht mehr über Tony. Es ist gemein, dass er sich auf Grund deiner Arbeit ein Lob beim Chef abholt, aber das ist nun passiert. Merke dir das für die Zukunft, beim nächsten Mal bist du vorgewarnt."

„Soll ich ihn darauf noch ansprechen?", fragt sie.

„Wen? Joachim?"

„Nein, Tony."

„Ich würde das nicht mehr machen. Tony hat dich auf dem Kieker, sonst spräche er dich nicht wegen des Handys an. Ist irgendwas vorgefallen?"

„Nein, bisher kam ich gut mit ihm klar. Maya sagte mir die Tage schon, dass ihm das mit den Handys mächtig auf die Nerven geht."

„Hm, okay. Also hat er vielleicht allgemein ein Problem mit den Telefonen. Warum auch immer."

Ich überlege, was Tony durch den Kopf geht. In allen Abteilungen liegen die Handys auf dem Tisch. Keiner regt sich auf, man soll es nur nicht übertreiben.

„Die Geschichte ist passiert", spreche ich weiter. „Ich würde es abhaken, auch wenn es dir schwerfällt, und in Zukunft machst du es anders. Wie auch immer, es wird dann eine Lösung geben."

„Danke dir."

„Dafür nicht."

Ich höre sie seufzen, die ganze Sache ist dermaßen ungerecht. Sie tut mir leid und ich möchte sie küssen und ablenken …

„Was machst du heute Abend noch?", fragt sie.

„Schlafen. Was fiele dir denn ein, wenn wir jetzt zusammen wären?"

„Ich würde mir wünschen, dass du mir ganz nah wärst."

„Das klingt gut. Stell dir vor, ich läge neben dir und zöge dich ganz dicht an mich ran."

„Das fände ich toll", sagt sie verführerisch. „Und dann? Was würdest du machen?"

„Ich wäre der Meinung, dass du viel zu viel anhast", antworte ich und sie kichert.

Als ich am Mittwochmorgen aufwache, grinse ich und erinnere mich sofort an unser erregendes Telefonat.

Ich schreibe ihr:
Guten Morgen. Gut erholt? Ich habe nach unserem Gespräch prächtig geschlafen.

Anschließend gehe ich duschen, ziehe mich an und packe meine Sachen zusammen.

Mein Programm: Frühstücken. Auschecken. Ab zum Flughafen. Hedwig Schröder hat mir für heute Vormittag einen Flieger von Amsterdam nach Kopenhagen gebucht.

Am Flughafen lese ich Rikes Antwort:
Guten Morgen. Ich will definitiv mehr davon.

Ich schreibe:
Oh, ich auch.

49

Rike

Mittwoch. Evi und ich haben uns nach Feierabend verabredet. Mit einem Grinsen betrete ich die Bar, in der wir uns treffen wollen. Sie ist noch nicht da und ich nutze die Zeit, um Finn zu schreiben. Seine Meetings sind vorbei und gleich wird er mit Joachim und den Kunden Essen gehen.

Vor Minuten war er gerade aus der Dusche getreten und hat mir geschrieben, dass er sich so sehr wünsche, dass ich bei ihm wäre. Unter der Dusche, im Zimmer, in Kopenhagen. Er würde mich vermissen und sich wie verrückt auf Freitagabend freuen.

„Na du, was gibt es zu grinsen?", fragt mich Evi und setzt sich auf den Barhocker neben mich.
„Nichts Besonderes."

„Das sah definitiv nicht nach einem Nichts-Besonderes-Grinsen aus. Hast du schon bestellt?"

„Nein."

„Warum nicht?" Sie schaut nach dem Barkeeper. „Arbeitet hier keiner?", schimpft sie. „Ich kann mir meinen Cocktail auch selber mixen."

„Komm mal runter, beruhige dich", sage ich empört, „was ist los mit dir?"

Sie stöhnt auf.

In diesem Moment kommt der Barkeeper um die Ecke.

„Was kann ich für euch tun?", fragt er.

„Zwei Cosmopolitan bitte", bestelle ich.

„Sehr gerne, die Damen", erwidert er mit einem Augenzwinkern und macht sich an die Arbeit.

„Also, was ist?", hake ich nach.

„Ich wollte dir doch heute jemanden vorstellen."

„Ja, ich erinnere mich."

„Er hat mir eben abgesagt." Sie schmollt.

„Dann soll es heute halt nicht sein."

„Stimmt", ihre Miene erhellt sich. „Aufgeschoben ist ja nicht aufgehoben." Sie schmunzelt.

„Wie heißt denn der Arme, dem du an die Wäsche willst?", frage ich lachend.

„Witzig, Rike", erwidert sie und streckt mir die Zunge raus. „Lukas und ich sind alte Freunde, da wird nichts laufen."

Ich stutze. Sagte sie Lukas? Meint sie etwa DEN Lukas?

„Was ist?", fragt sie. Unsere Cocktails kommen. Wir bedanken uns.

„Welcher Lukas?", möchte ich wissen.

„Finn hat dir bestimmt von ihm erzählt. Er war damals sein bester Freund."

Entrüstet schaue ich sie an, mir bleibt die Spucke weg.

„Und den willst du treffen?", vergewissere ich mich.

„Ja, er hat sich geändert und er ..."

„Stopp", unterbreche ich sie. „Lukas hat sich also geändert und das ist okay für dich?"

„Ja."

„So wie ich es gehört habe, waren beide, Finn und Lukas, ziemlich gleich, was die Frauen anging. Warum machst du diesen großen Unterschied

278

zwischen den beiden? Finn ist der Untergang der Welt und Lukas ist auf einmal auf deiner Männer-Liste?"

„Ich habe keine Männer-Liste", erwidert sie zickig. „Lukas mochte ich immer lieber und er hat Marina nicht verarscht."

Ungläubig starre ich sie an.

„Wann hast du ihn wiedergesehen?", frage ich. „War er nicht im Ausland?"

„Ja, in Frankreich", entgegnet sie. „Du bist gut informiert. Seit ein paar Monaten ist er zurück. Wir haben uns zufällig letztes Wochenende im Club getroffen und über die alten Zeiten gequatscht. Rike, mit Lukas ist das anders. Er war damals definitiv nicht so schlimm wie Finn."

„Weißt du was? Es ist mir ziemlich egal, wer von beiden damals schlimmer war. Ich kann nicht nachvollziehen, warum du wegen Finn so einen Ärger veranstaltet hast. Stichwort Schnösel. Und mit Lukas ist das alles super und top?"

Sie zuckt mit den Schultern und trinkt einen großen Schluck ihres Cocktails. „Du solltest ihm dankbar sein", sagt sie wichtig und bestellt neue Drinks.

„Wem jetzt?" Ich bin irritiert.

„Lukas."

„Wieso das?"

„Er hat für Finn ein gutes Wörtchen eingelegt. Der habe sich wirklich zum Guten entwickelt, sei heute ein Gentleman und businessmäßig voll die große Nummer." Ich starre sie prüfend an, dann muss ich bitter lachen.

„Ach deshalb hast du deinen Groll gegen ihn abgelegt?"

„Nein", entgegnet sie kopfschüttelnd, „den lege ich wohl nie ganz ab, aber zumindest ist er mir jetzt egal."

„Gut zu wissen."

„Wieso, läuft da wieder was?", vergewissert sie sich.

„Nein, natürlich nicht", gebe ich zum Besten.

„Selbst wenn, du bist ja groß und passt allein auf dich auf. Oder?"

„O Evi!" Ich trinke meinen Cosmo aus, die neuen Gläser stehen bereit.

„Was anderes! Hab ich dir erzählt, dass ich mein Studium geschmissen habe?", erzählt sie frei raus und ich falle fast vom Stuhl.

„Was?"

„Ich will keine Lehrerin mehr werden."

„Seit wann?"

„Das ist schon länger mein Plan, habe niemandem was gesagt, damit mich keiner beeinflusst."

„Und was willst du stattdessen unternehmen?"

„Rate mal!"

Ich lache.

„Evi, wie könnte ich das erraten. Niemand fällt mir ein, der in Jobangelegenheiten so sprunghaft ist wie du. Seitdem ich dich kenne, hast du wie viel Mal dein Leben komplett umgeschmissen?"

„Weiß nicht", entgegnet sie amüsiert.

„Und wir kennen uns erst knapp vier Jahre."

„Also gibst du jetzt einen Tipp ab, oder wie?", hakt sie aufgeregt nach.

„Lass mich überlegen … Du kaufst eine Alpakafarm und vertreibst demnächst deine eigenen Pullis aus der Wolle der Tiere?"

Sie prustet laut los.

„Nein, falsch!", sagt sie dann mit einem Kopfschütteln. „Aber eine tolle Idee!"

„Also Evi, mach schon. Ich bin gespannt wie ein Flitzebogen", necke ich sie.

Sie leert ihr Glas, grinst und nimmt einen weiteren Schluck des neuen Cocktails. Grinst erneut.

„Evi? Du machst mich irre. Was wirst du tun?"

„Trommelwirbel bitte."

„Evi … nun los."

„Am Ende des Monats werde ich nach Spanien auswandern, quasi in vier Wochen." Sie hebt die Arme. „Taadaa!"

„Was?"

„Einen Job habe ich schon. An der Costa Del Sol", berichtet sie fröhlich, „und eine Wohnung habe ich … fast."

„Ich bin sprachlos."

„Tut mir leid, dass ich dich nicht früher eingeweiht habe."

„Und wo? In Nerja vielleicht?", frage ich.

„Ja, genau. Dort, wo wir letztes Jahr zusammen unseren Urlaub verbracht haben."

„Was wirst du da machen?", bohre ich weiter.

„Zunächst kellnern. In der Bar des Hotels, in dem wir wohnten. Mal sehen, wie es weitergeht. Kommst du mich irgendwann besuchen?", möchte sie wissen.

„Ja, klar. Verrückt! … Ich weiß gar nicht, was ich sagen soll."

„Vielleicht wünscht du mir viel Spaß?", schlägt sie mir amüsiert vor.

„Natürlich, viel Spaß und alles Gute. Das kommt sehr überraschend."

„Wirklich? Du weißt doch, dass ich das immer wollte. Einfach weg hier."

„Das stimmt allerdings. Glücklich warst du in deinen ganzen Jobs nicht", entgegne ich.

„Nee, auch das olle Studieren hat mich nicht ausgefüllt. Ich muss am Meer leben, denke ich."

„Ich bewundere dich für deinen Mut. Wenn dir eine Lebenssituation nicht passt, änderst du sie einfach. Und offenbar so lange, bis es irgendwann passt … Ich werde dich vermissen."

„Ach Quatsch. Mich alte Zimtzicke?" Sie lacht. „Du wirst schnell einen Ersatz finden."

Ich lache ebenfalls.

„Für dich, Evi? Nein, diese Lücke kann keiner füllen."

„Prost, meine Freundin", sagt sie.

„Prost." Wir trinken die Gläser leer.

„Und dir viel Erfolg mit Finn", wünscht sie mir.

„Mit Finn?", frage ich nach.

Sie nickt und grinst.

„Aber…", beginne ich meinen Satz.

„Hast du ernsthaft geglaubt, ich nehme dir diese Ende-Schluss-Aus-Nummer ab? Du bist eine schlechte Schauspielerin. Wie du ihn eben verteidigt hast, war herrlich." Sie lacht erneut. „Und als ich reinkam, hast du gewiss mit ihm geschrieben. Und Rike, ich habe seine Hülle gesehen. Sie steckt immer noch an deinem Handy. Die ganze Zeit. Ihr seid wohl füreinander bestimmt seit der Nacht im Museum."

Ich seufze. Sie hat mich voll ertappt.

„Tut mir leid, dass ich dich angelogen habe."

„Ach Rike, ich hätte es wohl genauso gemacht wie du, wenn du meinem Angebeteten mit so viel Hass begegnet wärst."

„Ach Evi. Ich werde dich total vermissen", sage ich mit Tränen in den Augen und drücke sie an mich. Wir weinen beide.

50

Finn

Es ist Donnerstagabend. Nach dem letzten Geschäftsessen komme ich mit einer tollen Neuigkeit in mein Hotelzimmer zurück und kann es kaum erwarten, Rike davon zu berichten. Ich rufe sie an, aber zu meiner Enttäuschung geht sie nicht an ihr Telefon.

Sie schrieb mir heute Nachmittag, dass sie am Abend Maya besucht. Der würde es nach ihrer Magenverstimmung mittlerweile besser gehen.

Melde mich nachher.
… textet sie mir.

Dann kann ich sie halt noch nicht darüber informieren, dass ich bereits am frühen Freitagmorgen zurückfliege und schon zur Mittagszeit im Büro sein werde. Joachim und ich haben zwar am Nachmittag noch einen Auswärtstermin in der Stadt, aber Rike und ich werden uns nicht erst am späten Abend sehen, sondern direkt nach dem Feierabend.

Ich fange an zu packen.

Später ruft sie mich zurück und wir sind beide happy. Gefühlt habe ich sie ewig nicht in den Armen gehalten, ich sehne mich nach ihren Berührungen.

Unsere kleinen Nachrichten, die wir uns ständig schickten, haben die Zeit wenigstens ein Stück weit versüßt.

Sie erzählt mir aufgeregt das Neuste aus dem Büro. Tony sei erkrankt, Maya sei am Morgen noch nicht zurück im Büro gewesen. Julian hat bekanntlich die Woche Urlaub. Nun habe sie heute ganz allein die Abteilung geschmissen und dabei richtig Freude gehabt. Gut gelaunt berichtet sie, wie sie alles gekonnt gewuppt hat.

„Du bist also die nächste Teamleiterin", sage ich zu ihr und sie kichert.

Am nächsten Morgen sitze ich mit Joachim in der Abflughalle und bin sehr müde. Rike und ich haben die halbe Nacht telefoniert. Ich starre in meinen Kaffee und freue mich auf ein kleines Schläfchen im Flugzeug.

„Du bist in Gedanken", stellt Joachim fest.

„Ich bin erschöpft."

„Das waren auch heftige Tage, Finn."

„Das stimmt."

„Nimm nächste Woche ein, zwei Tage frei."

„Meinst du?"

„Ja, sicher. Montag und Dienstag kann ich mal auf dich verzichten. Oder haben wir da was?" Er checkt sein Handy. „Nein, die beiden Tage sind keine Termine eingetragen. Bleib zu Hause."

„Okay, danke. Das klingt hervorragend."

„Du hast ja auch hervorragend gearbeitet."

„Danke."

Er legt sein Handy neben meins auf den Tisch vor uns. Beide Displays zeigen nach unten.

„Ungewöhnliche Handyhülle", bemerkt er.

„Meine?"

„Ja, sie ist ..."

„So ganz anders als deine", ergänze ich seine Worte und er lacht.

„Genau das. Meine ist schlicht schwarz und du trägst Blumen und einen Schmetterling mit dir herum."

„Es ist die Hülle meiner Freundin."

„Ach was?" Er sieht mich mit großen Augen an, als hätte ich ihm gerade etwas völlig Verrücktes erzählt. „Du bist vergeben?", fragt er.

„Ja", antworte ich amüsiert infolge seiner erstaunten Reaktion.

„Das ist ja ein Ding." Er klatscht in die Hände und grinst.

„Wieso ist das ein Ding, Joachim? Ich bin sehr glücklich. Es ist noch recht frisch, aber sie könnte die Richtige sein. Die, die für immer bleibt."

„Das klingt fantastisch, das hätte ich wirklich nicht gedacht."

„Wieso nicht?", hake ich irritiert nach.

„Ich hatte angenommen, Finn Oliver Schneider ist ein überzeugter Single."

„Wie kommst du darauf?" Verwundert schüttle ich den Kopf.

„Bisher habe ich dich nie von einer Frau sprechen hören. Dachte mir, du bist zu 100% im Job verankert und hast keine Zeit für Romantik."

„Den Eindruck erwecke ich?", frage ich mit einem Schmunzler.

„Ja und jetzt sagst du, du bist vergeben und sie könnte die Richtige sein."

„Witzig, dass du so gedacht hast."

„Da habe ich mich wohl getäuscht", bemerkt er. „Was macht deine Herzensdame beruflich?"

„Sie arbeitet im Büro."

„Geht es genauer?"

„Ein Gentleman genießt und schweigt, Joachim."

„Du schützt dein Privatleben also wie einen Schatz?"

„So sieht es aus", erwidere ich lachend.

„Sehr sympathisch. Man sollte Privates und Berufliches stets trennen."

„Definitiv."

„Und ein Gentleman bist du auch?"

„Ja, ich denke schon."

„Du bist ein feiner Kerl, Finn. Die Dame ist ein Glückspilz. Die Liebe sei dir gegönnt."

„Danke dir."

„Eine Frage habe ich allerdings noch."

„Welche, Joachim?"

„Wieso hast du ihre Handyhülle?"

„Wir tauschten sie bei unserer ersten Begegnung und seitdem blieb es so."

„Das ist richtig putzig, Finn."

„Putzig?", wiederhole ich ungläubig.

„Ja, und definitiv romantisch. Wie gesagt, ich bin überrascht."

Joachim verschwindet in Richtung Toiletten und ich atme ganz tief durch. Endlich bekomme ich wieder richtig Luft.

In den letzten Minuten habe ich so viel geschwitzt, dass ich definitiv die zweite Dusche an diesem Tag bräuchte.

Ich nehme die Wasserflasche, die vor mir auf dem Tisch steht, in die Hand, setze an und leere sie in wenigen Zügen.

Danach streiche ich über Rikes Handyhülle und denke über Joachims Worte nach.

Ein überzeugter Single. Keine Zeit für Romantik. Zu 100% im Job verankert.

So war ich einmal, bis sie in mein Leben trat.

51

Rike

Freitagvormittag schreibt mir Finn, dass er gelandet sei, und ab diesem Moment geht meine Laune durch die Decke. Ich kann das Grinsen nicht mehr abstellen.

Die Mittagspause verbringe ich mit Maya. Sie ist ja wieder fit und wir schlendern durch den Park.

„Du bist heute ziemlich gut drauf", bemerkt sie.

„Ja, ich freue mich wahnsinnig auf das Wochenende", entgegne ich.

„Gibt es einen besonderen Grund?", fragt sie.

„Nein, ich freue mich einfach auf ein wenig Freizeit."

„Klar." Sie lacht. „Es gibt keinen besonderen Grund. Ironie off."

„Nein, den gibt es wirklich nicht."

„Wir sind übrigens mit unserer Challenge gar nicht mehr weitergekommen", fällt ihr Sekunden später ein, „Julian hat Urlaub, ich war krank und du konntest auch nichts beobachten, weil der schicke Finn geschäftlich unterwegs ist."

„Richtig erkannt."

„Und heute kommt er zurück und du bist so aus dem Häuschen?"

„Maya, hör auf damit. Wir sind Kollegen."

„Langweilig, Rike."

Als die Pause vorbei ist und Maya und ich wieder aufs Firmengelände kommen, rast mein Herz sofort und ich muss meine Freude gut verbergen.

Finn telefoniert an seinem Fenster und Joachim steht neben ihm.

„Da ist er ja", informiert Maya feierlich und ich spüre ihre Blicke in meine Richtung. „Freust du dich?", stichelt sie.

„Maya, was soll das?", entgegne ich aufgebracht.

„Ist ja schon gut", antwortet sie beleidigt.

Finn schreibt mir etwas später:
Es war schön, dich eben kurz da draußen zu sehen. Ich fahre jetzt zum Kunden und melde mich später bei dir. Ich liebe dich.

Freu mich sehr auf dich. Kuss
…schreibe ich schnell zurück.

Er liebt mich? Oh, meine Güte. Das weiß ich seit Kopenhagen, denke ich und grinse. Nun schreibt er es bei vollem Bewusstsein. Wie schön.

Ich liebe ihn auch.

Mein Telefon klingelt. Der Chef ruft mich an.

„Hallo, Joachim", sage ich in den Hörer.

„Rike, grüß dich. Kommst du mal kurz in mein Büro?"

„Ja, sicher. Bin sofort da."

Die Tür steht offen, als ich vor seinem Büro ankomme. Seine Assistentin sitzt nicht an ihrem Platz. Zögerlich schaue ich um die Ecke.

„Komm und setz dich", ruft er mir entgegen.

„In Ordnung." Sofort bin ich aufgeregt und habe ein schlechtes Gewissen wegen Finn und mir.

„Wie geht es dir?", fragt er.

„Gut, danke. Und selber? Wie war es in Kopenhagen?"

„Sehr gut. Finn ist ein Spitzenmann. Gut, ihn im Team zu haben. So wie dich. Du machst einen tollen Job. Gestern hast du Tony hervorragend vertreten. Klasse."

„Vielen Dank."

„Der Dank geht an dich. Mir ist auch zu Ohren gekommen, dass du aktiv an der Statistik mitgearbeitet hast. Toll."

„Oh, danke."

„Gerne, Rike. Gibt es deinerseits Anregungen, Verbesserungsvorschläge oder Beschwerden?"

„Nein. Ich fühle mich sehr wohl. In der Firma herrscht gutes Klima und die Arbeit bereitet mir Freude. Ich wurde hier gut aufgenommen."

„Und du durftest sogar schon eine Reise mitmachen", bemerkt er.

„Das stimmt. Vielen Dank für diese Möglichkeit."

„Gerne. Wir hatten dort erfolgreiche Tage."

„Das stimmt", pflichte ich ihm bei.

„Sehr schön, das war es fürs Erste oder hast du noch was auf dem Herzen?

„Ähm", ich überlege. „Nein, da ist nichts."

„Gut … sonst immer raus damit. Danke für deine Zeit."

„Gerne und danke dir."

Ich verlasse sein Büro und freue mich über sein Feedback. Was auf dem Herzen hätte ich durchaus, denke ich glücklich und verliebt bei mir, aber das würde ihm gewiss nicht gefallen.

Zurück am Platz prüfe ich mein Handy, keine neuen Nachrichten. Ich lege es auf den Schreibtisch neben mich und arbeite weiter. Das Display lege ich schön nach unten, nicht dass noch jemand mitbekommt, dass mir ‚Nachts im Museum' schreibt und seltsame Fragen stellt.

Joachim betritt unseren Büroraum. Mist, denke ich, es ist zu spät, um mein Handy wegzuräumen. Das soll doch in der Tasche bleiben.

„Was ich eben vergessen habe … wie läuft es überhaupt ohne Tony?", fragt er in die Runde. „Gibt es irgendwas zu klären?"

„Nein, alles bestens", erwidert Maya.

„Gut, wenn was ist, bitte Bescheid geben."

„Machen wir", antwortet Maya. Joachim ist im Begriff zu gehen, lässt noch einmal seinen Blick schweifen und stoppt bei meinem Telefon. Ich bereite mich auf eine Ansage vor, stattdessen kommt er neugierig näher und betrachtet das Gerät genau.

„Du hast eine interessante Handyhülle."

„Danke", entgegne ich nervös. Ja, denke ich, schlicht schwarz mit den Initialen von Finn darauf. Wird er einen Zusammenhang erkennen? F O S. Das könnte doch alles bedeuten? Wie soll er da was vermuten? Ich bin eindeutig paranoid.

„F O S … Ist das eine neue Modemarke?", möchte er wissen. „Da gibt es ja ständig etwas Neues."

„Ich weiß gar nicht genau, was die Buchstaben bedeuten", erkläre ich achselzuckend. „Vielleicht hast du recht und es steht für ein Label?"

„Du hast eine Hülle und kennst ihre Bedeutung nicht? So hätte ich dich keineswegs eingeschätzt."

„Es ist nicht meine." Röte schießt mir ins Gesicht.

„Ach so?", er sieht mich an. „Ein Geschenk? Ein Tausch?"

„Ja, etwas in der Art", erwidere ich mit schnellem Herzschlag.

„Macht man so was heute?"

„Ab und an", sage ich zaghaft und lächle.

„Sachen gibt es … Meine Frau und ich", spricht er weiter, „sind dieses Jahr fünfunddreißig Jahre verheiratet und wir sind noch nie auf die Idee gekommen, unsere Handyhüllen zu tauschen."

„Fünfunddreißig Jahre. Herzlichen Glückwunsch."

„Vielen Dank."

Er verlässt den Raum und ich bin völlig am Ende. Wieso fängt er in Bezug auf die Handyhülle und einem möglichen Tausch von seiner Frau an?

52

Finn

Mein Termin am Freitagnachmittag dauert länger als geplant. Ursprünglich wollte Joachim mich begleiten, er erklärt mir dann, dass er kurzfristig noch etwas im Büro zu erledigen habe. Ich werde es gut allein schaffen, ermutigte er mich.

Rike hat längst Feierabend, als ich aus meinem Termin komme, und ist nach Hause gefahren. Wir vereinbaren, dass ich sie dort abhole.

Sie kommt aus dem Haus, ich verlasse mein Auto und schließe sie in die Arme. Tut das gut. Unsere Wiedersehensfreude ist riesig. Ich hatte ihr geschrieben, dass ich sie liebe. Es kam so über mich. Es zu sagen, fällt mir schwer, schreiben ist leichter. Mal sehen, ob sie noch etwas dazu anmerkt. Bisher nicht, was mich leicht kränkt.

Ich fahre los, nehme ihre Hand und habe auch nicht vor, sie wieder loszulassen.

„Stell dir vor, Joachim hat mich heute zu sich bestellt", erzählt sie munter.

„Was wollte er?"

„Fragen, ob ich etwas zu beklagen oder auf dem Herzen hätte."

„Und, hast du?", möchte ich wissen.

„Hab ihm erzählt, was zwischen uns läuft", scherzt sie und ich stöhne auf.

„Nicht witzig!", tadele ich.

„Weiß ich, sorry", sagt sie kleinlaut. „Stell dir vor, er hat davon gehört, dass ich aktiv an der Statistik mitgearbeitet habe. Wie kommt er darauf?"

„Keine Ahnung." Mein Grinsen verrät mich.

„Sag", fordert sie.

„Ich erzählte ihm, dass wir beide kurz telefoniert hätten, weil du einige Fragen zu ein paar Zahlen gehabt hättest. Dachte mir, so wäre er informiert, dass du zumindest an der Statistik mitgewirkt hast."

„Du bist ein Fuchs. Danke dir. Er hat mich gelobt."

„Freut mich, dass du im Nachhinein noch deine wohlverdiente Anerkennung bekommen hast."

„Danke … Ach, und er hat deine Handyhülle bewundert."

„Was?" Sofort stellen sich geschockt meine Nackenhaare auf.

„Er erkundigte sich nach den drei Buchstaben auf der Hülle."

Augenblicklich setze ich den Blinker, fahre rechts ran, bremse stark ab und starre Rike mit riesigen Augen an. Sie erschreckt sich fürchterlich.

„Was hast du ihm gesagt?", frage ich panisch.

„Er wollte die Bedeutung wissen, nahm an, F O S sei irgendein neues Label." Sie kichert. „Ich sagte ihm, es sei nicht meine Hülle."

„O nein. Scheiße. Verdammt. Fuck."

„Was ist denn?" Jetzt lacht sie. „So viele böse Wörter auf einmal?", sagt sie verwundert. Plötzlich merkt sie, dass es mir ernst ist. Ihr Lachen verstummt sofort.

„Was hat er anschließend zu dir gesagt?", will ich wissen.

„Ich weiß nicht."

„Dann überleg."

„Er erzählte – was ich merkwürdig fand – dass er fünfunddreißig Jahre verheiratet sei und er und seine Frau nie die Hüllen getauscht haben."

Ich schlage die Hände über dem Kopf zusammen, finde keine Worte. Das ist das Ende. Laut stöhnend lasse ich mich in meinen Autositz fallen. „Rike, wir sind am Arsch", jammere ich schließlich.

„Finn, du machst mir Angst. So viele Schimpfwörter habe ich dich noch nie in einer Minute sagen hören. Was ist los?"

„Heute Morgen, auf dem Flughafen, sah er mein Handy auf dem Tisch liegen. In deiner Hülle."

„Und weiter?", fragt sie ängstlich.

„Rike … er und ich, wir führten ebenfalls ein Gespräch über Handyhüllen. Ich sagte ihm, die Hülle gehöre meiner Freundin."

„Oh, nein."

„Rike, das war's. Wir werden eine Abmahnung bekommen. Oder gleich gefeuert."

Mein Herz rast. Meine Karriere sehe ich in diesen Momenten wie ein Kartenhaus zusammenstürzen. Verzweiflung kriecht in mir hoch.

„Hast du ihn heute noch gesehen?", fragt sie.

„Nein, aber gesprochen. Nach meinem Termin habe ich ihn angerufen, das war definitiv nach eurem Gespräch."

„Und?"

„Er war ganz normal." Ich hole mein Handy hervor und prüfe sämtliche Kanäle. „Keine Nachricht mehr von ihm."

„Was bedeutet das?", erkundigt sie sich.

„Keine Ahnung. Lass uns erst einmal zu mir fahren."

Wir bestellen uns etwas zu essen beim Lieferservice. Als das Essen da ist, haben wir kaum Hunger. Ich habe eine Höllenangst vor nächster Woche. Warum war Joachim heute Abend so normal am Telefon? Unsere Liaison ist doch jetzt aufgeflogen.

Trotz allen Ärgers rund um die Firma bin ich zurück. Rike ist wieder bei mir und die Welt dreht sich ein wenig schneller mit ihr. Wir haben so einiges Zwischenmenschliches aufzuholen und das genießen wir in vollen Zügen.

Der Ärger wird kommen, das ist sicher ... aber bis dahin steht die Zweisamkeit im Vordergrund.

Zwischen zwei Küssen, inmitten einer schier endlosen Abfolge von wunderbaren Bewegungen, die uns wie durch den Raum schweben lassen, haucht sie mir die drei süßen Worte ins Ohr.

„Ich liebe dich."

Sonntagabend. Rike ist bereits zu Hause. Mich erreicht eine E-Mail von Joachim und die Zeilen rauben mir den letzten Nerv:

Hallo Finn,
leider kannst du morgen keinen Urlaubstag antreten. Ich brauche dich hier zu einem außerordentlichen Meeting um 9 Uhr im Konferenzraum.
Es ist dringend.

Schönen Abend noch,
Grüße
Joachim

53

Rike

Montagmorgen. Ins Büro komme ich mit Herzrasen. Ich glaube irgendwie, wenn ich eine leicht gebückte Haltung einnehme, könne ich dem ganzen Schlamassel entkommen. Welch übler Irrglaube.

Finns Auto steht bereits auf dem Firmenparkplatz. Er hat mir gestern Abend noch von der Mail berichtet, die er von Joachim erhielt. Heute Morgen schrieben wir uns ein paar Mut-Mach-Nachrichten, aber die zeigten bei keinem von uns ihre Wirkung.

Was für ein Fiasko.

„Morgen", ruft Julian, sein Urlaub ist zu Ende. Auch Maya kommt rein.

„Wieder vereint. Die Crew. Wunderbar", trällert sie.

„Was ist denn hier los?", ruft Tony, er ist ebenfalls zurück. „Habt ihr Langeweile? Oh, dagegen habe ich was. Ich komme gleich mit ein paar Aufträgen zu euch."

In meiner Mailbox ist nichts Besonderes. Keine Nachricht von Joachim. Mit einem frischen Kaffee aus der Küche starte ich mit der Arbeit.

Mein Telefon klingelt. Der Chef ruft an und nun rutscht mir das Herz in die Hose. Maya schaut mich ganz besorgt an. Gleich muss ich heulen.

„Guten Morgen", melde ich mich tapfer.

„Guten Morgen, Rike. Kommst du bitte in den Konferenzraum?"

„Natürlich. Bin sofort da."

„Sehr gut", erwidert er und legt auf.

„Ich muss mal eben zum Chef", erkläre ich Maya.

„Wo ist deine Gesichtsfarbe hin?", fragt sie erschrocken. Mein Antwortgrinsen ist gestellt.

Wie auf Eiern bewege ich mich vorwärts. Immer einen Fuß vor den anderen. Die Tür zum Meetingraum steht einen Spalt offen. An dem riesigen Tisch sitzt der Chef. Ich öffne die Tür ein kleines Stück weiter. Auch Finn sitzt dort … ihm gegenüber.

„Komm rein", bittet Joachim, seine Miene ist unergründlich, „und schließ die Tür."

„Guten Morgen", sage ich verhalten.

„Hallo Rike", spricht Finn und schaut mich aus dem Augenwinkel an. Er wirkt auf mich wie ein geprügelter Hund.

„Setz dich bitte neben Finn Oliver Schneider. F O S. Richtig?"

Ich nehme Platz, spüre Hitze in mir. Meine Gesichtsfarbe ähnelt gewiss dem Farbton einer reifen Tomate.

„Warum wir hier sind, brauche ich nicht erklären, korrekt?"

Einen Punkt neben Joachims Gesicht fixierend schüttle ich den Kopf.

„Nein", sagt Finn.

„Gut. Zunächst will ich euch an etwas erinnern: Ihr habt, als ihr bei uns in der Firma anfingt, jeweils einen Vertrag unterschrieben. Neben vielen anderen Dingen geht es in diesem Schriftstück auch um die

Liebesbeziehungen innerhalb der Firma. Jegliche sind untersagt."

Er schaut von Finn zu mir und wieder zu Finn ein paar Mal hin und her.

„Sollte es zu derartigen Liebesbeziehungen kommen", fährt er fort, „wird das Konsequenzen nach sich ziehen. In deinem Fall, Finn, wäre das eine Abmahnung und eventuell, nein, mit Sicherheit wirst du in dieser Firma nie wieder eine leitende Position besetzen.

Du Rike, könntest direkt deine Sachen packen und dir wäre ab diesem Tag der Zugang zu diesen Geschäftsräumen verwehrt. Ist das so weit verständlich?"

„Ja", antwortet Finn leise.

„Ja", sage ich.

„Und ihr erinnert euch, dass ihr das schon gehört oder gelesen habt? Auch unterschrieben habt?"

„Ja", antworten Finn und ich dieses Mal zusammen.

„Gut. Folgendes ist passiert: Frau Ewalt aus der Buchhaltung berichtete, dass sie zwei Kollegen aus diesem Hause in einer äußerst verfänglichen, eindeutig sehr intimen Situation angetroffen habe. Sie fühlte sich dazu verpflichtet, mir Meldung zu geben. Finn, was fällt dir dazu ein?"

„Ich weiß nicht, was ich dazu sagen soll", entgegnet Finn voller Schuld.

„Genau das waren meine Worte zu Frau Ewalt. Als sie mir sagte, wen sie gesehen hat, konnte ich es nicht glauben. Rike, hast du eine Meinung dazu?"

„Ich …"

„Nein", unterbricht er mich, „sag lieber gar nichts. Erst einmal erzähle ich eine Geschichte.

Vor langer Zeit fing ein junger, motivierter Mann in einer Firma seine Ausbildung an. Er merkte sehr schnell, dass er den richtigen Beruf gewählt hatte.

Innerhalb kürzester Zeit war er sehr erfolgreich, pflegte gute Beziehungen zur Geschäftsleitung und war bei den Kunden stets gern gesehen.

Ein paar Jahre nach ihm, zu dieser Zeit war er schon ein gestandener Manager, fing eine junge, attraktive Frau in dieser Firma einen Job als Assistentin an. Und es dauerte nicht lange, da stand sein Herz in Flammen, er war verliebt in seine neue Kollegin. Und sie auch in ihn.

Die Geschäftsleitung untersagte jegliche Liebschaften zwischen Kollegen. Nur Probleme und Ablenkung würden sie bringen. Da aber die Liebe ein mächtiges Ding ist, ging das zwischen den beiden weiter und so kam es, wie es kommen musste. Sie wurden erwischt. Vom Chef persönlich, der sie an einem Wochenende im schönen Monat Mai an einem Badesee erspähte und zur Rede stellte. Was sollte nun werden?

Zur Erklärung, dieser verliebte Jungspund war ich damals und heute, über fünfunddreißig Jahre danach, bin ich mit dieser Frau, die einst als junge Assistentin in die Firma kam, immer noch glücklich verheiratet. Es war die beste Idee, einst die Regeln der Geschäftsleitung zu brechen."

Joachim steht auf, als er seine Geschichte zu Ende gesprochen hat. Ich schlucke hart und habe eine Gänsehaut.

Er geht zum Fenster und dreht uns den Rücken zu. Verweilt dort schweigend.

Finn und ich tauschen einen Blick. Finn schaut geschockt. Ich stehe kurz vorm Kollaps. Eine wirklich schöne Story, aber was soll uns diese Geschichte jetzt sagen?

Joachim kommt mit langsamen Schritten zurück an den Tisch. Bleibt davor stehen und sieht mich an.

„Lerntet ihr euch im Büro kennen?", fragt er.

„Nein, an dem Samstag, bevor ich hier anfing", antworte ich.

„Also bereits VOR deinem ersten Arbeitstag."

Ich nicke.

„Gut. Gut ... Soll ich euch was sagen", spricht er, „ich kenne mich aus mit Menschen und behaupte stets, ich kann sie lesen wie ein Buch."

Er pausiert und setzt sich auf seinen Stuhl zurück. Mustert uns.

„Ich habe nichts gemerkt in Kopenhagen. Ihr wart beide unheimlich professionell. Respekt." Joachim lacht bitter. „Also, was machen wir jetzt mit dieser Situation?" Sein eiskalter Blick fixiert Finn.

Der zuckt mit den Achseln.

„So schweigsam? ... Mein Junge, ich finde es unverantwortlich, dass du eine Beziehung mit einer Kollegin eingehst ... und dann auch noch eine Mitarbeiterin, die in der Hierarchie unter dir steht. Du bist im Management und solltest es besser wissen. Ich schätze, du hast längst umfassend recherchiert, was dir blüht, wenn das mit euch beiden rauskommt.

Vom Gesetz her kann dir keiner was verbieten, da steht: *Liebe ist Privatsache*, aber letztlich hast du den Vertrag unterschrieben und warst einverstanden, dass so etwas untersagt ist. Fakt: Die Reise mit Rike nach Kopenhagen hätte nie stattfinden dürfen. Und diese Begegnung mit Frau Ewalt war grob fahrlässig. Wenn das hier die Runde macht, kommst du in Teufels Küche, Finn.

Wenn du dich auf so eine Beziehung einlässt, dann bitte zu 100% professionell. Ich spreche aus Erfahrung, es ist verdammt schwer, aber möglich."

„Verstanden", entgegnet Finn kleinlaut.

„Deine Worte am Flughafen über deine Freundin haben mich beeindruckt. Es ist dir ernst mit Rike und du hast sie kennengelernt, BEVOR sie deine Kollegin wurde. Das sind auch Fakten."

Joachim blickt nun mich eindringlich an.

„Rike, eine Beziehung zu einem Manager kann lukrativ sein und Finn ist mit Sicherheit eine gute Partie.

Sich in den eigenen Chef zu verlieben, ist möglichst zu vermeiden, aber hier nun mal passiert. Ich erinnere mich: Gemeinsame Essen in schicken Restaurants in der Stadt fielen aus, ebenso Theaterbesuche vor Ort. Wir haben auf vieles verzichtet damals.

Meine Frau kündigte ihren Job. Wir haben geheiratet und gründeten eine Familie. Eine gewisse Zeit haben wir diese Liebe am Arbeitsplatz durchgezogen, jedoch auf Dauer ist das nicht zu empfehlen."

„In Ordnung", sage ich.

„Was soll ich mit euch beiden machen, Finn? Was würdest du an meiner Stelle tun?"

„Ich weiß es nicht."

„Keine gute Antwort, mein Lieber. Hast du keine Idee?"

„Ich bin nicht in der Position, Ideen zu präsentieren", erwidert Finn. „Wir haben gegen die Regeln verstoßen."

„Rein hypothetisch: Wärst du in meiner Position, was würdest du tun?", bohrt Joachim tiefer und ich hoffe, er gibt die Frage nicht an mich weiter. Finn sucht nach Worten.

„Ich würde auf Grund meiner eigenen Geschichte diese Liebe akzeptieren und darauf vertrauen, dass die betroffenen Kollegen verantwortungsvoll mit der Situation umgehen", antwortet Finn schließlich.

„Das ist eine gute Antwort", entgegnet der Chef zufrieden.

„Ist sie das?", fragt Finn unsicher.

„Zur Info", spricht Joachim jetzt ruhig und gelassen. „Ich habe verzichtet, dem Vorstand etwas von eurer Beziehung zu erzählen. Generell habe ich darauf verzichtet, überhaupt jemandem davon zu berichten, und bat Frau Ewalt, Stillschweigen zu bewahren. Eure Beziehung befürworte ich nicht, aber auf Grund meiner eigenen Vergangenheit kann ich sie auch nicht verurteilen.

Finn, du hast es treffend formuliert, ich vertraue darauf, dass ihr verantwortungsvoll mit der Situation umgeht. Unter diesem Umstand dürft ihr beide, ohne irgendwelche Konsequenzen zu spüren, in der Firma bleiben."

„Danke", sagt Finn froh und seine Erleichterung spiegelt sich sofort in seiner Körperhaltung wider.

„Ja, danke Joachim", entgegne ich und frage mich, ob ich träume. Passiert das hier gerade wirklich? Kommen wir ungeschoren davon?

„Es wird keine gemeinsamen Reisen mehr geben", spricht Joachim weiter, „das muss klar sein. Also keine geschäftlichen. Was ihr privat macht, möchte ich nicht wissen."

„Verstehe. Okay", erwidert Finn.

„Selbstverständlich will ich im Büro keine rosa Herzchen sehen oder spüren. Niemals. Nirgendwo. Nicht im Büro. Auf keiner Firmenfeier. Ihr seid Kollegen, nicht mehr, nicht weniger. Ihr seid Profis in eurer Rolle. Herz aus. So wie in Kopenhagen. Und Finn, suche dir einen neuen Bäcker für die Sonntagsbrötchen."

„Danke, Joachim. Wird erledigt."

„Davon gehe ich aus", erwidert der Chef. „Du bist mir einfach zu wichtig, als dass ich dich gehen lasse."

„Danke."

„Rike, auch du bist ein wichtiger Teil der Kollegschaft. Mit meinen Worten wollte ich dich keinesfalls zu einer Kündigung ermutigen. Ich erzählte nur unsere Geschichte, heute mag alles ganz anders sein. Mein Tipp: Fahr an den Wochenenden mit Finn ganz weit weg, um schön Essen zu gehen."

„Ja, das machen wir."

„Einer Person habe ich doch von euch erzählt, meiner Frau, und glaubt mir, hätte sie mir nicht so gut zugeredet, dann würde dieses Gespräch anders enden."

„Okay, danke … bitte richte liebe Grüße an deine Frau aus", entgegne ich.

„Das mache ich. Und nun, Rike, zurück an die Arbeit. Und du Finn, ab in den Urlaub mit dir."

54

Finn

Ihr Lächeln, das mein Herz stets zum Schmelzen bringt. Ihr Wesen, welches unendliche Güte besitzt. Ihre Cleverness, ihre Schönheit, ihr Humor.

Charmant, sie ist unglaublich charmant. Und sexy, o ja, sie ist verdammt sexy.

Sie hat mich im Sturm erobert. In jener Nacht im Museum. Ein Blick von ihr und ich war verzaubert.

Rike ist überraschend in mein Leben gekommen und sie ist geblieben. Trotz aller Querelen haben wir es geschafft. Ich liebe sie über alles und ich kann mir nicht mehr vorstellen, von ihr getrennt zu sein.

Ihre Augen leuchten heute besonders vor Glück, so wie meine, denn wir haben es heute gehabt. Glück. Wahnsinniges Glück.

Die Gläser klirren sanft und wir trinken den Champagner, den ich zu meiner letzten Beförderung von der Geschäftsleitung bekam. Wir stoßen an, auf uns, auf unsere Liebe, auf das, was noch kommt und auf unseren großartigen Chef.

Unendlich dankbar sind wir ihm für seine heutige Entscheidung. Er hat sich für uns entschieden. Wir dürfen bleiben.

Profis sollen wir sein. Die Herz-aus-Klausel sollen wir vollends erfüllen im Büro. Er will auf keinen Fall kleine Herzchen rumfliegen sehen.

Wir sind guter Dinge, dass wir das meistern können.

Rike kuschelt sich an meine Seite. Ich schließe sie in meine Arme, küsse ihr Haar und drücke sie fest an mich.

Mein größter Wunsch, meine Hoffnung, meine Zuversicht. Sie, meine Liebe, ist die, die für immer bleibt.

55

Maya

Nach einem munteren Abend mit Freunden schlendere ich in der Dunkelheit nach Hause. Gehe allein durch die Straße, in der Rike wohnt.

Ein schwarzer Sportwagen steht direkt vor ihrem Haus. Das Auto kenne ich. Das gibt es doch nicht.

Der Motor läuft. Die Rücklichter leuchten.

Ich bleibe stehen, verstecke mich hinter einem Baum und beobachte, warte ab. Vielleicht passiert etwas Interessantes.

Derweil kann ich nicht aufhören zu schmunzeln und mir ist nach laut Abfeiern. Ich habe es die ganze Zeit gewusst.

Rike kommt aus dem Haus und Finn steigt aus seinem Auto aus. Er schließt sie in die Arme und sie drückt sich fest an ihn. Sie küssen sich. Dann höre ich die beiden lachen.

Hat sich Rike also tatsächlich den hübschen Finn geschnappt. Und hat sich der schicke Herr Manager wirklich mal auf was eingelassen.

Ich erinnere mich an das Knistern im Pavillon beim Firmenfest am See. Also hatte ich mir nie was eingebildet.

Das sind mir ja zwei.

Sie steigen ein und fahren davon.

Ich zücke mein Handy, bin im Begriff Julian die Nachricht zu schreiben, wer denn soeben in Finns Porsche gestiegen ist.

Nein!

Ich stecke mein Handy zurück in die Tasche. Ich werde nichts dergleichen tun. Denn, möchte ich das? Will ich eine Katastrophe für die beiden lostreten?

Julian wäre begeistert. Er würde die wahrscheinliche Abmahnung von Finn feiern und sich schon auf seine eigene Beförderung freuen. Als ob er die so einfach bekäme.

Eigentlich sind Rike und Finn doch ganz süß zusammen. Meinen Frust, dass ich gnadenlos belogen wurde, versuche ich zu vergessen.

Munter trete ich meinen Heimweg an. Ich wünsche den beiden Glück und nur das Beste, beschließe ich.

Drei Monate später

Rike

In Bikini und Flipflops betrete ich den Holzfußboden der Strandbar und blicke glücklich zum Tresen. Dort sitzt mein Traummann. Der, der mein Herz bekam.

„Na, du. Ich habe dich schon vermisst", sagt er.

„Ich war nur mit Evi schwimmen."

„Ich habe dich trotzdem vermisst."

Er küsst mich leidenschaftlich und seine Hände wandern über meine nackte Haut.

„Benimm dich", schimpfe ich leise und schaue in die Getränkekarte.

„Dein Cosmo kommt gleich. Habe ich bereits bestellt."

„Danke dir."

Ich drehe ihm den Rücken zu, lehne mich an ihn und schaue aufs Meer hinaus. Er küsst meinen Nacken und meine Schultern, legt seine Hände von hinten sanft auf meinen Bauch.

„Was geht dir durch deinen hübschen Kopf?", fragt er.

„Ich bin so glücklich", erwidere ich und spüre Glückstränen in mir aufsteigen.

„Das freut mich und weißt du was, ich bin es auch. Verrückt, oder?"

„Ja, das ist total verrückt", antworte ich schmunzelnd und voller Ironie, „dass wir hier an diesem wunderbaren Ort beide glücklich sind."

Ich dreh mich wieder zu ihm.

„Wer hätte das gedacht?", entgegnet er grinsend und wir lachen.

„Danke, Finn, dass alles so gekommen ist und wir hier gelandet sind."

„Ich bin zufrieden, wenn du es bist", sagt er lieb.

„Evi war es sehr wichtig, dass ich sie besuche."

„Alles gut."

„Und mittlerweile mag sie dich ja auch schon ein wenig", bemerke ich.

„Meinst du?"

„Ja, zumindest redet sie mit dir."

Wir lachen.

„Und unseren nächsten Urlaub verbringen wir bestimmt in der Finca auf Mallorca. Sind deine Eltern immer noch angefressen, weil wir nicht zu ihnen auf die Insel geflogen sind?"

„Mein Vater sagte vorhin am Telefon, Südspanien sei ja auch schön und Nerja ist ein tolles Urlaubsziel. Sie haben sich gefangen, denke ich."

„Gut. Zum Glück." Erleichtert atme ich laut aus.

„Komm her", flüstert er. Wir küssen uns. Er zieht mich an sich ran. Ganz dicht. Ganz nah.

„O man, hört bitte sofort auf mit dem Liebeskram. Davon wird mir ganz schlecht", ruft Evi flehend und bindet sich ihre Schürze um. Ihre Pause ist vorbei. „Der Cosmopolitan ist wohl für dich, nehme ich an."

„Ja, danke."

„Was ist mit dir?", fragt sie Finn.

„Nein danke, ich habe alles hier, was ich brauche", sagt er und gibt mir noch einen Kuss.

Evi stöhnt genervt auf. „Ich will auch einen Kerl", meckert sie mit leidiger Stimme.

„Dann such dir einen, aber pass auf, dass du dir nicht so einen Schnösel anlachst, wie ich einen abbekommen habe", sage ich und Evi prustet los.

„Ja, ich passe gut auf. Die gehen gar nicht. Mit ihren Protzkarren. Immer Schickimicki und sie brauchen zu allem Überfluss zudem noch länger im Bad als wir."

„Stopp, Mädels", ruft Finn laut und lässt sofort seine Finger von mir. „Ihr bewegt euch auf ganz dünnem Eis."

Ich kann nicht mehr vor Lachen.

Am Abend liegen wir in unserem Bett im Hotel. Die Balkontür steht offen und wir hören in der Ferne die Wellen an den Strand schlagen. Der Mond hängt wie eine Laterne am Himmel und erleuchtet unser Zimmer.

Finn hält mich sanft in seinen Armen.

„Ich liebe dich", sagt er und küsst mein Haar. „Ich liebe dich so sehr."

Ich schaue ihn an und streichle sein Gesicht.

„Und ich liebe dich."

„Wir bleiben einfach hier", sagt er mit Überzeugung.

„Und was machen wir hier?"

„Wir könnten die Strandbar übernehmen", schlägt er vor, zieht eine Augenbraue hoch und grinst schief.

„Aha, einfach so?"

„Genau, einfach so."

„Okay, machen wir es", steige ich schmunzelnd in seine Träumerei mit ein.

„Ich habe schon einige Ideen, um den Laden profitabler zu gestalten", erklärt er wichtig. „Wir könnten viel mehr Publikum anlocken. Ein, zwei Veränderungen würden bereits ganz viel bringen."

Gespannt lausche ich ihm und hör nicht auf zu schmunzeln.

„Und was ist mit deinem Job zu Hause?", frage ich.

„Du solltest Joachim informieren", schlage ich vor.

„Ja, mach ich morgen. Den Job schmeiße ich gerne."

Ich lache Tränen.

„Was ist dermaßen lustig?", hakt er nach.

„Ich kann nicht mehr. IRONIE OFF. Rein aus Interesse … Du würdest deinen geregelten, gutbezahlten Managerposten mit Aufstiegsgarantie gegen ein einfaches Leben in Südspanien tauschen? Ohne irgendwelche Garantien? Ohne finanzielle Sicherheiten?"

„Ja, warum nicht? Ich habe schon einmal ein Tauschgeschäft gemacht und dadurch ist mein Leben um so Vieles besser geworden."

„Du meinst unsere Handyhüllen?"

Er nickt und grinst.

„Also, der Handyhüllentausch im Museum und deine wilde Idee, hierher zu ziehen. Das ist geringfügig etwas anderes."

„Warum?", fragt er noch immer voller Ironie.

„Du spinnst", entgegne ich lachend.

„Ja. Vielleicht. Aber wäre es nicht um so Vieles schöner und einfacher, wenn wir für immer hier leben würden?"

„Jetzt habe ich ein wenig Angst. Meinst du das etwa doch ein klitzekleines bisschen ernst?"

Er lacht nur.

„Finn?", hake ich nach.

„Lass mich doch ein wenig träumen und rumspinnen. Ich habe mich gestern lange mit Evis Chef unterhalten. Er hat ja noch die Hotelbar und das wird ihm mit der Bar am Strand alles zu viel, berichtete er mir kläglich. Letztlich fragte er mich zum Scherz, ob ich nicht der neue Pächter werden würde."

„Was hast du ihm geantwortet?"

„Dass ich mich geehrt fühle."

„Und was noch?"

„Dass es zurzeit nicht in unser Leben passt, eine eigene Bar zu leiten."

„Zurzeit?", frage ich verwirrt.

„Ja, wer weiß. Vielleicht … eines Tages …"

~~Ende~~

to be continued

Möchtest du mehr von mir lesen?

Im August 2024
erschien mein Gedichtband.

Eine emotionale Reise mit Höhen und Tiefen.
Die Liebe in all ihren Facetten.
Liebesgedichte in Wohl und Schmerz.

Wohl & Schmerz Liebe

100 Gedanken und Gedichte

58 Zeichnungen

ISBN 9 783759 707369

256 Seiten

€11,99

Klappentext

Eintauchen in die Poesie.

Versinken in die Welt der sich reimenden Wörter.

Die Liebe - in Verse geflochten.

Gedankengut mit viel Gefühl.

Liebe ist wohltuend.

Liebe ist schmerzhaft.

Liebe Leserin, lieber Leser,

*nachdem im August 2024 mein Gedichtband ‚Wohl & Schmerz Liebe'
erschien, erblickt nun, im Januar 2025, die Liebesgeschichte von Rike
und Finn das Licht der Welt: ‚Nicht mehr ohne dich.'*

Ein langer Schreibprozess liegt hinter mir.

    *Im Frühjahr 2023 veröffentlichte ich eine Kurzgeschichte zum
Thema ‚Der rote Teppich' auf Instagram. Sie erzählte erstmals von
Rike & Finn, ihrer ersten Begegnung im Museum, dem Tausch und
ihrem unerwarteten Wiedersehen im Büro. Ich schrieb sie aus der
Sicht von Rike.*

    *Als ich die Story postete, spürte ich bereits, da ist noch mehr. Die
Geschichte ist noch lange nicht fertig, diese Kurzgeschichte könnte
das erste Kapitel eines Romans sein. Mein Interesse war geweckt und
ich fragte mich, wie könnte es mit den beiden weitergehen.*

    *Ideen entstanden und das Ausarbeiten der Charaktere begann.
Weitere Personen kamen dazu. Eine Freude bringende
Herausforderung war es, aus den verschiedenen Perspektiven zu
schreiben – Rikes und Finns. Die Geschichte wuchs und wuchs. Erst
einmal in Stichworten. Ein Plot der Story entstand.*

    *Anschließend startete das Schreiben der einzelnen Kapitel. Die
Rohfassung nahm allmählich Gestalt an und schlummerte nach ihrer
Fertigstellung erst einmal längere Zeit in der Schublade.*

    *Im Herbst 2023 begann das weitere Bearbeiten der Kapitel. Es
wurde gestrichen und ergänzt. Korrigiert. Verbessert. Immer wieder
drüber geschaut. Viele, viele Worte kamen hinzu.*

    *Im späten Frühjahr 2024 setzte ich das Wort ENDE unter das
Schriftstück. Das Manuskript ging Mitte 2024 ins Lektorat.*

    *Nach der Rückkehr folgten die finale Korrektur, der Buchsatz, die
Innen- und Covergestaltung. Wie bereits bei meinem Gedichtband
habe ich das in Eigenarbeit gemacht. Der Probedruck wurde in
Auftrag gegeben und für gut befunden. Somit konnte meine
Geschichte hinaus in die Welt.*

*Ein großer Dank geht an Sina. Sie ist der Kopf und die gute Seele des
Gambioprojekts. Ohne sie gäbe es so viele schöne Bücher nicht und
vielleicht auch dieses nicht. Bei einem Wettbewerb des Projekt Gambio
gewann ich im Frühjahr 2023 ein Plotgutachten.*

Ich reichte den Plot mit dem Arbeitstitel ‚Handyhüllentausch'
ein, es war die Geschichte von Rike und Finn. Sina ermutigte mich,
den Roman zu schreiben.

Ebenso bedanken möchte ich mich bei Elena, die damals als erste die
zuvor genannte Kurzgeschichte zum Thema ‚Der rote Teppich' las,
die dann wenig später bei Instagram erschien und der Anfang meines
‚Handyhüllentausches' wurde.

Ich weiß es noch wie heute. Sie hat von Beginn an die Geschichte
mitverfolgt und mich bestärkt, weiterzuschreiben.

Ein weiterer und ganz besonderer Dank geht an meinen Mann, der
wirklich jede Szene kennt. Gefühlte Millionen von Fragen, Ideen, und
Anregungen hat er sich angehört und mich dabei geduldig
unterstützt. Eine sehr intensive Zeit mit Rike und Finn liegt hinter
uns; und da kommt noch mehr.

Ich schreibe am zweiten Teil, die Rohfassung ist so gut wie fertig.
Zum Glück habe ich meinen Mann an meiner Seite.

Ebenso total involviert sind meine Töchter. Danke, danke, danke an
die drei Besten, für das Verständnis und die Zeit, die sie mir geben,
um meinen Traum – das Schreiben – zu leben. Ich habe sie sehr lieb.

…

Bedanken möchte ich mich selbstverständlich auch bei dir. Fürs Lesen.
Fürs Miterleben und Mitfühlen meiner Geschichte.

Falls dir dieser Roman gefallen hat, würde es mich glücklich
machen, wenn du eine Rezension auf den gängigen Portalen
hinterlässt. Es wäre eine tolle und unglaublich wichtige
Unterstützung für mich als Autorin. Vielen Dank dafür.

Zusätzlich kann ich dir mitteilen, dass es in der nächsten Zeit
neben der Fortsetzung von Rike und Finn, einen weiteren
Gedichtband geben wird. Ein Buch mit Kurzgeschichten ist ebenfalls
in Planung. Weitere Projekte schlummern. Ich kann einfach nicht
anders – Schreiben ist meine große Liebe.

Viele Grüße
Deine Steffi

Reihe

GAMBIO

Der perfekte Tausch

GAMBIO ist ein Projekt, bei dem zahlreiche Autor:innen aus unterschiedlichen Genres ein Buch zum Thema „Der perfekte Tausch" schreiben.

Gemeinsam texten wir in den kommenden Jahren an einer Buch-Reihe mit einer Vielzahl an individuellen Geschichten aus vielen unterschiedlichen Genres. Dabei tauchen in den Büchern immer wieder Romanhelden aus anderen Geschichten der Reihe auf. Aufmerksame Leser entdecken hier gewiss den einen oder anderen Protagonisten, der aus einem anderen Buch kurzzeitig hierher gewechselt hat, um kraftvoll mitzumischen.

Bereits erschienen:

Brautkleid oder Zuckerwatte
Entwicklungsroman von Sina Land

Kater Levi - Der perfekte Tausch
Kinderbuch von Ingo M. Ebert

Tylda, die kleine Wasserhexe
Kinderbuch von Ricner Fock

Erbstreit zum Glück
Kurzgeschichte vom Team GAMBIO für die Anthologie vom 'Der Club der Selfpublisher'

Stadt, Land, Glück
Wohlfühlroman von Gerd Schäfer und Sina Land

Frust oder Feuerwerk
Entwicklungsroman von Sina Land

Oma Käthe kann's nicht lassen
Das verrückte Testament
Familienroman von Jenny Barbara Altmann, Mia Lena Bestil, Ingo M. Ebert, Gerd Schäfer, Sina Land

Librophon
Eine Telefonzelle voller Tauschgeschichten
Ein Roman zusammengesetzt aus lauter Kurzgeschichten, die in einer Rahmengeschichte integriert wurden. Geschrieben vom gesamten GAMBIO-Team

Tauschrausch
Tretmühle oder Überholmanöver
Lifestyleroman von Anja Ziegler und Sina Land

Enya & Liam
Meine Seele für dein Leben
Fantasyroman von Jenny Barbara Altmann

Die Tauschgeschäfte des Benjamin von Glyk
Märchenadaptation von Susanne Eisele

Vinylschuppen
Ein Schallplattenladen voller Tauschgeschichten
Ein weiterer Roman zusammengesetzt aus lauter
Kurzgeschichten, die in einer Rahmengeschichte inte-
griert wurden. Geschrieben vom gesamten
GAMBIO-Team

Weitere Infos findet ihr auf:
www.gambio-der-perfekte-tausch.jimdosite.com

Für Finn

Wir sind aus Sternenstaub
Sind Fragmente der Galaxie
Dass ich Dich inmitten fand
Grenzt wahrlich an Magie

In Liebe,
Deine Rike

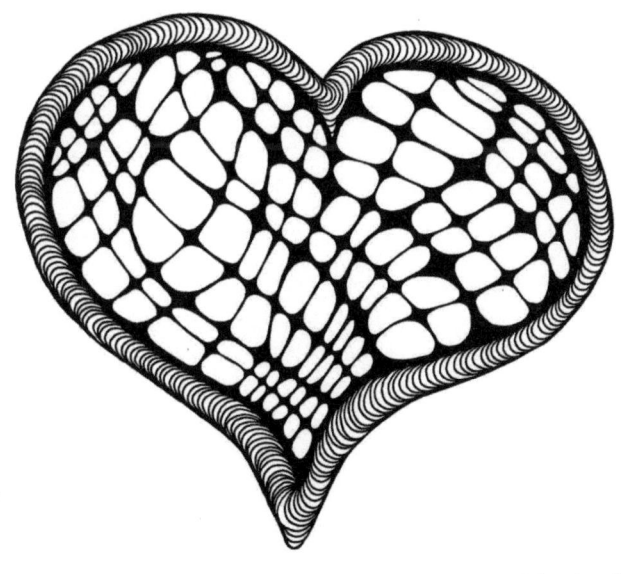

@steffilofeldt